廖之雯

l i a o z h i w e n

27岁，初中语文老师，温顺端庄，是个从小被教条的女孩，楚境闺蜜。

因为被误诊癌症，她决定丢掉所有枷锁，做一个全新的自己。

她剪掉长发，报考托福，准备在人生的最后时光完成求学的梦想，放肆地为自己活一次。

汪 徵

w a n g z h e n g

32岁，尹氏集团的首席经理人，楚境表哥。

从小优秀，正人君子，工作严谨，最讨厌走捷径。

对这个小姨家的表妹深恶痛绝，两人从小打到大，毫不留情面。

景 然

j i n g r a n

23岁，人气超高的短视频播主，楚境闺蜜。

她率真勇敢真性情，元气少女，积极阳光正能量。

爱极限运动，靠拍摄短视频养活自己，分享自己精彩的人生。

叶远信

y e y u a n x i n

28岁，叶氏集团继承人，小尹总为数不多的好友。
总觉得一富二代，混混日子拿分红就行了。
却时常被吐槽，圈子里海归博士硕士一大堆，就他一个本科。

被人宠着

原来如此
美好

ZAIKANWO
JIUBANI
CHIDIAO

大鱼

有爱的青春陪伴者

准拟佳期

| 著 |

WORKS

再看我就把你吃掉

ZAIKANWO
JIUBANI
CHIDIAO

花山文艺出版社
河北·石家庄

图书在版编目（CIP）数据

再看我就把你吃掉 / 准拟佳期著. -- 石家庄 : 花山文艺出版社，2020.5

ISBN 978-7-5511-3553-5

Ⅰ. ①再… Ⅱ. ①准… Ⅲ. ①长篇小说－中国－当代 Ⅳ. ①I247.5

中国版本图书馆CIP数据核字(2020)第042193号

书　　名： 再看我就把你吃掉
著　　者： 准拟佳期

策　　划： 张采鑫
责任编辑： 郝卫国　张凤奇
特约编辑： 伍　利
美术编辑： 胡彤亮
责任校对： 董　舸
装帧设计： Inscet
封面绘制： LYNA玲奈
出版发行： 花山文艺出版社（邮政编码：050061）
（河北省石家庄市友谊北大街330号）
销售热线： 0311-88643221/29/35/26
传　　真： 0311-88643225
印　　刷： 长沙鸿发印务实业有限公司
经　　销： 新华书店
开　　本： 880×1230 1/32
印　　张： 9
字　　数： 218千字
版　　次： 2020年5月第1版
2020年5月第1次印刷
书　　号： ISBN 978-7-5511-3553-5
定　　价： 38.00元

目录

目录

第一章
到手的合同飞了

九点早高峰，城市真正拥挤的时刻才刚刚到来，楚境开着车慢慢在三环主路上蠕动。十分钟前进了一百多米，距离目的地还有五公里。这么计算下来，她退休前应该能到。楚境瞥了一眼后视镜，镜子里的她有着精致的妆容、精致的头发、一身的名牌服装，脸上是公式化甜美的微笑，心里却已经骂了无数遍了。

又过了一刻钟，楚境忍不了了，她给通讯录里的赵总拨了个电话，用那种三分甜四分软三分冷静的语气说："赵总，我路过品味轩要不要给您带点叉烧包呀？这家是图宁市最正宗的港式餐厅了，您尝尝有没有家乡的味道。"

电话那头的中年男子爽朗一笑说："小楚啊，不麻烦你了，我已经在机场了，这就回广东了。"

楚境顿时一惊，回广东？他们合同还没签呢，回去干吗？她保持着镇定，继续问："赵总，这么快就回去啊，几点的飞机呀？我给嫂子准备了一套护肤品，您帮忙带回去？"

"不用了小楚，我马上就登机了，有空你来广东，记得联系我。"赵总说。

楚境听见电话里有登机信息广播，飞往广东的航班已经开始检票了。楚境顿时觉得不妙，她没时间再拐弯抹角打太极了，直接说："赵总，出什么事情了吗？我们……"

“小楚，我们还是朋友，以后有机会再合作。”赵总说完便挂断了电话，都没给楚境再聊下去的机会。

楚境蒙了，这什么情况?

“嘀嘀嘀……”后面的车狂按着喇叭。

楚境瞥了一眼后视镜，劳斯莱斯了不起吗，也没比她的宝马商务高级多少，还不是也要在这里堵车。有能耐你飞过去啊！她哼了一声，这才往前开了一段距离。

楚境打转向灯，准备变道。她原本是要去签合同的，现在合作方跑了，她也没必要再过去一趟，准备下了主路，掉头回公司。

这时电话打了进来，楚境按了接听，助理尖锐的声音就传了过来：“总监，不好了！赵总跑了！我没拦住他！”

楚境觉得耳朵疼，没等她发作，突然感觉到车子被撞了一下，她整个人颠了一下——车子被追尾了。

楚境从倒车镜看了一眼，追尾她的是那辆劳斯莱斯。

楚境心里就一个想法：他全责，真好。

助理见楚境没反应，更加焦急了，扯着嗓子吼起来：“怎么办啊总监，这可是您跟了两个月的订单啊！赵总不是把您当亲妹妹吗，为什么跑了啊？”

楚境心说，你还是太年轻，他们这个圈子里，亲爹有的是，何况是亲妹妹。她冷冰冰地问了一句：“昨天的饭局，我走了以后发生了什么？你没把赵总送回酒店吗？”

“当当当……”

有人敲车窗，楚境瞥了一眼，是个西装革履的男人，一看就是给老板开车的司机。这会儿路上特别堵，所以被追尾后楚境想走也没机会。

楚境按下车窗冲那人说：“请等一下。”然后继续讲电话，“你怎么不说话了？”

小助理开始语无伦次了："那个……那个孙总来了一趟，我也不知道发生了什么。总监你出车祸了啊？您人没事儿吧？要不要我去医院看您？"

楚境满脸黑线："我谢谢你！"

电话那边的助理忐忑不安，她也是被迫跟着楚总的。公司里谁不知道，楚境对外"小猫咪"，对内"母老虎"。

楚境心里清楚，这到嘴的鸭子飞了肯定是因为孙总。孙总是集团的副总，董事长的小舅子，她的顶头上司。她在未来集团这几年一路打拼，是集团里升职最快的，也是总监级别中最年轻的一个。然而她做总监已经有两年了，被这个孙总打压着，似乎再也没有升职的可能了。她原来打算靠业绩取胜，却没想到，上个月因为给客户买高定服装的事情，得罪了一个模特。好巧不巧的是，那模特正是孙总的小情人。

楚境有点烦躁，她怎么也不会想到，因为一个女人搅黄了她的生意。孙总的脑子里装的到底是什么玩意儿？她很想去敲开来看一看。

楚境叹了口气又对助理说："你帮我查一下赵总的航班号，想办法在飞机上给赵总安排一餐家乡菜。我马上回公司，瑞翔集团叶总的单子再丢了，咱俩都不用干了！"

小助理答应得诚惶诚恐。

挂了电话，楚境扭头看见车外站着的那个男人，她笑了一下说："我有行车记录仪，你的名片给我一张，回头定损了联系你，我赶时间。"

司机愣了一下，还打算说什么，楚境没太多时间应付这件事，但本着与人和善的想法，还是微笑着说："您还有事吗？"

"我老板的车……"

楚境又瞥了一眼那辆劳斯莱斯，然后打从心底里发出了爆笑，打断了对方的话："下次别开出来害人了。"

司机拿着名片给也不是，不给也不是，他打从心里觉得，这话说得其实挺对。

楚境一把抢过名片，然后关上车窗，慢悠悠地从主路开出来，辅路一路畅通，她一个加速，跑了。

由于发生追尾，主路上的堵车长龙更加夸张了，司机回到劳斯莱斯上，一脸便秘的样子对后排的年轻男人说："小尹总，前面的司机跑了。"

正在刷AJ首页抢购限量版球鞋的尹霈祁听到这话，一个手抖点错了，再点进去显示已售罄。

"我去！"尹霈祁从刚才的神采奕奕，一下子变得颓废了不少，他瘫在后排座椅上，手机也扔到了一边，脸上大写着"生无可恋"几个字。

秘书瞧了一眼，赶紧打电话给几个熟悉的黄牛："有货吗？最新的那款，43码的。"

尹霈祁一个眼神杀过去，秘书赶紧挂断了电话。

"我都说了多少次了，不能助长黄牛这种不正的风气！我就要凭本事抢！要不是刚才追尾，我会抢不到？"尹霈祁扯了一下领带，觉得浑身难受，说到追尾，他又问，"你说那人跑了？男的女的？"

司机回答："女的。"

尹霈祁又问："她什么反应？"

司机说："正常反应。"

尹霈祁一皱眉："你能不能好好汇报？我哪知道正常反应是什么反应啊？"

司机一咬牙然后开始狂笑，学着楚境的语气说："以后少开出来害人！"

尹霈祁："……"

秘书："……"

司机意识到空气有点冷，又开始正襟危坐了。

尹霈祁掏了掏耳朵说："别干司机了，去做演员。你这上岗一个月，撞坏了我三辆车。你到底是谁的亲戚？齐秘书你安排一下，追尾的事儿你去处理。"

尹霈祁说完又在后面瘫着了，心心念念都是那双全球限量款的AJ。到底是哪个幸运儿抢到了这双鞋？单身没有个四十年，估计达不到标准了。

楚境将车开出了主路以后，路况好了一点，她打开广播听早间新闻打发拥堵的时光。

恰好是财经信息，主持人和一位嘉宾聊天。那位嘉宾的声音还挺"男神"，楚境左耳听右耳冒，突然听到一句："不知道老师您对未来集团刚刚爆出的总经理辞职这件事有什么看法？未来集团可是咱们市的龙头企业之一啊，会不会有一定的影响呢？"

总经理要辞职？

她为什么不知道？她只听说总经理的许多决策董事会都不赞成，上层斗争激烈，然而辞职到底是什么时候的消息？竟然连媒体都知道了？她真不知道应该对公司的公关团队报以什么样的问候，实在是太垃圾了！这么看赵总这个老狐狸突然跳单，和这件事也有关系。

楚境觉得很搞笑，好好的一个公司，大家一起努力上市不好吗？一起赚钱不好吗？非要斗来斗去的，是能成为钮祜禄·甄嬛，还是能继承大统？

到达公司，楚境停好车去坐电梯。眼看一部电梯就要关上了，她赶紧跑了几步追上去，里面的人也帮她按了开门键。楚境轻声说了句谢谢。

"不客气。"那人回答。

这声音耳熟，楚境扭头一看，笑了起来："王总早上好。"

正是早间新闻里说的那位要辞职的总经理，他怀里抱着个纸箱子，辞职标配。竟然是真的！

总经理"嗯"了一声，两个人平时交流也不多，不是一条业务线的，也不太熟，充其量是个脸熟。

一楼到了，总经理拿出了自己的门禁卡，看样子是去退卡的。

总经理走出电梯，顿了顿脚步，看了楚境一眼。

楚境其实不太明白总经理为什么突然看自己，但是她仍然保持着职业的微笑。

"楚境，我一直觉得你只做一个总监屈才了，未来集团不适合你的话，来找我！"总经理说完就走了。

楚境哑然，竟然公开挖她。

她还来不及回复，电梯门关上了，上行11层，销售部。楚境深呼吸了一口气，电梯门打开的一瞬间，准备开始打仗了！

助理早早就等在了那里，见到楚境以后，主动拿过楚境的包，跟在楚境后面开始汇报："赵总的家乡菜已经安排好了，瑞翔集团的叶总暂时没有约到，秘书说他最近没空。上个季度的销售报表和数据都放在您的办公桌上了，孙总的早餐也准备好了。"

楚境"嗯"了一声："黄牛那边有回复吗？"

助理狂点头："回复了，成功抢到了43码的新款AJ，限量版，只有一双。"

楚境颇感欣慰，今天总算办成了一件事："多久能拿到？"

"下午，对方发顺丰加急。"

"好，我亲自约叶总。"楚境从办公区走过，所有的销售都停下了手边的工作，跟她打招呼。

楚境一一回以笑脸，对面办公室的门突然打开了，顶头上司孙总冒出来大喊了一声："楚总早啊！"

楚境在心里骂娘，脸上却笑得更加甜美："孙总早安！给您买了早餐，等下给您送过去。"

"谢了。小楚你好好干，我看好你。"孙总摆完了架子，关上了办公室的门。

楚境给助理使了个眼色，让她赶紧把早餐送过去。

关上办公室的门，楚境总算坐在了办公桌前，一头扎进了报表里。

第一季度的销售业绩有点惨不忍睹，大部分出了问题的订单都和孙总有关，楚境感到十分头疼，到底还要给孙总擦多少屁股？她把所有的数据整理好，重新规整到新的表格内，用最浅显的方式呈现，然后才打印出来，踩着高跟鞋给孙总送表去了。

孙总正在办公室里玩手机，隔着玻璃能看见他正玩"消消乐"呢。楚境摇了摇头，命真好，有个好姐姐，傻人有傻福。

她敲了敲门，孙总赶紧放下手机，沉稳地说了声："请进。"

楚境面带着微笑推门进去："孙总，第一季度的报表请您看一下。"

孙总笑容可掬："小楚你还亲自给我送来，下次让助理送就行了，看你怪辛苦的。"

楚境在心里翻了个白眼，还不是因为你，还不是因为你！真要让助理送，你又要发脾气了。但是楚境面上微笑着说："没事儿孙总，我亲自送比较放心，给您放这儿了。"

孙总"嗯"了一声，楚境转身出去，关上门的一瞬间瞥见孙总又开始打"消消乐"了。

楚境站在门口有那么几秒觉得堵得慌，给这样的人打下手，图什么？

下午，办公室里许多销售都出去跑业务了，所剩无几的几个人也在打电话。

楚境坐在茶水间，用微波炉加热助理给她订的午饭。她忙起来总是忘记吃饭，导致胃总是抗议。“叮”的一声，饭好了，楚境刚取出来，电话就响了。来电人是她最好的闺蜜廖之雯，同时也是她表哥的女朋友。

楚境接通电话，声音带着一点疲惫：“雯姐，你不知道我今天经历了什么……”

“小境。”廖之雯的声音沮丧极了，甚至有点绝望。

楚境顿时觉得哪里不对，她饭也顾不上了，直接回到了办公室，关上门问：“怎么了，雯姐？出事了？”

“没事，就是觉得太辛苦了。”廖之雯的语气里藏着失望。

楚境松了口气，然后又提起一口气开始骂道：“是不是汪徵那个浑蛋又惹你生气了？他就一浑蛋、工作狂，根本配不上你，你千万别为了他难过。”

“嘀嘀——”

手机提示又有电话打进来，楚境看了一眼，来电显示是瑞翔集团的叶总，财神爷来了！但是她也没有立即挂断廖之雯的电话，继续说：“你到底遇到什么事情了？别自己扛着，跟我说，我可以帮你扛。”

电话那头的廖之雯笑了一下说：“我个子比你高，天塌下来也先砸到我，好了你去忙吧。”

“爱你爱你。”楚境笑着说，她想了一下又觉得廖之雯哪里不对，补了一句，“晚上我忙完了去找你。”

“好。”廖之雯挂断了电话。

楚境把叶总的电话接进来，用带着一点惊讶的口气说：“叶总，好久没联系了，最近好吗？”

“楚总你可真厉害，怎么抢到的？”

看来是AJ收到了，楚境笑了笑，接着说：“我也没想到能抢到，正好听说您喜欢，就送过去了，鞋合适吗？”

“太合适了！楚总，我要请你吃饭！”

楚境挑了下眉：“叶总您是不是会算啊？知道我忙了一中午还没吃午饭。”

叶总哈哈大笑：“那我请午饭，地点我一会儿发你，你赶紧来。”

“好嘞！”

挂了电话，楚境脸上的笑意散了，拨打内线给助理：“立刻准备好所有和瑞翔集团的合同，盖好章，十分钟后送到我的办公室来。”

楚境坐在椅子上转了个圈，她今天绝对不会空手而归。

廖之雯坐在医院的长椅上，仍然保持着通话的姿势，另外一只手里拿着一份化验单。她发着呆，大脑呈现宕机的状态，仿佛已经无法给身体做出任何指令了。

诊疗室的门开开关关，病人们来来往往。一对年轻的夫妻从一诊室出来，女人欢呼着：“老公，太好了，是误诊，我没有得癌症！”

男人用力地抱紧妻子，眼泪顺着脸颊滑下来：“老婆我爱你，我会永远陪着你，我们回家吧！”

如果她也是误诊，那该多好啊！

廖之雯的大脑终于发出了指令，她一手捂着眼睛，坐在医院的长椅上痛哭起来。

一个小时以前，廖之雯被确诊了乳腺癌。她多希望也是误诊，怎么命运就不能眷顾她一次呢？她到底做错了什么？

周围的人大概是看她哭得太惨了，过来询问。廖之雯摇着头说不出话来，她从关切的人群里逃出来，一口气跑到医院的天台上。她握着手机，想了许久给男朋友汪徵打了个电话。

许久之后汪徵才接听，久到就快要自动挂断。廖之雯突然想起，他们每次通话都是这样，汪徵永远在忙，她是可以一直被忽略的那一个。

“之雯，我在忙，有事吗？”汪徵冷淡的语气经过电话的加工更加冰冷了，就像是在和一个无关紧要的人说话。

廖之雯咬着嘴唇，眼泪在眼底打转。

“我要去开会了，你记得周末去我外婆家，有家庭聚会。礼物你随便买，我等下打钱给你。你早去一会儿，我周末有个应酬……”汪徵想起了周末的家庭聚会，想到又要见到那个从小打到大的表妹楚境，又想到因为楚境没有男朋友，而他就快要结婚了，家人肯定会念叨楚境，心里有那么一点开心，甚至期待起周末来了。他对照着自己的行程表安排着，却突然被电话那头的人打断了。

“汪徵，我不会和你去聚会了。我们分手吧。”

“你说什么？”

“你听到了，再见。”

廖之雯挂断了电话，随后关机。

在今天以前，廖之雯从来没想过要和汪徵分手，毕竟他们已经订婚了，婚期就在今年的十一。在外人的眼中，他们是天造地设的一对。汪徵事业有成，高大帅气；她温婉可人，一定是个贤妻良母。这样的组合，全天下的家长都会赞同，不光是他们两个合适，两个家庭也非常合适。可到底是哪一个瞬间，让她真正地开始审视他们这一段恋情的呢？

哦不，或许他们都不能算是恋人，因为他们从来没有恋爱过。

回想起来，她是最适合汪徵的人，却不是他最爱的人。她好像没有在汪徵的脸上看到过喜欢的情绪，他总是那么理智。而她热烈地爱过之后，逐渐失去了力量。是因为他从来没有说过我爱你？还是他无休止地工作，她只能无休止地等待？抑或是今天这一张化验单呢？

她的人生就快要走到终点了，过去无法改变，那么就改变一下短暂的未来吧。

分手这件事，廖之雯几乎能够预料到会有什么后果。家人的不理解以及无数人的劝和。这些压力她都能扛得住，她决定了，从这一刻开始，廖之雯只是廖之雯，她要摘掉身上所有的标签，活出个人样来！

哪怕全天下的人都不理解她，不支持她，不是还有楚境嘛。

廖之雯想到这里，撕碎了手里的化验单，擦干了脸上的泪痕。

楚境打了个喷嚏，突如其来，有点狼狈。

对面坐着的叶总递给她一张纸巾，问："楚总感冒了？"

楚境歉意地笑了笑说："连打三个才是感冒呢，我倒是觉得有人想我了。"

下午餐厅没什么人，楚境和叶总面对面坐着，旁边的位置上放着楚境送给叶总的那双鞋。楚境瞥了一眼，金色的鞋盒还挺精致。她有时候搞不懂，男人为什么这么爱球鞋？不过幸好，这刀枪不入的叶总，也喜欢球鞋。

"那可能是我们公司的王经理，你们那个合同他一直惦记着。"叶总识趣地说道。

"怪我怪我，前阵子太忙，这不我今天就把合同送来了。”楚境先是翻到合作条件那一页，给叶总看了一眼，然后就翻到了签字那页。

叶总也不是个矫情的人，笑了笑就直接拿笔签了。

“楚境，我真有点佩服你了。”叶总在合同上写下了自己的名字，叶远信。

楚境的心里啪啪啪地开始放起了鞭炮，但表面上还是面不改色，收起了合同说：“叶总，我也佩服您呢。”

叶远信一抬手：“你可别一口一个叶总了，搞得我跟我爸差不多大似的。”

楚境一挑眉，试探着开口：“叶远信？”

叶远信“嗯”了一声。

楚境咧嘴一笑：“名字真好听。叶总，多谢招待，后续的合作我还是和王经理对接吧？”

叶远信点了下头：“有问题的话也可以直接联系我。”

“好嘞，谢谢叶总。”楚境站起来跟叶远信握了下手，拿上东西后，又挥了挥手说，“拜拜啦，叶远信。”

楚境扭头走出了三千万的步伐，她这个合同确实价值三千万。

叶远信喝了一口刚醒好的红酒，品了品说：“挺有意思。”又看了一眼旁边的球鞋，拨了个电话出去，接电话的人有点丧。

“干吗呢？”叶远信问。

“死了。”

叶远信没忍住笑了：“晚上在‘今夜’有个局，你去不去？”

“我都死了你没听见吗？”

“那鞋给你弄到了，全球限量一双，43码的。”叶远信摸着鞋盒子说。

电话那边的人顿时换了副嘴脸，语气简直像是得知中了五百万大奖：“几点？我去接你！晚上我买单！你想我开什么车？”

叶远信笑骂：“尹霈祁，为了你这双鞋，我可是签了三千万的订单啊，你自己看着办！”

电话那头的小尹总握着电话傻笑起来：“谁的订单？”

“未来集团，楚境，长得真叫一个好看……”

叶远信还没把对楚境的形容词讲完，就听见那边小尹总说：“我去！这黄牛厉害啊！叫楚境是吧？我想和‘他’谈谈，为什么要做黄牛，能不能凭本事？你从黄牛那儿花了三千万买的？你脑子有病啊？这钱我给你？我给了你，我爸也得去找你爸要回来啊……”

叶远信“……”你到底有没有在听我说话？

楚境把合同流程走完了，连日来心里的阴霾总算是驱散了一些。她想起中午的时候廖之雯打的那个电话，又给廖之雯拨过去了。

“我现在有空，要不要去逛逛？”楚境雀跃地问。

“我在理发店，你来吧。”廖之雯说。

“你要做头发护理吗？在哪家店啊，去我办卡的那家没？那个托尼老师很棒的。”

“就在那儿，你来吧。”

“好呀好呀，么么哒。”楚境心情愉悦，挂断了电话，拿上包和车钥匙离开公司。

她到地下车库后，看见自己那辆商务宝马，猛然间想起早上被追尾的事情，爬上车摸到那个司机给的名片，还是烫金的。

楚境又反复看了看自己的车，虽然是被追尾，但是完好无损，估计那辆劳斯莱斯更严重一点。

楚境摸了摸下巴，开劳斯莱斯的人应该非富即贵啊，保不齐以后能合作一下。她想了想，按照名片上的电话打过去了。过了几秒钟那边接了，是个女的。

“齐小姐是吗？今天早上您的司机开车把我的车追尾了。”楚境说。

“哦，有这回事，请问您定损了吗？需要怎么赔偿？”

对方是个讲道理的人，楚境还挺有好感的，她笑了笑说：“我刚才看了，我的车没事儿，所以就算了，咱们就当交个朋友吧。我叫楚境，齐小姐怎么称呼？”

楚境，这个名字有点耳熟。齐秘书想起，在不久前，他们小尹总抱着电话咆哮的时候，隐约提过这个名字，因为比较特别，她一下子记住了。却没想到不是个男的，是个女的。她老板在办公室把楚境当成黄牛骂了很久。齐秘书觉得楚境这个女人不简单，于是说：“没关系，后续都可以交给保险公司来处理，楚小姐我们公事公办。我会请保险公司联系您，没事的话，我去开会了。”

“好的，齐小姐。”楚境挂了电话，觉得有点奇怪，怎么自报家门以后，对方态度差了这么多？她楚境在外名声不好吗？算了，不管了，廖之雯还在等她呢。

楚境开上车，直奔理发店。

虽然楚境的心情好到爆表，但是这种好心情在她进了理发店，见到廖之雯的新造型以后，荡然无存。

“小境。”廖之雯冲她笑了笑，眼睛却是红的。

楚境觉得脑袋“嗡”的一声大了，廖之雯旁边站着的那个托尼老师，是她的专属发型师，两个人熟得不行。托尼正准备和楚境打招呼，楚境一把抓过他的手，把他拖到了隔壁洗发间。

“你搞什么？你把我姐妹头发怎么了？”楚境怒气冲冲，因为，廖之雯的齐腰的长发，变成了狗啃式齐耳短发。

“我觉得很好看啊。”托尼感到委屈。

“好看个屁！你赔钱！”楚境此刻的表情狰狞得像是要吃人。

“小境，是我让他剪的。”廖之雯突然出现，拉住了正在发怒的楚境。

楚境顿时感觉到不可思议，她茫然地看向廖之雯：“怎么回事？你不是最宝贝你头发了吗？”还有半句她没有说，因为她那个杀千刀的表哥汪徵，廖之雯的未婚夫，最喜欢黑直长的女神。

廖之雯和楚境是“铁磁”，当然知道楚境的意思，她轻轻“嗯”了一声说：“我想要改变一下。”

楚境哑然，直觉告诉她一定发生了什么事情，但是廖之雯这会儿不想说。作为多年好友，她当然是选择尊重廖之雯。

楚境换上了笑脸：“晚上要不要去嗨一下？全场都由楚小姐买单。”

廖之雯似乎是习惯性地抬了抬手，原本想撩一下头发，却忽然想起她已经是短发了，于是把手放在了楚境的肩膀上说：“离天黑还早，等下陪我去个地方。”

“好！”

然而，到了这个地方以后，楚境有点后悔刚才答应得那么痛快了。

因为廖之雯带她来蹦极，并且是连蹦十次。

久经沙场多年的楚境腿都软了，廖之雯却一次比一次冷静，甚至连尖叫都没有，脸色煞白。

“雯雯，还想玩什么？”楚境说这句话的时候，腿还在颤抖。

“滑翔伞。”

“就是从山顶上跑下来，连个安全措施都没有的那种？”楚境吞了下口水。

廖之雯笑了笑说：“你在山下等着我就好。”

“我陪你吧，都蹦极了，也不差这个。”楚境说。

廖之雯摇了摇头：“小境，有些事情总是要自己一个人做的，等我就好。”

廖之雯甩了甩清爽的短发，离开了楚境的视线。在那一瞬间，楚境觉得廖之雯变了个人，不像是之前她所认识的那个温柔似水的小学语文老师，廖之雯的身后似乎有一双翅膀，慢慢地舒展开来，带着她冲上云霄。

教练带着廖之雯从山顶飞下来，她觉得此刻的自己是无比自由的，仿佛冲破了一切枷锁，她只是廖之雯，不是其他任何人的谁。

廖之雯看见等着她的楚境，走过去拥抱了楚境。

“去商场，买新衣服。”廖之雯说。

“我买单我买单，今天我签了个三千万的大订单！”楚境笑嘻嘻地分享自己的喜悦。

“恭喜你，今天我单身了。”

果然如此。楚境没多说什么，也说了句：“恭喜你。”

购物可以让一个女人感觉到快乐，尤其是买东西刷闺蜜的卡。楚境亲自帮廖之雯选了几套，从原来的女老师气质，一下子变成了魅力轻熟女。接下来就是大吃一顿，再做个美容，化上精致的妆容，等待着璀璨夜晚的到来。

“我这车不行，咱们得换一辆。”楚境说完就开始给她妈打电话，“女神，求借你的911。”

晚上十点，楚境开着跑车带着廖之雯停在“今夜”酒吧的停车场，旁边一水的豪车。楚境其实也是第一次来，她的生活除了睡觉就是工作。

楚境揽着廖之雯的肩膀，停顿了一会儿说：“早知道借辆贵一点的车了，你看看旁边这都停的啥。”

“行了，你这也不差。”

“雯雯你考个驾照吧，我拿了这三千万订单的提成给你买辆车，如果以后我出去应酬喝多了，你就可以去接我了。”楚境露出了一副舔狗的姿态。

廖之雯愣了一下，她恐怕没有那么多以后了。

“赶紧进去吧。”她推着楚境往里面走。

楚境瞥了一眼那一排豪车，好像看见了一辆劳斯莱斯，她微微感到疑惑，这车是不是在哪里见过？也太不合群了，这种场合。

进了酒吧，楚境和廖之雯多少有点打怵，因为这儿实在是太吵了。震耳欲聋的音乐，人与人交流需要贴着耳朵嘶吼。楚境深呼吸了一口气，找了个服务生说：“开个包房。”

酒吧包房的最低消费是卡座的三倍，楚境一口气开了三瓶全场最贵的洋酒，然后随便点了一页的歌，拉着廖之雯开始唱歌。楚境一边唱，一边给助理发消息：让你叫的男模什么时候到？

助理回复：楚总，我们在路上了，很快很快！

“小境，要不然还是我独唱吧。”廖之雯趁着切歌的时候说。

楚境不明所以：“怎么了？我陪你唱不好吗？”

廖之雯叹了口气说：“你这《自由飞翔》《爱情买卖》《犯错》……我真的不想唱啊！你饶了我吧。”

楚境翻了个白眼，把麦克风一扔：“你这《凉凉》也没好多少啊！”

这真不怪楚境，虽然她应酬多，KTV也经常去，但大多数的合作方年纪都比较大，她学这些歌也是为了迎合客户。

廖之雯拿着酒杯唱着歌，灯光一闪一闪，映衬得她特别美。楚境也跟着多喝了几杯，她琢磨着，嫩模怎么还没来？这个助理太不靠谱了，看来是等不到了。楚境拉着廖之雯去洗手间，一边踩着高跟鞋摇摇晃晃，一边说教道："单身呢，最重要的就是开心了。我带你去万绿丛中过，学着点。"

307包房，"今夜"最豪华的一个包房，孙氏集团的小孙总三十岁生日，然而今天的主角却不是他，而是尹氏集团的小尹总。

众所周知，尹氏集团在图宁市风头正盛，尹老董事长拼搏半辈子打下了偌大基业，现如今是半隐退模式，将家族所有的产业都交给了独子尹霈祁。但尹霈祁却不是个能干的人，有点"不学无术"。幸好，尹老爷子早就有预见，给他聘请了八位职业经理人，组成了铜墙铁壁，守着尹氏集团。尹老爷子没有指望尹霈祁能把家业做得多大多好，毕竟是四十六岁得子，根本舍不得他吃苦。

尹氏集团在电子电器领域实在是太强了，而5G时代又已经到来了，在场的十几个企业家都想跟尹氏集团做点儿生意，所以大家伙儿都捧着尹霈祁，让着尹霈祁。哪怕小尹总说了特别外行的傻话，他们都觉得是真理。

面对这么一群努力巴结自己的朋友，尹霈祁觉得太没劲了。全场也就叶远信一个人还可爱一点，当然叶远信可爱也是因为那双43码的AJ。

想到这儿，尹霈祁就端起酒敬了叶远信一杯："那个叫楚境的黄牛，到底有什么门路？"

叶远信“扑哧”一声笑了：“我都说了几遍了，人家不是黄牛，是未来集团的销售总监。”

“那她为什么给你买鞋？”尹霈祁又问。

“她想和我做生意啊。”叶远信说。

“那你干吗送给我？”尹霈祁追问。

叶远信放下酒杯，特别郑重地说：“因为我想追你表妹，给个机会吧，大舅哥。”

“你可真直白！”尹霈祁心想，幸好不是做生意。

既然话题打开了，叶远信就追着问：“行不行啊，介绍我们认识认识？”

尹霈祁摆了摆手说：“我表妹看不上你，人家十五岁就考上哈佛了，现在研究量子科学，哪有时间和你一个本科生谈恋爱。”

叶远信委屈：“本科生怎么了，我们富二代还看学历？”

“我A大研究生毕业，过生日的小孙总博士在读，全场就你一个本科生，你不知道？这都什么年代了，谁还没点儿文凭傍身，回家跟你爸好好学学。我真怕你爸的家业被你给败光了。”

尹霈祁干了一杯，起身准备去上个洗手间。今天这个局其实没什么意思，一屋子人里有一半他不认识的，还有一半是不知道从哪儿叫来的小明星。姑娘们浓妆艳抹，还不如他的球鞋好看。

尹霈祁一出门，有个人从他面前路过，好巧不巧那人踩了他的AJ。

尹霈祁：“……”倒霉。

洗手间的洗手台是男女共用的，尹霈祁在洗手台拿纸巾蘸了点水，专心致志地擦球鞋。其间有两个学生妹打扮的小姑娘来搭讪，全都被尹霈祁当成了空气。

小姑娘走的时候骂了句："直男真可怕。"

尹霈祁有点要崩溃了，不但没擦干净，还多了纸屑，烦躁。

楚境和廖之雯从洗手间出来的时候，刚巧看见有人在擦鞋。长得还挺帅，看年纪也就二十出头的样子，衣服是定制款，看不出价格，但是看得出品质很好。鞋子楚境认得，她今天刚买了一双送人，是AJ，现在的小男孩都喜欢。

楚境把这人从上到下打量了一遍，确认他纯天然无公害，然后就小声跟廖之雯说："看姐姐我怎么撩小弟弟，学着点儿。"

楚境拿出一张湿纸巾，还有她前几天被人强买强卖的强力清洁剂，走到那年轻男人跟前说："你这样擦不干净的，不然试试这个。"

楚境往湿巾上喷了一点，然后递给那个年轻男人。

轻轻一擦，果然干净了。年轻男人抬头给了楚境一个笑脸，眼睛里带着惊奇和欣喜，仿佛是带着光。在那一瞬间，楚境才真的知道，什么叫周围都黯淡失色。

"谢谢。这个什么牌子的，很好用。"尹霈祁说。

"那就送你了。"楚境微笑着，桃花眼眨了几下，和他的距离只有十厘米。

尹霈祁觉得这东西的确好用，他欣然收下，想了想又拿出手机："多少钱，我转给你？"

"不用了。"楚境穿着高跟鞋，昂起头说了一句，眼睛直勾勾地盯着他。

楚境的那双眼睛总像是有故事，会说话。所以她这么盯着尹霈祁的时候，他有些心乱如麻。

"你长得蛮像我前男友的，他劈腿对不起我，你说只爱一个人很难吗？”楚境委屈地咬了下嘴唇，那双唇娇艳欲滴，那双眼泫然欲泣。

“不难，难的是如何选一个对的人爱，这其实是一个辩证关系。”尹霈祁说。

楚境扑哧一笑，她身上的酒气混合着香味，往尹霈祁的鼻子里冲。楚境觉得有点头晕，没太站稳，一下子就冲破了和他的安全距离。尹霈祁出于本能反应抱了她一下，说了声：“小心。”

“谢谢。”楚境推了他一把，从他怀里挣脱出来，然后转身跑开了。她的长发扫过他的脸，留下淡淡的香味。

尹霈祁一阵怔忪。

楚境拉着廖之雯一路跑回包房，她觉得心跳好像加速了，有点不妙。

“拥抱的感觉好吗？”廖之雯问道。

“说出来你可能不信，我刚才其实是脚滑，没打算让他占便宜来着。”楚境有点懊恼，又喝了一杯。

廖之雯霸麦，唱了一整个晚上，楚境充当粉丝，全场打Call，嗓子都喊哑了。

“要不出去坐坐？”廖之雯提议。

楚境有点意外，但是也没有拒绝。服务生给她们找了个卡座，现场DJ打碟，舞池里什么牛鬼蛇神都有，倒是别有一番味道。

时不时有人过来搭讪，廖之雯安静地看着他们，静静地听对方讲话，礼貌又疏离。楚境使出了浑身解数，不断地变换着面孔，一会儿天真可爱，一会儿妖娆似火。她给廖之雯讲解，对待不同的男人要以什么姿态。

时间久了，廖之雯终于发出了来自灵魂的质问：“你不是‘母胎单身’吗？”

“我学识渊博不行吗？”楚境打了个酒嗝，眼睛一扫，看见刚才在洗手间门口遇见的那个帅哥过来了，她感觉他是来找她的。

尹霈祁走到楚境的面前，俯下身看她：“小姐。”

楚境歪着头含笑说：“叫小仙女。”

“小仙女。”尹霈祁配合地说。

楚境拿手指轻轻碰了一下尹霈祁的脸，问：“干吗？”

被她碰过的脸一下子红了，尹霈祁几乎可以断定“这姑娘喜欢我”，并且玩得起。他也是从小被别人暗恋到大的人，收过的情书是以万字为单位。他觉得眼前这个姑娘是最特别的，风情万种里还带着清纯。可很久以后现实狠狠打了他的脸，并且告诉他，那全都是假面具。

“我可以……”尹霈祁顿了顿不知道怎么开口，这事情的确让人有点难以启齿。在十分钟之前，他在包房里玩游戏输了。原本是不想玩的，他这个人其实不太擅长交际，奈何看在叶远信球鞋的面子上，他答应了，然后就被派出来做任务了，身后不远处还有一群人盯着他准备看热闹。

这个时候廖之雯突然面色有些不对，她看了一眼手机，微信上好几条消息。楚境瞥了一眼，问：“怎么了？”

“学生家长群有点事情，我得去处理一下。你先玩，我等会儿回来。”廖之雯说完就走了，神色匆忙。

“哎？”楚境都没来得及回答，廖之雯就不见了。

“我能……”尹霈祁说。

“不能！”楚境一瞪眼，打断了他，并且还推了他一把，直接把他推到旁边的沙发里了。

尹霈祁没想到她这么大力气，所以才跌坐在沙发里。

楚境站起身，拿上自己的包包，一甩头发，冷冰冰地说：“‘真心话大冒险’输了是吧？找别人去，别烦我。”

“什么？”尹霈祁一时恍惚，这和刚才那个柔情似水的姑娘是一个人吗？

“听不懂中国话就回学校好好学习，姐姐我没空逗你玩，赶紧给我滚蛋。”楚境嗤之以鼻。

这种180度的大转变，让从小就被人捧在手心里的尹霈祁始料不及。所以他坐在那没动，伸出来的长腿挡住了楚境的路，楚境急得不行，又瞪了他一眼，这下总算知道为什么觉得他的鞋眼熟了。和她送给叶总的那双一模一样，她对43码的鞋太了解了，为了讨叶总的欢心，整天看。这男人穿的也是43码，但这鞋一个号码只有一双。她肯定不会买假货送人的，所以他这肯定是假的。

楚境冷笑了一声：“干吗，给我看你的假球鞋？”

此话一出尹霈祁就奓毛了，你可以侮辱他的人，但是不能侮辱他的鞋。

楚境扭头看人群里已经看不见廖之雯了，她更加着急，没忍住踢了尹霈祁一脚：“你给我让开……”

话音未落，尹霈祁一把抓住了楚境的手，用力一拽，楚境就倒在了沙发上，正巧落入尹霈祁的怀里，她就跨坐在尹霈祁的腿上，然后她的双手被人抓住了。尹霈祁往左凑了下，说了句：“配合一下，借位。”

“什么？”

楚境没听清，一扭头，两个人的嘴唇刚巧碰上，让本来想借位做亲吻状的尹霈祁瞪大了眼睛，楚境十根手指都张开了。

尹霈祁：“……”

楚境：“……”

尹霈祁的同伴此时蜂拥而至，对着他们一顿拍。楚境内心只想骂脏话，她挣扎着从尹霈祁身上站起，推开人群跑出去了。临走时，她指着尹霈祁跟服务员说：“那个流氓买单！”

楚境一路狂奔，跑到门口，廖之雯还没打到车。

“出什么事了啊？我叫个代驾送你去。”楚境说完开始找代驾，这附近很多代驾在蹲活儿，所以非常快就来了一位。

“不是什么大事。”廖之雯喝得没有楚境多，风一吹就醒酒了。

等到代驾把电动车放进后备厢，楚境才想起来，她这跑车两个座的，她坐哪儿？

思考了两秒钟后，楚境说：“我打车，你们先走吧。”她又叮嘱代驾，“安全第一条知道吗？”

“老板，放心。”代驾说。

“你自己行吗？要不要……”廖之雯还有点担心。

楚境直接打断她说：“我能有什么事儿，我助理一会儿过来接我，快走吧。”

“那好吧，随时联系。”廖之雯上车走了。

过了大概两分钟，楚境接到了派出所的电话。

“什么？我马上到。”

楚境打了个车，黑着脸到了派出所，办完了手续，把小助理给领出来，当然身后还跟着几个妖娆的男模。楚境觉得头疼，但肯定不是因为喝酒了。

小助理委屈得不行，直接哭了起来：“楚总，真的是他们误会我了，我怎么可能带着他们去做非法交易呢？我是去见您啊！我长这么大，还是第一次进派出所，我……”

“闭嘴吧，祖宗。”楚境感觉到心都凉了，她在看看那几个小男模，也哭得跟泪人似的。

据小助理说，她带着人好不容易赶到了包房，男模们刚开始展现自己的魅力，警察就跟着来了。她全然不知道楚总已经去了卡座，警察叔叔还给她安了一个莫须有的罪名。

第二章
必须是我

又是一个晴朗的早晨，楚境开着车去上班，一想到那三千万的合同就觉得浑身舒畅。然而，她刚到公司，法务部的员工就跑过来敲她办公室的门，诚惶诚恐地说："楚总，您这个合同不合规矩呀，孙总给打回来了，说是要作废……"

"什么？"楚境这一次是真的生气了。她章都盖了，也逼着叶远信签了字，怎么还不合规矩了？

"我去找孙总。"楚境一把抓过合同，怒气冲冲地去敲了孙总办公室的门。

"孙总，这生意您不想做？"楚境懒得跟他虚与为蛇，直接问道。

孙总眼皮都没抬一下地说："公司员工要按照规矩办事，楚总这次逾越了，下次注意就行。"

"你……"楚境在心里骂他，她深呼吸了一口气，冷笑着说，"您说得对。"

整个部门的人都看见楚境黑着脸从孙总的办公室出来，门摔得那叫一个响。

小助理紧跑慢跑跟过来问："楚总，怎么办呀？"

"我还就不信了，这公司姓'孙'不成？"楚境出了门直接上楼，她要见董事长。

楚境找董事长的秘书打听了一下，董事长今天刚好在公司，虽然没有预约，但是对于她的求见，董事长还是接待了。

董事长年纪不轻，眼镜后带着笑意的眼睛写满了老谋深算，楚境甚至连一点真诚都没看到。她见到董事长以后没有告状，而是递上了自己的资历表，上面写满了她的成绩。

"董事长，请您任命我为总经理吧，我不会让您失望。"楚境诚恳道。她在来的路上想清楚了，向姐夫告小舅子的状她也没什么好处，还不如曲线救国。这个公司的总经理必须是她，才能扭转处处被掣肘的局面。

"小楚，你的工作表现一直都很好，我也很奇怪，你为什么没有晋升为集团的副总。今天这次见面我很高兴，你的想法我已经知道了，但是CEO这个位置，还需要董事会通过，你如果有更好的表现的话，我会说服他们。"董事长拍了拍楚境的肩膀，意味深长地说，"年轻人努努力。"

离开董事长办公室后，楚境给高群发了一条微信："楼下坐坐？"

高群是刚刚离开的总经理助理，和楚境关系不错。不知道为什么总经理走没有带他一起，他现在在公司的处境也非常尴尬，属于闲散人员，无人用，也不辞退。

高群很快回复："好啊。"

楼下咖啡厅，楚境给高群点了一杯他最喜欢的拿铁，然后开门见山地问："你老大离开前在跟什么项目啊，有没有大生意？"

"干吗你想接盘？"

"我不光想接盘项目，还想接盘这个职位，你愿意帮我吗？"

高群好像并不意外："我就喜欢你这么直接的人。尹氏集团知道吧？"

楚境点了点头。

“5G时代全面到来以后，尹氏集团要出一批新的高科技产品，他们的用户很多，产品销量非常高，我老大之前想做他们的配件供应。”高群缓缓道来，“不过，一直没谈拢，尹氏集团比较难搞。”

楚境的大脑飞速运转了一会儿，这的确是一笔大生意，未来集团的电子配件加工厂有很多，接下这一单，相当于养活了十几个厂子。楚境信心满满：“不难搞的能叫客户吗？你给我提供一点资料，我们去试试如何？”

高群眼睛一亮：“知道我为什么没离开吗？”

楚境挑了挑眉。

高群又说：“总经理觉得我是董事长的人，董事会觉得我是总经理的人。但你不一样，你觉得我可以是自己人，楚境你加油。”

离开咖啡厅以后，楚境觉得整个人生都豁然开朗了，她就是要成为这个公司最厉害的人，就是要爬上顶峰，就是要当上总经理。她没有孙总那样好的家庭背景，但是她有的才干一定在这些人之上。从今天开始，她楚境就要飞起来了，哪怕摔下来，她也绝不喊疼。

楚境对着镜子笑了笑，也许是阳光正好，她有点恍惚，竟然一下子想起那天酒吧里的小奶狗了。两个人借位失败的亲吻画面，像一道闪电一样劈进了她的脑海里，不断地重复出现。

楚境狠狠地拍了一下自己的脸，还是没能把那个人的笑脸拍走。

“这个傻子……”楚境骂了句脏话，然后越发觉得咽不下这口气，竟然敢亲她，不能就这么放过他！楚境拿出手机，给大学同学打电话，“老肖，你帮我查个人……”

正在会议室听八位职业经理人汇报工作的小尹总尹霈祁，

毫无预兆地打了一个超级响的喷嚏，直接喷了正在汇报的汪徵一脸。

尹霈祁吸了吸鼻子："对不住啊，汪总。"

汪徵一个愣神，摇了摇头说："报表数据有几个错误，我回去重新做一下。"

尹霈祁点了点头，汪徵带着人出去了，双目无神，活脱脱一副生无可恋的样子。

汪徵离开以后，尹霈祁看了一眼齐秘书："工作狂汪徵竟然出错了，这能上特大新闻吗？"

齐秘书点了点头，爱上不上。

尹霈祁嘿嘿一笑又说："你去打听打听，汪徵到底出什么事儿了？"

齐秘书："……"你那一脸八卦的样子，到底想干什么？

尹霈祁突然又打了个喷嚏，他拿纸巾擦了一下鼻子说："到底是谁在想我？齐秘书你去帮我查查，让她别想了。"

齐秘书："好的，小尹总。"

楚境的同学老肖八面玲珑，查起人来相当方便，然而他根据楚境的描述，怎么都没能成功地在系统里匹配上那个人，他反复念叨着不应该啊。

"真查不出来？不是你诓我不想帮忙吧？"楚境对着电脑一边写计划书，一边打电话说。

老肖显得有点激动："老楚，你怎么能怀疑我呢？我帮你调查过多少个男的了，我诓不诓你，你心里没数吗？"

楚境一想也对，老肖闲着没事儿诓她干吗呢，愿意搭理她就不错了。楚境虽然不想承认，但是她的确有毒，天生就没什么朋友。除了廖之雯这个真闺蜜以外，认识的女性都是客户。除了老肖这个大学同学以外，男性全是客户。楚境敲完了计划书上最后的一个标点，靠在了椅背上说："你孩子上学那事儿解决了没？"

"干吗？你能办？学区房你现在都能搞得到了？老楚，你是天使吗？"老肖更加激动了，这是困扰他和他媳妇许久的问题。

楚境嘿嘿一笑说："我就是问问，你别激动。改天上你们家，请你吃饭。"

"滚蛋！"老肖挂了电话。

楚境琢磨了一圈，给助理拨了内线："你帮我约一下远洋的万总，等等，'狼人杀'你练得怎么样了？会玩了吗？"

小助理战战兢兢："还……还行吧。"

"晚上和万总玩'狼人杀'，别掉链子！"楚境凶巴巴地说。

助理手一抖差点打翻了桌上的奶茶，这份工作太难了！

老肖想要的学区房刚好就在远洋的万总手里，万总年纪也不大，刚满三十，继承他爸的衣钵。万总爱玩"狼人杀"，自认为玩得特别好，其实也就是个菜鸡。楚境配合他还是很容易的，是同伴的话互相打掩护；是对手的话，输赢对半。一个局下来轻松又愉快，楚境顺便还认识了几个万总的朋友，也算是物超所值。局散了的时候，楚境才状似无意间提起老肖的学区房，万总一口答应了，让秘书去办。

楚境叫了代驾，先送小助理回家，然后才返回自己家。她其实没喝多，脑子很清醒。对于万总这样的富二代她有时候觉得很羡慕，他们是生在终点线上的人，不用怎么努力就能获得自己想要的东西。但是大多时候，楚境都觉得他们挺没劲的，很难再有什么挑战，也很难被认可。

对于混子来说，是很幸福的事情；但是对于真正想做事业的人来说，其实有点可悲。

而现如今，她就要去会一会本市众多二代企业家里最大的混子，尹氏集团的小尹总。

这位小尹总属于传说中的人物，没什么报道，也没什么新闻，低调得不行。换句话说是被保护得太好，尹氏集团的职业经理人团队在外界也有很多传说。楚境还没跟他们打过交道，问了几位熟悉的客户，人家说的也未必是实话。楚境心里有点打鼓，她对手里的这份计划书也没什么太大的信心。

5G时代的到来，让电子产品进行了一次无声的革命。小配件工厂死掉了一批又一批，未来集团如果再不做出一些变化来应对的话，那也只能是日渐凋零。对于这种不乐观的现状，董事会就不担心吗？

楚境早起舌头底下长了一个泡，她刷牙的时候疼得不行。对着镜子照了照，她唾弃了自己一句，皇帝不急太监急。

叶远信还是有点靠谱的，两家公司的合作虽然还没全面展开，但是帮她推荐了尹氏集团的一位职业经理人，帮她预约到了今天上午的一次会面，那双球鞋送得挺值。

上午十点，楚境带着方案和原总经理助理高群一起坐在了尹氏集团的会议室里，面前有两杯咖啡，是根据他们的口味供应的。前台小姐让他们在这里稍等，职业经理人团队马上就来。

楚境端坐在椅子上，手边是她带来的平板电脑，里面放着她的合作计划书。

“你不紧张吗？”频频喝咖啡的高群忽然问道。

“有什么好紧张的，不就是一个大一点的客户而已。”楚境镇定地说。

高群啧啧两声：“我真是有点佩服你了，之前我和总经理也来过，那几个职业经理人可难对付，刀枪不入。”

“只要是人就都有弱点，我……的妈。”楚境话音未落，会议室的门打开了。

八个西装革履的男人走进来，有胖有瘦，有高有矮，有的面带笑容，有的不苟言笑，有的长得和蔼可亲，还有一个长得分外惹人厌恶。

“怎么了，楚总？”高群不解，刚才还信誓旦旦的楚境，这会儿怎么脸都白了。

楚境的心凉了半截，这生意怕是要黄啊。

“没事，认识的。”

高群心中一喜，小声说：“太好了，熟人，那这事儿有戏。”

楚境冷笑一声：“敌人。”

高群：“……”

楚境站起身，跨过会议桌跟汪徵等人握了下手。

“汪总好久不见。”楚境微笑着说。

汪徵眼皮都没抬一下，“嗯”了一声：“请坐，可以开始了。”

楚境深呼吸了一口气，这么不给她面子？

“好，那我就直接开始了。”楚境在尹氏集团工作人员的帮助下，连接了投影仪，开始讲解PPT。

“5G时代的来临，电子产品面临革新，为了让用户有更好的体验，从芯片到配件，也应该进行一次革新……”楚境从容淡定，像面对每一次谈判一样，认真且专注。她是做销售的，对技术其实不太懂，但是她近期恶补了大量的知识，她觉得还不至于太差。

尹氏集团的职业经理人团队听着楚境的介绍频频点头，楚境余光扫过，越来越有信心。

“我认为，芯片不再是进口的好，而需要自主研发。其他配件的性能稳定是最重要的，并且要给用户提供更省时更便利的服务。我们未来集团所生产的电池，无论从性能上，还是功能上，都非常符合尹氏集团新产品的需求。快速充电就真的会降低电子产品的寿命吗？边充电边玩电池会发热？这些现象，未来集团的电池都不会出现，我们经过……”

“什么电池？”汪徵突然打断了楚境的演讲。

“哎？”楚境微微一愣，“锂电池。”

汪徵直接站起了身：“很感谢楚总今天的到来，我想合作还是算了吧。”

直接拒绝？

纵然楚境见惯了大场面，面子上也十分挂不住。连个拒绝的理由都不给，汪徵客气一下会死吗？

其他七位经理人也有点茫然，其实楚境的方案听起来还不错，这么拒绝人家也太不给面子了，汪总今天怎么了？所有人的心里都打了个问号，但是也只能跟随着汪徵的脚步离开。

不能就这么失败，楚境握紧了拳头。

“汪总，借一步说话可以吗？”在汪徵马上要离开会议室的时候，楚境大喊了一声。

“你们先去忙吧。”汪徵说道。

会议室里只剩下他们两个人，楚境直接冲到汪徵面前，啪地一甩平板电脑：“你什么意思？故意针对我？我以为你长大了会好一点，做生意不是过家家，你能不能公私分明一点？不要把个人的情绪带到工作里来。”

汪徵毫无表情的脸上终于有了一丝反应，他皱着眉：“你觉得你那方案很好？”

“那你倒是给我一个拒绝的理由。”

“我是甲方，满意了吗？”

楚境满腔怒火，像一座随时会爆发的火山。她觉得今天的汪徵很奇怪，试探性问："你该不会是因为失恋了，所以迁怒于我吧？"

"所以果然是你让雯雯跟我分手的喽。"

"什么逻辑？你这么没品吗？"

"随你怎么想，不送。"

汪徵一把拽开了会议室的大门，外面齐刷刷地站着八个人，正是刚才一起开会的另外七位经理人以及高群。八个人面面相觑，表示自己什么都没听到。

楚境强忍着怒火，从会议室离开了。

路上堵车，楚境按了好几次喇叭。

"楚总，你和汪总该不会是……前任关系吧？"

"我像是爱吃屎的人吗？"楚境吼了一声，说完这句话，她觉得好像哪里不对，这不是连带着骂了她的好闺蜜廖之雯，于是缓和了语气说，"我表哥。"

楚境和汪徵是表兄妹关系，两个人的妈妈是亲姐妹。他们两个天生就不对付，宿敌一样的存在，从小就互相看不顺眼，巴不得对方过得不好。也许这种基因是从上一辈就有了，他们两个的母亲也互相看不上对方，一个是女强人，一个相夫教子，都认为对方的人生过得不如意，见了面总要吵架。

楚境咬了咬牙，汪徵这孙子，怎么隐瞒得这么好，她竟然从来不知道他在尹氏集团做职业经理人。

"那现在怎么办？"高群问楚境。显然他也没有什么信心了，之前哪能料到，这两个人之间还有这么一层关系。

楚境咬着牙，也不知该说什么。

高群又问："一家人不会故意为难你的吧，不然你找家里人使使劲儿？"

刚好又是红灯，楚境烦躁地摇了摇头说：“我们家管不了我们的事儿。”

“楚总，我可是下定决心要跟你混的，不能就这么算了吧？”

“当然不能！”楚境说道。等着看吧，她一定要拿下这个合同，不就一个尹氏集团嘛，做主的人也不是汪徵，不还有尹总和小尹总嘛。只要他们两个人点头答应，职业经理人团队又算什么？

回到公司以后，楚境脸色不好，小助理诚惶诚恐地走过来说：“孙总他让您去跟进春成集团的案子。”

楚境以一种难以置信的眼神看了过去：“真的？”

小助理点点头，手里抱着一打文件：“这是孙总给的资料。楚总，怎么办呀？”

春成集团的案子在孙总手上有半年了，一直没有进展，春成的老总出了名的难搞，孙总这是又故意给她难堪了。

“行，你放下吧，我自己安排。”楚境说完，小助理像扔烫手山芋一样，将资料放在了楚境桌子上，然后逃跑似的走了。

楚境坐在老板椅上，长长地叹了口气，然后把文件盖在脸上，整个人软了下来，想要做点儿事业为何这么难呢？

她只给了自己三分钟的软弱时间，然后给大学同学老肖打电话。

“老楚，我真得好好谢谢你……”

“打住，你帮我查个人。”楚境生怕他说出什么肉麻的话来，赶紧提了正事儿，也知道老肖这么激动肯定是学区房的事情搞定了。

老肖啧啧两声：“你真把我当你的私人侦探了啊？”

“帮个忙嘛，你帮我查查尹氏集团的小尹总，姓甚名谁住哪里，有什么爱好？”

“姐姐，学区房能退吗？”

“不能！快去查！”

“我给你介绍个私家侦探，你去查吧。”老肖挂了电话，没一会儿发给楚境一个微信号。

楚境加了对方以后，把事情说了，谈好了价格，对方承诺一周给消息。对于这个价格，楚境还是有点肉疼的，没想到这么贵。但是舍不得孩子套不着狼，只要她能顺利和尹氏集团合作，这个钱花得还是值得的。

转眼，周末家庭聚餐的日子到了。

楚境化了一个美美的妆，接上她亲妈孟东，母女俩直奔外婆家。

“妈，我跟你说个事儿，你等下可别笑出声来。”在外婆家楼下的时候，楚境说道。

孟东刚跟几个合作方打完电话，谈崩了一笔生意，脸上一片阴雨：“你看我这个样子笑得出来？”

楚境锁了车，提上给外婆买的东西，然后再帮老妈提上包，像个小奴婢似的跟在老妈后面说：“雯雯把汪徵给甩了。”

孟东脚步一顿，扭头看着楚境，母女俩对视了一眼之后。

“哈哈哈哈哈……”孟东仰天大笑。

楚境一耸肩，说好了笑不出来呢？

“汪徵那小子，压根儿就配不上雯雯，回头给她介绍个更好的。工作狂就不配拥有爱情，雯雯多好的一个女孩儿，汪徵天天晾着人家，过分！”孟东说完这句话，走了几步回头看了一眼女儿，又说，“我没说你，你还是配的。”

楚境：“……”她才不需要爱情，她只需要合同！

“尹氏集团你熟悉吗？”楚境问。

“没有业务往来，但是可以帮你查查。”

“谢了。”

“待会儿别跟你表哥吵架，你外婆年纪大了。”孟东顿了顿又说，“出来了以后再吵。”

楚境“嗯”了一声，母女俩一前一后进了外婆家的门。

外婆还住在老房子里，姥爷去世有几年了，外婆坚持一个人住在这儿，住了快三十年的房子，说是有感情了，怎么都不舍得搬走，平时有个阿姨照顾。老房子很小，但是打扫得很干净，她们在门口换了拖鞋。大姨一家已经来了，姨父和汪徵正坐在沙发上，大姨在厨房帮忙。

楚境开口叫人，汪徵脸色奇臭无比。

孟东也去厨房帮忙，楚境就坐在沙发上看电视，手机里微信没有停过，全都是与工作相关的事情。

手机响了五分钟以后，汪徵突然说了句：“你能静音吗？”

楚境没听清楚，抬头问了句：“你说什么？”

“一点也不专业。”汪徵摇了摇头。

楚境冷笑：“那也比你专业，不会把个人情绪带到工作里去。你和雯雯分手的事情，也要怪我头上？”

“谁分手了？”原本在厨房忙碌的大姨孟春突然出现在了客厅里，挡在电视机前问楚境，“小境你刚才说什么？雯雯和你哥分手了？”

楚境哑然，家里还不知道？她瞥了一眼汪徵，给他一个“你说还是我说”的询问眼神。

“没错，我和雯雯分手了，我会马上再找到新的适合结婚的人，年底结婚的计划不会变。”汪徵冷静地说完。

楚境啧啧两声，在心里骂他，听听这是人说的话吗？正常人家的姑娘可千万不要嫁给这个浑蛋。

孟春听了儿子的话也震惊不已，她愣了足足有两秒钟，眼睛里满是诧异，然后提起手里的锅铲，直接就打在了儿子的身上。

“你分手了？你分手了？雯雯那么好的姑娘，为什么分手？你说的这是人话？你这个混账，混账……”孟春打了自己儿子一顿，姨父也加入了。外婆和孟东出来拉架也没能阻止这夫妻二人混合双打。

楚境在旁边继续回复工作信息，仿佛跟她无关。

好好的一顿家宴，闹得不欢而散。除了楚境，全家人都骂了汪徵一顿，汪徵始终一言不发，也没有一句解释。

离开外婆家的时候，楚境心情不错，她收到了私家侦探的回复，要给她个资料包。

楚境刚拉开车门，突然被人给关上了，她吓了一跳，扭头瞪了汪徵一眼：“你发什么神经？”

“廖之雯为什么跟我分手？”

“奇怪了，你俩这恋爱我也没跟着谈，你问我做什么？你要么去问雯雯，要么问问良心！”楚境用力推了一把汪徵，“你再不让开，我就报警了！”

汪徵攥紧了拳头，居高临下地看着表妹，他脸部的线条绷得很紧，露出了些许担忧的神色：“廖之雯不是一个儿戏的人，一定是出了什么事让她做了这个决定。你多关心她一下。”

汪徵说完放开了车门，转身要走。

这话楚境听了就觉得反胃，破口大骂：“你早关心她，她至于跟你分手？”

“尹氏集团的项目你没戏。”

"你以为我稀罕？"楚境跳着脚放狠话，但实际上，她很稀罕。

回到家后，楚境登录邮箱看了私家侦探给她发的资料。

"就这个也值得我花这么多钱？"在看完了资料之后，楚境发出了一声咆哮。她能不能打电话去消费者协会投诉啊？

关于小尹总的所有照片都是模糊的，没有正脸。只知道他叫尹霈祁，年龄二十四岁，爱好广泛。

楚境气得不行，真想打电话给老肖骂他一顿，这推荐的是什么破侦探。她滑动鼠标，往下翻了翻资料，里面有一张比较清晰的合影，虽然看不清楚小尹总的脸，但是合照的那人却很清楚，是叶远信，貌似是两个人一起去哪里玩。

这两人是好朋友？

楚境摸了摸下巴，外人果然靠不住，还是得靠自己。

"帮我查查叶远信近期的行程，咱们的项目能不能成，就看他了。"楚境给高群发了消息。

很快得到了高群的回复。楚境还是比较满意这个合作伙伴的，比那什么侦探强多了。

两天后，楚境拿到了叶远信近一个月的行程，她仔细分析画重点，交叉选择，最终选择了几个和小尹总有关的活动。这一系列的数据分析比她高考那会儿还要烧脑。楚境发誓，这个案子她一定要拿下，这个公司的总经理也必须是她！

"这样行吗？"高群看着眼前变了个样子的楚境，问出了心中的疑问，"咱们是去谈合作，又不是去谈恋爱，楚总牺牲也太大了吧？"

"你懂什么，我这是套近乎！"楚境深呼吸了一口气，带着满满的诚意出发了！

她破天荒地脱下了高跟鞋，穿着帆布球鞋，瞬间没有了居高临下的感觉。一条白色的蕾丝连衣裙，微微弯曲的乌黑长发刚好及腰，脸上是淡淡的看不出来的妆容，像极了隔壁班的初恋校花。

楚境坐在酒吧的露天桌子前，面前点了一杯果汁。她打量着周围的人，仔细对比着手机里的照片，看看哪一个是小尹总。

她打听到，叶远信经常预订这家酒吧的一个位置，喝酒看球赛，然而叶远信不喜欢看球赛，那肯定是给某个神秘人预订的，80%就是小尹总。所以楚境在这里守株待兔，她狠狠地拍了一下自己的小腿，这该死的蚊子，能不能不要再咬她了？

“小妹妹，果汁好喝吗？”

楚境抬头看了一眼面前的男人，三十多岁，微胖，头发稀疏，手指上有常年戴婚戒留下的痕迹。

“小你妹，一边待着去，已婚还撩妹。”楚境不客气地说道。

那男人也没生气，只是微微发愣，这和外表看起来完全不符合的气质，他摇了摇头走了，看样子惹不起。

楚境又喝了一口果汁，按理说她的推算不应该错啊，小尹总肯定是皇马的球迷，今天这比赛他得来看啊。

楚境没有放弃，继续环顾四周，寻找她的目标人物。

“在等人吗？我也在等人，不如一起等等？这么晚了，一个小姑娘挺不安全的。”一个衣冠楚楚的男人拉开楚境面前的椅子，自说自话后就坐下了，还伸手叫了服务员，“跟她一样的。”

楚境没有理会这个人，她自顾自地张望着，偶尔看一眼电视屏幕，球赛还有五分钟就开始了，小尹总你可千万别让我失望啊！

“小姐和我的初恋女友很像，她把我甩了。说实话，刚看到你的时候，我还有点生气，以为你是她……”衣冠楚楚的男人继续说着，喝了一口果汁，仿佛是烈酒一样，他的神情有点落寞。

“你不说话的样子和她更像，谢谢你给我片刻的时间怀念过去，我很快就要结婚了，我……”

楚境蹙眉，还有两分钟。

“很高兴认识你。”衣冠楚楚的男人伸出手来，大概是想跟楚境握手。

“我的位置有人占了？没关系，给我留旁边的位置也可以。没事，不用道歉，不用了，叶总寄存的酒给他留着。”一个年轻男人忽然出现在露天酒吧，他穿着白色的衬衫，袖子挽起来一截，露出手臂来。他看起来有185厘米左右，身材修长，双腿尤其长，比例极好，像是个男模一样。头发很短，肩膀宽阔，腰倒是很细。

楚境盯着那人看了一会儿，从背影看是个很帅的男人，但是她盯着他可不是因为他帅，而是她觉得他应该就是小尹总。她竖起耳朵来听，似乎从对话中听到了“叶总”两个字。没错，她占了叶总预订的位置，趁着服务员不注意的时候。后来服务员委婉地来提醒这位置已经被预订了，于是她撒着娇给糊弄过去了。

小尹总我恭候多时了！楚境开始激动了，她觉得全身的毛孔都张开了，高考都没有如此紧张。

“小姐……”衣冠楚楚的男人挡住了楚境的视线，“我觉得……”

面前突如其来出现了一张脸，楚境的确没有想到，她压根儿就没有留意到有人跟她搭讪，手法还算高明。她皱着眉头，冷着脸，一点也不符合甜美的初恋装扮。

“你会不会说话？”楚境质问。

衣冠楚楚的男人一愣。

“这年头还有这么称呼女孩子的吗？”

“那……小姐姐？”

楚境冷笑一声：“油腻男。”

“不然你说？”

楚境歪了下头，看到疑似小尹总的人还在吧台跟服务员点单，她站起来，双手撑着桌子，气势足以压倒对面的人，她咬着牙说：“现在流行叫爸爸！”

她起身整理了一下白色的裙子，朝着吧台走去。

就在此时，疑似小尹总的人点好了酒水，服务员端着盘子，两个人一前一后地走过来。和服务员擦身而过时，楚境不经意地崴了下脚，撞了服务员一下，服务员本能地护住了托盘里的酒水，顶了楚境一下。楚境整个人就失去了平衡，一头栽入了疑似小尹总的男人怀中。

年轻男人身手敏捷，大抵是练过跆拳道之类的，他以迅雷不及掩耳之势，往左挪了一步，让开了。

“啊！”楚境发出一声短而急促的尖叫，就在她要以脸着地的时候，有人伸手拎住了她的领子，让她的脸在距离大地十厘米的位置停了下来。

她原本吓得闭上了眼睛，但预料之中的痛感没来，她的眼睛睁开一条缝，扭头看了一眼，是疑似小尹总的男人抓住了她。

虽然和预想中的场景不太一样，但总归是和对方扯上一点联系了。楚境用温柔得能掐出水的声音说：“好可怕，可不可以请你先把我拉起来呀，我穿的是短裙。”

“好。”对方说着就把人拉起来了。

楚境站直了身体，眼眸低垂，撩了一下头发，害羞地红了一下脸，然后含着笑抬头看面前的人，张了张嘴，刚准备说一句谢谢，但在她看清楚眼前的人的样子以后，不禁脱口而出：“怎么是你？”

酒吧里那个错位的吻再一次浮现在脑海里，那个好看的年轻男人似笑非笑的样子，和面前的这个人逐渐重叠在了一起。

尹霈祁看清楚眼前的女人以后，猛然间打了一个喷嚏，直接喷在了楚境的面门上。

楚境闭上了双眼，一脸的嫌弃：“不带‘人工降雨’的啊！”

苦苦找寻了半个月的仇人，今天终于再一次见面了！她不能就这么放过他，敢强吻她的人应该从这个世界上消失。

楚境一把揪住他的衣领，无意间瞥了一眼，他穿的是巴宝莉的走秀款。一瞬间，她想起了什么来——眼前这个人是谁？

她仔细回忆了一下小尹总的照片。

足足过了有五秒钟，她惊奇地发现，他们是同一个人。

“这这……客人……”服务员站在这不知如何是好，都是客人，可不能让他们打起来。

尹霈祁接连又打了两个喷嚏，好巧不巧，全都喷在了楚境的脸上。尹霈祁一方面觉得不好意思，一方面又很烦躁，最近到底是谁总惦记他，能不能不要再想他了？齐秘书的办事能力真不行，怎么还没查出来那人是谁。

“啊，没事的，我刚才有点头晕，那边有个大叔一直找我聊天，太讨厌了，影响我看巴塞罗那的比赛。还有别的位置吗，我拼个桌也行？”楚境一边说一边放开了尹霈祁的衣领，笑得纯天然无公害。

服务员也是见过很多美女的人，却被楚境这么一笑给甜到了。

“没有。”尹霈祁说道。

楚境继续微笑，这小子几个意思，要拒绝？她不能错失这次机会！她当即迈开腿三步并作两步直接跑到了尹霈祁原本要坐的位置上，然后招了招手说："这里有位置，可以拼桌。"

服务员扭头看向尹霈祁，颇有些为难的样子。尹霈祁勾了勾嘴角："好啊，拼桌。"

尹霈祁往前走了几步，路过一扇玻璃，他扭头看了一眼玻璃映衬的自己，挑了下眉，腹诽道，果然是太帅了，出门总有人故意搭讪。

就在此时，原本和楚境搭讪的那个男人觉得无趣，想要站起来离开的时候，楚境一眼瞪了过去，咬着牙压低了声音说："坐下！再喝几杯！"

开玩笑，他走了的话，她还怎么和小尹总拼桌！

比赛马上就要开始了，楚境十分自然地拉了一把小尹总，让他坐在自己旁边："别挡着电视，快点看比赛啦。"

这个"啦"加得她自己也觉得恶心，但是她没办法。理论上，天然无公害的邻家妹妹形象，应该是很好接近一个陌生男人的。

尹霈祁坐在了她的旁边，两个人开始看比赛。

在来之前，楚境做足了功课。她对足球还是懂一些的，中学的时候喜欢过，她曾喜欢的男孩子疯狂喜欢罗纳尔多。她还问过一个很傻的问题，在你心里我重要还是罗纳尔多重要？谁知道那男孩子竟然犹豫了，似乎是仔细掂量了一番然后说，对不起，我更喜欢罗纳尔多。

后来那个男孩子大概是觉得对不起偶像，跟楚境分手了。一场青涩的早恋都没来得及被家长发现，就这么无疾而终了。

"好球！"在场的球迷们突然欢呼了一声，原来是开场没多久，梅西就进了个球。

这一声呼喊把楚境从回忆里拉回来，她表现得跟其他球迷一样，脸上洋溢着喜悦和自豪的神色。她偷偷看了一眼旁边的小尹总，他似乎没什么变化，只是嘴角微微上扬，表示他此刻很愉悦。

倒是个沉得住气的人，楚境在心里评价他，好像和那天酒吧里见到的人不太一样呢。

可他们明明是一个人，为什么现在的小尹总看起来稳重和成熟了许多？楚境一开始也纳闷，在脑海里思索了一个来回就琢磨出味道来了。

因为身份的变化，她主观认识上也就发生了变化。之前酒吧里他是个被她调戏的小奶狗，可现在，他是她急于取得信任的小尹总。

幸好他没认出她来，估计这种富家子弟，见过的女孩子太多了，亲过也就忘了。

她想到这里的时候，不知不觉地捏扁了一个快喝完了的易拉罐。

“你还好吗？”尹霈祁发觉旁边的女孩子手里的易拉罐被捏扁了，啤酒都溢了出来。

“啊？没事，呵呵呵……”她温柔又腼腆地笑了起来，松开了易拉罐。她也懊恼，手劲儿怎么这么大?

楚境把脸扭过去了。

尹霈祁拿了纸巾，碰了碰楚境的胳膊：“擦擦吧。”

楚境颇感意外，还没来得及感动，就听到他又说：“桌子上的啤酒快流下来了，别弄脏了我的AJ。”

楚境：“……”这是个什么智障。

“哇，你这鞋真不错，限量款很难抢的。”楚境顺口夸了一句。

“哦？是吗？上次还有个人说我穿假货。”尹霈祁漫不经心地说了句。

楚境大惊失色，他是不是认出来自己了？

她要疯，这鞋的确只有一双，当时她买了送给叶远信。不难猜测，叶远信肯定是将鞋转送给小尹总了。他到底认没认出自己来啊，没认出来的话，这似笑非笑的表情是什么意思？认出来了的话，又干吗假装不认识？这个人太奇怪了，他还能知道自己的目的不成？

这种猜不透的感觉太差了，楚境思考了整个上半场。但是后来他们没什么交流，楚境也就不想了，专心致志地看球赛。

梅西后半场发挥非常好，接连进球，整场比赛节奏打得很稳。对手也没有因为是强敌巴塞罗那而放弃，也拼尽全力，看得人热血沸腾，紧张刺激。

比赛结束哨声响起的那一刻，巴塞罗那险胜，全场的球迷都松了一口气，紧接着发出了欢呼声。楚境伸出手，跟旁边的小尹总击了下掌。

“买单！”楚境喊了一声，然后对旁边的小尹总眨了下眼睛说，“我请了，拜拜啦！”

楚境去了吧台，服务员告知她不能买单。紧接着，小尹总就出现在了她的身后，拿过酒水单说：“和我在一起，没有买单机会的。”他在账单上写下了自己的名字，然后递给了吧台的服务员。

这满满的装丕的感觉，楚境在心里鄙视了一下。紧接着她偷偷瞥了一眼，字儿写得真好看，像是练过书法似的。她的字没法看，也就只有签名还行，因为找人设计过，随便画几笔而已。旁边的小尹总就不一样了，他的字笔锋刚劲有力，和他们这些随便写写的人不一样。

等等，他叫什么名字？

“尹霈祁？你这名字有点特别，应该有不少人开你玩笑吧？很烦吧？”楚境说这句话的时候，其实没想套路小尹总。

她是真的第一次知道小尹总的名字，尹霈祁，很自然让人想起了小猪佩奇，这么个谐音肯定闹过不少笑话。她最讨厌别人拿名字开玩笑。她叫楚境，所以常常被人说，楚境你想想你是什么处境。

真的很想生气，但是又不能发火，人家说错了什么吗？那的确是她的名字。是名字不好吗？

怎么会呢，家长起名的时候肯定还是花了心思的。

那到底该怪谁呢？拿名字开玩笑这种事情，到底什么时候才能过去。

尹霈祁在听楚境说了这句话以后，全程似笑非笑的脸上才终于有了别的表情，是被打动的神色，目光甚至还有点闪烁，他有点激动地问："你叫什么？"

"小境，边境的境。"楚境笑着说。

"有点耳熟，我们在哪里见过吗？"尹霈祁问。

果然是把她忘了！她今天的清纯打扮，和那天判若两人，他没想起来真好。

楚境微笑着摇了摇头："我没印象，可能以前在这里看球遇见过？你看国安吗？"

尹霈祁眼睛睁大了些许，明显对这话题感兴趣。

"你也喜欢国安？"

"你也喜欢？我一直希望能弄个球队，跟国安踢一场。"楚境胡诌道。

尹霈祁眼睛开始放光了："小境，你吃宵夜吗？"

终于等到了！楚境掩饰住内心的狂喜，她看了看表说："你请我就去。"

"那你找个地方。"

第三章
我们认识吗？

攻略上面说的，如果他家缠万贯、高高在上，那就带他去尝人间烟火，街边小店的美味足够打动他的胃。

于是楚境穿着白色蕾丝初恋裙，坐在路边的小马扎上，面前放着一个空的铁盘，桌子上还有几个塑料一次性杯子，路灯下的小矮桌还有一点油腻，总之是相当简陋。

“两百只小龙虾，要辣的。二十根羊肉串、四十根牛肉串，还有三十个小腰。方便面也来一份。你还想吃什么？”尹霈祁甚至都没有看菜单，直接就点出了自己想吃的东西。

楚境吞了下口水说：“一瓶茉莉花茶。”

“那得去隔壁超市买，你等我。”尹霈祁说完站起身去隔壁的小便利店，买了两瓶茉莉花茶，一瓶冰的、一瓶常温的，问楚境，“哪个？”

楚境微微有些意外，养尊处优的大少爷，竟然也有点细心？她伸手拿了那瓶常温的茉莉花茶，说了声谢谢。

楚境拧了一下瓶盖，故意没有拧开，眼巴巴地盯着小尹总，是时候让他展现出男友力了！

小尹总拧了一下，没拧开。

楚境盯着他看，她都表现出崇拜和期待了。

小尹总微笑了一下，又拧了一次，还是没拧开。

场面一度有一些尴尬，楚境把目光放到了别处，假装看上菜。

小尹总又试了一次，瓶盖还是纹丝未动。

“咦？茉莉蜜茶，抱歉抱歉，我说错了，我想喝茉莉花茶。我再去买一瓶吧，你等等我。”楚境连跑带颠地走了。她真是后悔，为什么要让小尹总帮她拧瓶盖呢，现在他肯定觉得特别丢脸，说不定为了故意忘记这段丢脸的记忆，连带着也不想见她了。真是失策啊！谁能料到，身高185厘米的小尹总，是个花架子呢？

楚境在小便利店买了一瓶茉莉花茶，然后用力一拧，开了。

这边尹霈祁盯着那瓶拧不开的茉莉蜜茶——这产品怪怪的，连个缝隙都没有，怎么拧得开啊？这到底是哪个厂家生产的？

突然，一个西装男路过，迅速拿过小尹总手里的茉莉蜜茶，然后“嘎”一声把瓶盖打开，放在了小尹总的面前，又快速地消失在了人群里，简直是深藏功与名。

楚境刚好看见了那个西装男人的背影，她坐在小马扎上，随口问了句：“刚才那是……”

尹霈祁黑着脸说：“不认识。”

他的保镖，24小时监视，真是太烦了。本来以为甩掉了，没想到是他大意了。

楚境识相地没有再问下去，很快，小龙虾和烤串都好了。

两个人面前简直有一座山，小尹总戴上了手套，开始剥虾。

他手法娴熟，掐头去尾，轻轻一拉，整个虾肉就剥离出来了，那技术，不知道的还以为他以前是卖小龙虾的。

他专心致志地吃虾，简直把楚境当成了空气。楚境感觉非常郁闷，完全没有机会聊天。她耳边一直有“嗡嗡”的声音，她腿上估计有十来个蚊子包。

她好几次要开口，都让小尹总打断了，他更是看都没看过她一眼。看来小尹总不好这口，她下次要换一个形象出现了，再也不穿这么娘里娘气的蕾丝连衣裙了。

这小龙虾，怎么这么好吃？

去他的减肥，她要吃虾。

就在楚境吃得忘乎所以的时候，尹霈祁突然开口问：“你那个球队打算怎么弄，有没有什么计划书？”

“嗯？”楚境差点被小龙虾扎了手。

“也要打职业赛的吧？球员你打算是自己去培养，还是从别的队挖一些呢？你都做了哪些准备了，投资一个俱乐部不是一笔小数目。”尹霈祁一板一眼地开始跟楚境讨论球队的问题，他甚至拿了一张餐巾纸，掏出随身带的万宝龙钢笔，在粗糙的纸面上写下一些看法和注意事项。

楚境彻底呆住了，她其实根本就没有想那么多。

经营一支球队？她从来没想过，只是套近乎的借口罢了。

但楚境是那种反应很快的人，瞎掰能力不弱。她思索了一会儿说：“弄一个球队的确需要很大的一笔资金，所以我也没打算一下子就弄成职业联赛的规模，先从小抓起吧，或许可以先弄一支少年队。教练不能马虎，要请一个懂国情的，踢得好的。如果有之前的运动员退役愿意来教小朋友的话，那就最好不过了。”

尹霈祁开始思索起来：“那你现在进行到哪一步了？”

也不知是不是这路灯“烤”的，楚境觉得有点出汗了。她坚决不承认是她顶不住压力，她喝了一口茉莉花茶，缓缓道：“慢慢来，这不是短期内可以实现的理想。就像国足赢得世界杯，是我们的期盼。你也想加入吗？”

尹霈祁淡淡一笑，似乎有一点落寞的样子。

“怎么了？”楚境问。

“我家穷。”

楚境当场石化，本市乃至全国都有名的富二代，说自己家里穷？好想打人哦。她冷笑了两声：“那你努力赚钱吧。”

两个人吃完了小龙虾，楚境都没能找到机会开口提别的事情。她有点“佛”了，蕾丝连衣裙扎得她浑身难受，助理给她买的什么劣质服装。

“球队你打算叫什么名字？”尹霈祁忽然问道。

楚境的手机刚好在这个时候响了，她扫了一眼，是廖之雯妈妈发来的微信：“小境，能来家里一趟吗？雯雯很不好。”

廖之雯出事了？楚境顿时有一种不太好的预感，她得赶紧过去看看。

“我马上过去，阿姨。”

楚境快速回复微信，恰好听到了尹霈祁的问题，随口说了句：“没钱别瞎问。”

尹霈祁笑了起来。

楚境暗骂自己，真是一不留神就败好感了。她勉强扯了个笑容出来：“我有点急事，要先离开一下。”

“好，你路……”上小心，尹霈祁话还没说完，楚境人就没影儿了，也不知道为什么跑那么快。

下一秒尹霈祁反应过来，对着满桌子的小龙虾壳，笑了起来，然后给叶远信打了个电话：“过来买单。”

叶远信：“……”

十五分钟后，叶远信黑着脸来了，乖乖去买单，一问价格，一千二。他看了看这小店的环境，露天的，椅子都是小马扎，桌子都是小折叠桌，吃啥了一千多？

他在尹霈祁对面坐下，小马扎相当不舒服。他扫了一眼桌子，掰开一双一次性筷子，在小龙虾的盆里翻了翻，还剩几个钳子，夹起来嘬了嘬问："和谁吃的？"

"味道怎么样？"尹霈祁问。

叶远信咬开钳子，吃到了肉："挺好，再辣一点就好了。"

尹霈祁"哦"了一声说："那可能是我嘬太久了，给嘬没味儿了吧。"

叶远信整个人石化，把嘴里的小龙虾钳子吐出来，然后呸了好几口，他指着尹霈祁："你太恶心了，你怎么不早说？"

尹霈祁一挑眉，露出一个欠揍的表情来。他拿起桌子上那瓶没喝过的茉莉蜜茶问："这饮料是你们家生产的吧？"

叶远信家产业不少，饮料也有，但是他还真不知道这个是不是自家产品。他拿着瓶子看了许久，从生产地址确认了，然后问尹霈祁："我家的，这东西不好喝吗？"

尹霈祁冷哼一声："什么垃圾瓶盖！"

说完，他就站起来走了。

叶远信愣了一下，也追了上去："瓶盖怎么了啊？"

尹霈祁从小弄堂出来，一辆黑色的劳斯莱斯正好停在弄堂口，这条路的路灯太少，寂静又漆黑，和刚才的小烧烤摊形成了鲜明对比。

"小尹总请上车！"黑暗之中，突然有个人说话，露出了两排白色的牙齿。

"我……"尹霈祁吓得一个激灵，往后跳了一步，险些骂出脏话来。

他仔细辨认了一下面前这个人，然后黑着脸上了车。

"跟你说了多少次了，长得黑晚上别穿黑衣服！你不光撞坏了我的车，你还想把我也撞坏了，是不是？齐秘书怎么还没把你开了！"尹霈祁抓狂，在后座上翻滚着，好似怎么样都无法平复自己被吓的心脏。

司机是见惯了小尹总闹脾气的，齐秘书说了，小尹总只是嘴贱外加大嘴巴，但是人不坏，特别善良，你只要没事儿夸夸他，肯定能保住饭碗。

“小尹总今天可真帅，图宁市吴彦祖。”司机看了一眼后视镜说。

后面正闹腾的尹霈祁突然安静了下来，照了一下镜子说：“是吗？”

“嗯！特别帅。”

小尹总抿着嘴说：“好好开车，别看了。”

司机识相地闭嘴，饭碗保住了。

尹霈祁看着夜色越来越深，他下意识地摸了下嘴唇，然后露出一个笑容，小境，这个名字有点意思。

廖之雯家还在老小区里，没有电梯。楚境狂奔着赶到廖之雯家，她站在门口，做了几次深呼吸，让自己的气息平稳一些，然后敲门。

廖之雯的妈妈跑过来开门，一看是楚境，眼眶立刻就红了，抓住楚境的手说：“小境，你表哥怎么就不要我们雯雯了呢，以后雯雯可怎么办啊？怎么办啊？”

楚境一怔：“阿姨，雯雯这么优秀，是汪徵配不上她。”

廖母抹了一把眼泪，摇着头说：“都订婚了，这不结婚，外人要看笑话的。雯雯这孩子怎么回事儿，你快去帮我劝劝她。两个孩子在一起这么多年，肯定是有感情的，找汪徵说说好话，肯定能复合的。小境你可得帮帮阿姨啊！”

“好的好的，我知道了阿姨，没事的，我先进去看看。”楚境一边稳住廖母，一边在门口换了拖鞋，往廖之雯的房间走去。

廖家家境普通，房子装修还是十几年前的，廖母又是老眼光老思想，总觉得汪徵哪儿都好。

楚境敲了敲门：“雯雯，是我。”

片刻后，房门打开了。

“小境你怎么来了？我妈给你打电话了？”廖之雯穿着吊带背心，整个人瘦了很多，一头短发显得她很精神，并没有什么颓废的迹象。她房间里放着摇滚乐，隐约还有一丝烟味儿和酒味儿。

楚境歪头一看，飘窗上放着一个烟灰缸，里面有大半根熄灭的香烟，还有一瓶洋酒。

“进来吧。”廖之雯给楚境让开了一点，拉她进来以后，再次锁上了门。

廖母在后面碰了一鼻子灰，正要发作，被廖之雯的父亲赶来拉住了：“你给孩子一点空间。”

廖之雯把音乐关小了一点，给楚境也倒了一杯酒，递给楚境问：“开车了吗？”

“我今晚不走了。”楚境接过了酒。她眼睛一扫，看向廖之雯后背，吊带背心边缘处露出了一点青色的痕迹。

“你后背是什么？”楚境问。

同一时间，廖之雯也问了一句：“你干吗穿成这个样子？”

刚才太着急了，楚境都快没感觉了，这会儿见到廖之雯没事儿，那种被蕾丝扎肉的感觉又来了，她拉下了拉链说：“你赶紧给我找件衣服换上，我可吃苦了。”

廖之雯丢给楚境一件干净的睡衣，楚境换上以后问：“你后背，老实交代。”

廖之雯转过去，给楚境看。

那是一个刺青，一只蝴蝶，就趴在廖之雯的蝴蝶骨处。

“我的天！你竟然去文身了？你不怕你学生看见？你这太酷了……等一下。”楚境扒拉了一下廖之雯的吊带背心，发现那蝴蝶只有半只，于是问，“另一半翅膀呢？”

廖之雯扶额：“太疼了，没忍住。”

“你……哈哈哈哈……”楚境没忍住破功了。

廖之雯也跟着笑起来，她似乎已经很久没有这么开怀大笑了。其实这本身也不是什么特别好笑的事情，但是楚境的笑容似乎能感染她。

“洗个澡睡吧。”廖之雯说。

楚境明显感觉到廖之雯有什么事情瞒着自己，洗完澡后，两个人并排躺在床上，就像上学的时候一样。

“我今天想接近尹氏集团的小尹总，失败了。”楚境率先开口。

“清纯女大学生的形象不受待见吧？有点过时了，你太久不看偶像剧了。”廖之雯轻声笑了起来。

“周末家庭聚餐，汪徵被打了一顿。”楚境说完这句话，小心翼翼地观察着廖之雯的反应。

廖之雯“哦”了一声：“活该！”

楚境微微一愣，又说：“我都不知道汪徵是尹氏集团的职业经理人，我之前去谈一个项目，他卡我，还质问我，是不是我挑拨你俩分手。”

“你挑拨了。”廖之雯平静地说。

楚境一下子就坐起来了，问廖之雯：“我什么时候挑拨你俩了？”

“怎么没有？你不是经常说他配不上我吗？”

楚境一时语塞，这话她还真的说过。

“你说的是实话，他还真配不上我。好了，小境，我已经走出来了。我想要过跟过去完全不一样的生活。”廖之雯隐隐开始憧憬着什么。她在掐算着日子，因为她问过了，以她这种情况，如果不做手术的话也还能活五年，她不会再浪费哪怕一天的时间。

“你想干什么？出国读书吗？”楚境忽然想起来，大学的时候，廖之雯是想要继续深造的，然而廖母怎么都不同意，只想让女儿早点嫁人。

廖之雯“嗯”了一声：“我报了托福，想去澳大利亚留学。”

“行，学费多少，我打给你。”

“每年二十五万，你打我银行卡里。”

楚境拿手机的手突然有点抽筋了：“咦，你为什么不拒绝？都做独立女性了，你应该更要强啊！”

“我为什么要拒绝，啃闺蜜心安理得，你努力赚钱不就是为了带我飞？”廖之雯笑着说。

楚境真想一巴掌拍过去，她这都交的什么朋友。不过她也知道，廖之雯在开玩笑，以廖之雯的学习成绩，拿全额奖学金不成问题。

“你妈能同意吗？你的工作怎么办？”

“我打算过几天就搬你家去，工作等我拿到录取通知书以后就会辞掉。”

楚境倒吸一口冷气：“住我家？我不方便！”

“你‘母胎单身’有什么不方便的，不然你给我买一套房子。”

“过分了啊！”

“你不给老肖弄了个学区房吗，给我也弄一个。”

“人家自己出钱了，你的钱呢？”

“我一个人民教师，哪儿来的钱？明天你走的时候，把我身份证和护照一起带走。行了，赶紧睡吧！”廖之雯说完就把音乐和灯都关了。

楚境睁着眼睛看窗外的月光：“我睡得着吗？这一晚上一百来万呢！我上哪儿去弄这么多钱？”

廖之雯转过身去，笑得咯咯咯。

楚境是真睡不着了，她得想办法把这个钱赚了。她拿出手机，打开备忘录，看着小尹总的资料，骗钱刻不容缓，啊，不是，是赚钱。

周四，晴空万里，天气预报却说，暴雨将至。

楚境穿着背带裤、白色T恤衫，戴了顶棒球帽，嘴里还有一根没有完全吃完的棒棒糖，看起来有着与年龄和阅历完全不符的学生妹气质。其实她不工作的时候，总是随性的，只有在面对客户的时候才强大得像一堵墙。

楚境就坐在网咖的VIP席位上，靠着过道的位置，只要有人经过，一眼就能够看见她。她电脑屏幕上是《荒野求生》的游戏页面，她这账号是借老肖的，老肖千叮咛万嘱咐，别瞎搞，别掉级。

这游戏有什么难的？楚境去试炼场打了几把，轻松搞定。她发现，只需要开麦，捏着嗓子说话，总能有意外的惊喜。她一边鄙夷这游戏男女不平等，一边享受着身为人美声甜的妹子玩家带来的好处。

时间差不多了，楚境开始向外张望。

小尹总和几个朋友每周四都会来这家网咖联机“吃鸡”，她一定要再跟他来一个偶遇。

突然一个响雷，外面下起了雨。

这时，最里面的一间VIP包房门开了，几个年轻男人走出来，走在最后面那个闪闪发光的男人就是小尹总。

楚境仔细嗅了嗅，空气里都是钱的味道。

小尹总和队友们经过她身边时，楚境假装没有看他，目光放在电脑屏幕上，用过路人也能听到的声音说：“五杀完成，你们去舔包。”

太装坯了！

可实际上，她一顿操作猛如虎，战绩只有0。

果然，在听到这句话的时候，小尹总和他的队友们都往楚境这边看了一眼。

有人惊呼：“哇哦，美女玩家，还是个大神。”

楚境表面上毫无波澜，她眼角的余光疯狂扫射，小尹总应该要跟她打招呼吧，毕竟也一起吃过小龙虾呢。她摸了一下包包，等会儿就假装包掉了，文件散落一地，小尹总帮她捡文件的时候，刚好看见她那份完美的合作企划书，然后两家公司顺利签约。

多么完美的计划啊！只欠东风！

小尹总离她只有二十厘米了，只有十厘米了！

小尹总的队友甚至停下来看楚境的操作了，耳边还有他们的夸奖声，似乎是窃窃私语要不要拉她一起打，有个妹子容易赢。

楚境已经要忍不住微笑了，突然听到小尹总那熟悉的声音说：“落地成盒，意念杀人，挺厉害。”

现场打脸？他这看得也太仔细了吧！楚境暗暗窝火，外界传闻小尹总没有这么明察秋毫的啊。

尹霈祁和队友们离开了网咖，外面瓢泼大雨。

“坐地铁吧，雨太大了。”队友说。

尹霈祁没有公交卡，也没有零钱，他肯定不能坐地铁。他摸了下口袋说：“你们先走，我跟你们不同路，我东西忘带了，回去拿一下。”

“好，那回见。”队友们陆续离开了。

尹霈祁站在网咖大门口，琢磨着哪儿有卖雨伞的。

这几个队友是尹霈祁打游戏认识的，他们并不知道尹霈祁的真实身份，以为他也是个啃老的宅男玩家。

其实这种想法也没有错，他的确是在啃老，只不过他老爸留给他的那个公司啃不完而已。队友们除了经常抱怨他难约之外，玩得还算愉快。难约主要是因为他真的不确定能不能逃过那些经理人的眼线，顺利出来。因为隐瞒身份，他每次都穿得很普通。交朋友嘛，是为了开心，他不想像之前那次，被骗得很惨很惨。

尹霈祁看了看雨，怎么还不停？他又看了看手表，要错过开会了。

那边楚境见小尹总走了，拿上背包往门口跑去，走到门口被网管叫住，提醒她结账下机。

楚境大手一挥："钱不用退。"

尽管速度够快，但还是耽误了几分钟，她生怕小尹总已经走了。

楚境没等电梯，直接跑了下来，大门口站着一个高高瘦瘦的年轻男人，他穿着一件白色的亚麻衬衫，比之前任何一次见到他时穿得都要朴素许多，并不是什么名牌，但不知为什么，楚境觉得他仍然气质非凡。他在门前张望，楚境甚至看出了一丝孤独来。

楚境放慢了脚步，调整呼吸，走向尹霈祁。路过他的时候，她看了他一眼，微笑着说："下雨了，没带伞吗？"

尹霈祁扭头看了一眼楚境，目光里没什么情绪，仿佛不认识一样。

楚境太熟悉这个眼神了，要不是怕得罪他，她真想问问，你这人有间歇性失忆吗，每天都是新开始？

大雨没有停止的趋势，门前的积水快要漫上来了，尹霈祁往后退了几步，生怕雨水弄脏了他的球鞋。

楚境打开背包，掏出了一把雨伞来，又拿出了防水鞋套套上，当着尹霈祁的面撑开了伞，然后说："这么大的雨，还好我带伞了。"

楚境走出了大门，故意踩了踩水，然后走向了马路。

三，二，一……

楚境在心里默念。

"小境！"

身后有人叫她，楚境嘴角轻轻上扬，她抿了一下嘴唇，然后板着脸转过头问："有事？"

"一起走啊？"尹霈祁脸上挂着天真无害的笑容。

楚境在心里鄙视他，刚刚不是假装不认识嘛！

"我们认识吗？"楚境故意问。

"我们一起吃过小龙虾。"

楚境故意思考了两秒钟，然后恍然大悟地"哦"了一声说："天哪，是你，没认出来。"

楚境走回门口，把雨伞撑在两个人头顶。

尹霈祁指了指楚境的鞋套："还有吗？"

"有！但是不知道你能不能穿。"楚境从背包里挑出来一双新的防水鞋套。她早就料到，这个人爱鞋胜过一切，只要她拿出这个，他肯定上套。

"肯定可以。"尹霈祁接过，套在脚上，稍微小了一点。

楚境没有傻到买刚好的尺码，那就太刻意了。

"小了点儿，你凑合吧。"

"谢谢。"

尹霈祁站在伞下，主动承担了撑伞这项工作。他和楚境保持着让人舒服的安全距离，伞向楚境那边倾斜，他的半个肩膀都在外面淋湿了。

两个人走了一段距离，楚境故意往自己停车的地方引他，走到停车场了才问：“你去哪儿？我送你吧，这么大雨不好打车。”

尹霈祁思考了一下，说：“也好，送我到金地中心。”

尹氏集团就在金地中心，这是要回公司？看来机会来了。

“行，我顺路，走吧。”

上车系好安全带，楚境开车，瞥了一眼旁边的尹霈祁说：“我包里有纸巾，你拿出来擦擦吧，你的衣服都湿了。”

包里不光有纸巾，还有策划书。楚境心想。

开女孩子背包这种事，其实很私密。尹霈祁以前没做过，他犹豫了一下，但是低头一看自己的鞋，他还是决定拿纸巾。拉开楚境的背包，里面有一包面巾纸，他飞快地拿出，然后把包放在了后座，开始擦鞋。

楚境琢磨着，应该看到了啊，怎么不问自己呢？

“我包里是不是挺乱的？”楚境试探性地问。

“不乱，很整洁，我以为女孩子包里会塞很多东西呢。”

“啊……”楚境哑巴了，小尹总是装傻还是真傻？

带着这个疑问，金地中心到了。

“谢谢。”尹霈祁说完就要下车。

机不可失，时不再来啊，楚境不能让他就这么走了。

“那个……”

尹霈祁开车门的动作停了下来，扭头看她：“还有事？”

“我衣服湿了，太难受了，能去……”楚境在说这话的时候，充分展示出了自己的演技，有一点忐忑、一点扭捏、一点害羞，还有很多让人无法拒绝的坦诚。

但是，她的话还没有说完，就被尹霈祁打断了，他递过来一张黑卡：“这附近有个商场，你去买一套吧。”

“哎？”楚境呆愣住，“不不……不太好吧，我们也不太熟，拿你的卡刷，你就不怕我是个骗子，万一给你刷爆了……”

尹霈祁用一种奇怪的眼神看她：“你在说什么呢，我没太听清楚。”

楚境的目光落在那张卡上，会员卡？

“我刚才牙疼，没说什么，回见。”楚境尴尬一笑，冲尹霈祁摆了摆手。

尹霈祁放下那张黑色的会员卡，然后下车了。

楚境迅速从后座拿过了自己的背包，企划书好好地躺在这里，怎么却说没看见呢？她又拿起那张会员卡看了一眼，顺手扔在了一边。

恰好高群打电话过来：“怎么样，搞定了吗？”

“再换个方案吧。”

“是我的企划案做得不够好看吗，排版不够炫目吗？”

“不是，他瞎。”她算是明白了，小尹总不简单，装傻本事天下第一。

她对比了一下，攻略小尹总和让汪徵看自己顺眼到底哪个比较难，一时之间竟然没有答案。

楚境感到前途渺茫，还需努力啊！

尹霈祁赶到公司，齐秘书在男厕所门口等他，手里拎着他等下要换的衣服。

“谢了齐秘书，没有你我可怎么办！没人发现我溜出去吧？”尹霈祁在男厕隔间里一边换衣服一边问。

齐秘书黑着脸站在男厕所里，等着老板换衣服。她心想，为什么每次你换衣服都让我在门口等你，我就不能出去吗？

“应该的小尹总，汪总下午突然请假了，所以暂时没有人发现您不在公司。”齐秘书说道。

“汪徵请假了？”尹霈祁开门出来，又是衣冠楚楚的总裁风，“他怎么了？”

“有位女士来公司找他，然后两个人一起走了。”齐秘书回答道。

“多大年纪？干吗的？你去查查。”

“好的，小尹总。”齐秘书微笑着，跟在尹霈祁的后面，内心咆哮着，我一个留学归来的硕士，各项成绩名列前茅的学霸，你天天让我打听八卦？你家怎么还不破产，还不破产！

“啊，对了……”尹霈祁突然回头。

齐秘书一个用力舒展脸部，继续微笑着问：“怎么了，小尹总？”

“你去查查未来集团，看看他们最近的动向。”尹霈祁吩咐道。他的眼睛眯了眯，朝窗外看了一眼，大雨还没有停歇。

金地中心楼下咖啡厅里，汪徵给廖之雯的妈妈点了一杯热牛奶，是服务员建议的，老年人喝多了咖啡不太好。

廖母微微愣了一下说：“小汪，阿姨牛奶过敏你不记得啦？”

汪徵的确没什么印象，他眉头微蹙，有些不好意思：“抱歉阿姨，我去换一杯。”

“不用了小汪，阿姨今天来找你，其实是想替雯雯向你道歉的，你们两个好好的，怎么就分开了呢？雯雯她不懂事，你是懂事的啊，怎么能由着她的性子胡来呢？阿姨已经教训过她了，你们两个按照原计划结婚好不好啊？”廖母说着竟然哭了起来，抹着眼泪，不知是为自己难过，还是为女儿难过。

“阿姨，您别哭。雯雯她很好。”汪徵不怎么会安慰人，其实面对这样的场面他也有点头疼。

廖母闻言抬起了头，蓄满泪水的眼睛看着汪徵："她这么好，你怎么还不要她了呢？"

汪徵叹了口气说："阿姨，分手是雯雯提出来的，我也不知道为什么。"

"这……"廖母怔住，"这个死丫头，我回去找她算账！"

"阿姨……我送您吧，下着雨呢。"汪徵拦住了廖母，从咖啡厅里借了雨伞，一路去了停车场。

路上，廖母少不得跟汪徵回忆过去，但是她惊讶地发现，回忆其实少得可怜，汪徵好像也没来家里几次，大多数也就是半个小时就离开了，好多话也没有机会问他。

汪徵的电话一直在响，他接了一个又一个，虽然他每次都很歉意。

汪徵果然是很忙啊，雯雯之前没有说错。有事业心的男孩子多好，雯雯怎么就不知道珍惜。

到了廖家楼下，汪徵拒绝了廖母提出的上去坐坐的邀请。这个时间廖之雯应该在学校，他也不太会应对长辈。虽然他有点想见廖之雯，分手后两人还没有见过面，他是想问问她分手理由的。他是不太相信廖之雯会真的和自己分手，毕竟他们那么合适。

晚上十点，廖之雯进了家门。父母坐在客厅里面色不善的样子，廖母问："你怎么才回来？"

"加班了，我去家访。"廖之雯随口说道。她其实是去上了英文课，不想跟父母说那么多。

"我今天去见了汪徵。"廖母道。

"哦，碰了一鼻子灰吧。"廖之雯一边换鞋，一边轻描淡写地说道，仿佛跟自己一点关系都没有。

廖母哑然，没想到女儿是这种态度。她被呛了一下，憋了一会儿才说："你这孩子。"

"妈，我今天正式地跟您说，我不会再和汪徵在一起了，我跟他在一起的这些年，从来没有感觉到幸福和快乐过。人生短短几十年，我想要幸福地走下去。婚我可以结，但绝对不是和汪徵。他对我好不好，您难道真的看不出来吗？"

这个样子的廖之雯是廖家父母没有见过的，女儿在他们的记忆中是乖巧温顺的，从来没有顶撞过他们，从来没有忤逆过他们的意思。这一次，她让他们感到分外陌生。她的面孔明明没有变，可在气质上总像是换了一个人，变得果敢、坚定。

过了许久，廖母叹了口气："吃饭了没？"

"没呢。妈，我饿了。"廖之雯撒娇。

廖母起身去厨房给廖之雯煮了碗面，廖之雯知道，这件事算是翻篇了。

然而让她万万没想到的是，隔天母亲拿着一沓照片放在她眼前。

"干吗？"廖之雯隐约觉得不妙。

"选选。我也琢磨过来了，汪徵那孩子太粗心、太忙了。你看看有没有合眼缘的，不求他大富大贵，能照顾好你就行。"廖母示意她接下照片。

反正还有几个月就出国了，廖之雯也不想惹父母生气，相亲一下也不会少块肉。她挑了挑，选了一个面相斯文的，看起来是个好说话的人。

"这个吧。"廖之雯说。

廖母眼睛一亮，女儿不排斥相亲就是好事。

"好像也是个老师，我给你联系去。雯雯，有什么不开心的，跟妈说，不要憋在心里。"廖母抱了抱女儿。

"谢谢妈妈。"

周六，幸运西餐厅。

廖之雯提早到了，找了个位置坐下，给对方发了一条微信，报上了桌号。

“廖小姐。”一个三十岁左右的男人出现在廖之雯的对面，或许是怕她认不出来自己，他穿着和照片上一样的衣服，灰色的POLO衫。

“宋先生你好。”

廖之雯是初中老师，宋先生是高中老师，两个人都教语文。聊学生，聊教学，聊文学，他们竟很聊得来。

“说真的，我其实很抵触相亲，但是我很庆幸自己这次没有拒绝。认识你很开心，廖小姐。”宋先生诚恳地说。

老实说，廖之雯也是。

“汪总？这个合同您觉得还有什么要修改的地方吗？汪总？”

汪徵回过神来，对面的女秘书已经叫了他好几次。

“没什么问题，推进吧。”汪徵说。他的目光总是忍不住往三点钟的方向看，廖之雯对面的那个男人是谁？她为什么剪了短发？她为什么笑得那么开心？是在聊什么有趣的事情吗？她跟自己在一起的时候，似乎没有这么笑过。

短发的她为什么……这么好看？

汪徵在心里问了无数个问题，然而没有人能够回答他。秘书又在叫他了，他不能再走神了。

廖之雯和宋先生相谈甚欢，仿佛多年老友一般。

“我本来想约你去书店逛逛，但是现在不行了，学生打架了，我得过去一趟。”宋先生歉意地说。

“完全理解，我的学生也经常打架。需不需要我帮忙？”廖之雯问。

“得去派出所，你一个女孩子，还是回家吧，我顺路先送你吧。”

廖之雯摆摆手：“我等下自己回去。你快去吧，有什么事联系我。”

宋先生非常歉意，但是不得不离开。廖之雯反倒是没有立刻走，餐厅正在播放的音乐是她特别喜欢的一首钢琴曲。

“你去和对方签约吧，我还有事。顺便，你去把那边那桌的单买了吧。”汪徵指了一下三点钟方向的廖之雯，递上了自己的卡。

汪徵也没有离开，他还看着廖子雯，那个男人先走了。正在播放的曲子似乎是廖之雯很喜欢的，他有那么一点印象。很奇怪，分开之后廖之雯的喜好和小习惯逐渐在他的脑海里清晰起来了。

曲子放完了，廖之雯叫来服务员买单。

“买过了？是和我一起的那位先生吗？”

“不是的，小姐。”服务员回答。

那会是谁？廖之雯环顾四周，赫然发现斜后方坐着汪徵，而汪徵也恰好在看她。

“谢谢。账单给我看一下。”廖之雯说道。

服务员拿了账单给廖之雯，一共五百七十块。廖之雯从钱包里数了六张一百的钞票，然后走到了汪徵的面前。

“雯雯，好久不见。”汪徵没想到自己竟然会这么跟她打招呼，但此刻看起来这样是最合适的。

廖之雯“嗯”了一声，把钱放在了汪徵面前的桌子上：“不需要你来买单。”

“你为什么出来相亲？那个男人还把你丢在这儿。”汪徵不由自主地拉住了要走的廖之雯。

“和你没有关系，放手。”廖之雯皱着眉。

“你回家吗，我送你。钱你拿着，老师又赚不了什么钱。”汪徵说着就把钱塞到廖之雯的手里。

廖之雯突然有些生气，她甩开汪徵的手，然后“啪”的一声把钱摔在他的脸上：“不用找了！这钱和你的味道一样，不想留。”

廖之雯头也不回地离开了，汪徵的鼻间是钞票的味道。

和他的味道一样？什么味儿，铜臭味吗？

第四章
那你追我吧

周五早上，楚境站在镜子前修眉毛的时候，一个不小心，刀锋切掉了一截眉毛。她差点骂了脏话，这怎么见人？

紧接着她的电话响了，是助理打来的。

直觉告诉楚境，没好事儿。

“怎么了？”楚境接起电话问。

小助理又开始战战兢兢了，声音都在发抖：“楚总，孙总他说您迟到了。”

楚境翻了个白眼：“他到底想干什么？”

这个孙胖子，肯定有猫腻。当一个领导开始查员工考勤的时候，那这个公司可能就开始走下坡路了。楚境十分担忧公司的前景，到底是自己一砖一瓦拼搏出来的，不能就这么玩完了。

“孙总也没说呀，我看他脸色不好。高群让我提醒你，尹氏集团的人最近跟公司有接触，是不是孙总他知道您在搞事情了？”小助理捂着手机话筒，小声说道。

什么叫搞事情？楚境有点想笑，但忍住了。

“你稳住孙总，我今天不去了。”楚境说完挂了电话，完全不顾小助理在那边哀号。

楚境对着镜子补全了少的那半截眉毛，扎起马尾，换上白色的运动装，拿上防风外套和行李，出门了。

她托人打听到，春成集团的老总最喜欢登山，今天他和几个朋友在凤凰山。孙总不是给她出难题吗，那是时候表演真正的技术了，这个合同拿不下来，她楚境就改名。

从市区开车去凤凰山景区要两个半小时，楚境以前不太运动，在家能躺着绝对不坐着。

楚境背上背包拄着登山杖，徒步上山。

来之前做过攻略，上山一共三条路，北边最陡峭，风景最好，春成集团的老总一定会选择这里。楚境从相对开发不错的南边上去，翻过山顶，就可以跟春成集团的老总来个不期而遇。她爬着一眼望不到尽头的台阶，满眼都是合同合同。

兴许是合同的魅力太大了，她这个四体不勤的人，两个小时后成功登顶了，竟然也没感觉到累。

站在山顶，楚境望着下面郁郁葱葱的山林，微风拂面，空气里带着花香，竟是浑身舒畅。她计算着路线，山顶处的休息站是登山的必经之地，于是欣然走去。

走到休息站，楚境听见不远处有一群人在说笑，恭维对方体能好。她瞥了一眼，心跳都跟着加速了，是春成集团的老总。

楚境故作镇定，从那伙人旁边路过，故作不经意地回头，惊喜地叫了起来："刘总？怎么这么巧啊，您也是来爬山的吗？"

春成集团的老总姓刘，但是和楚境没见过面，他带着询问的眼神看楚境，似乎在回忆，眼前这位年轻漂亮的姑娘和自己是不是有什么关系。

楚境没给他问话的机会，赶紧又说："我们未来集团的董事长经常提起您，慈善酒会的时候，跟您见过一面，我们董事长还夸您来着，说，小楚啊你看人家刘总，生意做得好，还经常运动，你们年轻人多学着点儿。”

“哦哦，赵兄还好吗？”

“身体很好。”

楚境暗自松了一口气，这就算搭上关系了。未来集团董事长的面子还是很好用的，她虽然没说自己在未来集团是干什么的，但是能跟董事长搭上话，对方会觉得她不是一般的人。有时候语言真是一门艺术，得多学着点儿。

“小楚，你一个人来爬山啊？”刘总问。

楚境带了点儿怨念的口气说：“可不是嘛，难得休假，我想出来运动运动，我那些朋友都舍不得出门，我又实在想到山里呼吸一下新鲜空气，就自己来了。刘总，要不我跟你们一起，多向前辈学习学习。”

刘总哈哈一笑：“有什么好学习的，你要是不觉得无聊，就一起走吧。”

“好的，刘总。怎么会无聊呢，我常听董事长夸您，早就想跟您好好讨教一下了，怎么才能把企业做这么大这么好，我那些小买卖实在不好做呀。”楚境赔着笑脸，自动走到了这群人当中。她的姿态放得很低，专挑对方喜欢听的说。

突然，不知从哪儿传来“哼”的一声。

楚境一愣，这么响亮的哼声，明显是针对她。她把目光从刘总那闪亮的光头上移开，一转眼就看见了走在刘总前面的年轻男人。他也穿着一身白色的运动服，脚上是新款的白色AJ。她在看他的时候，他刚巧也看过来，不过是用鼻孔。

“怎么了，小尹总？”春成集团的刘总立刻殷勤地问。

“没什么，鼻子不太舒服，可能对什么过敏了吧。”尹霈祁说着，瞥了楚境一眼。

真是……

好尴尬！

楚境怎么也没有想到，跟刘总一起爬山的人竟然还有尹氏集团的小尹总。她刚才两眼放光，只顾着看刘总，根本就没有观察到还有其他的人。她的身份绝对暴露了，小尹总一定一早就知道她是谁。前几次见面，他纯粹是为了折腾她，看她笑话。亏她还沾沾自喜，觉得和对方套了近乎。实际上这就是一场猫捉老鼠的游戏，很不幸的是，她是老鼠，那只猫也没有想要捉她，只是想逗逗乐子。

换作一般人，应该觉得丢脸丢份儿，恼羞成怒就离开了，或者找个地缝钻进去。无论用什么办法，只要消失就好了，还能维持一点点的尊严。

但是，楚境是一般人？她一个做销售的，最不应该要的就是脸！

所以，楚境在被小尹总鄙视了以后，没有一丝的不适。她微笑地问：“是不是氧气太充沛了，醉氧了呢？”

尹霈祁“嗯”了一声说：“真是醉了。”

不管怎么说，楚境还是顺利混入了爬山队伍。刘总一行人的目标，其实是凤凰山后面的主峰，那是攀岩爱好者常去的地方。

“小楚，你这鞋可能不行啊。”刘总说。

楚境的运动鞋其实是带内增高的休闲鞋，她习惯了穿高跟鞋，不想在身高上输掉气势。

“没事的刘总，我经常爬山，不会给您拖后腿的。”

“年轻人真有活力。”

楚境话虽是这么说，但是抬头看到这陡峭的山和完全没有修葺的土路，还是有点发怵的。她得打起精神才行，别合同没签到，小命也搭进去了。

刘总带来的人都是对登山非常有经验的，走得飞快。

楚境没一会儿就觉得累得不行了，她腹诽着，早知道就多跳跳广场舞了，她这小年轻体力比不过中年大叔。

她勉强跟着，气喘吁吁，生怕一个不留神，刘总不见了。

“眼睛不要总盯着前面，注意脚下。”尹霈祁忽然出现在楚境的身旁，冲她没头没尾地说了一句。

楚境微微一愣，这含沙射影的，到底想干什么？

她扭头看向一本正经的小尹总，他一副不苟言笑的样子，哪还有玩世不恭的影子。她联想起来，尹氏集团去未来集团调查，想来是他的意思，看来是知道了她的身份。

楚境索性大方地欠了欠身，微笑着说：“谢谢关心，小尹总也注意脚下，别弄脏了鞋。”

不知是谁突然回头说了一句：“小尹总和小楚怎么穿得跟情侣装似的，俊男美女真养眼啊。”

楚境看了看两个人的打扮，都是白色的运动装，鞋子的颜色也都差不多。乍一看还真像是情侣装，她什么时候跟尹霈祁有了这种默契。

她偷偷看尹霈祁的脸色，顺着说：“我这件没有小尹总的好看啦。”

“确实。”尹霈祁说。

小尹总没有开玩笑的欲望，大家也就识相地闭嘴了，继续前行。

相对平坦的路走完了，前面有一段需要攀岩上去，有安全绳索。对楚境来说，这个还挺有难度的，她对室内攀岩都没什么经验，更何况野外攀岩，她有些踟蹰。

刘总一行人都是有经验的老手，先上去了。

山下只剩下了尹霈祁和楚境。

“你可以吗？”尹霈祁问。

“没什么不可以的。”楚境自信满满。

见上面刘总一行人正在往下看，楚境露出了一个笑脸，大声说："刘总，我就从您走过的路上去喽。"

"小楚，加油！"

楚境深呼吸一口气，开始徒手攀岩。只要她看准了抓紧了，还有绳索辅助，应该没什么问题吧。

想法是好的，现实总是要打脸。

爬上去的第一脚，她踩空了。她本以为自己会掉下去，没想到她虽然在岩石上踩空了，却落在了尹霈祁的手上。她扭头，看见他叠在一起的双手，对他说了一声谢谢。

尹霈祁仿佛没听见一样，冲已经爬上去的刘总说："你们先走，主峰上见。"

刘总几个人听了尹霈祁的话离开了，临走前还鼓励了楚境一番，嘴里念叨着："这小丫头真不是一般人。"

楚境也没琢磨出来这句话到底有没有其他含义，就只当成是前辈的鼓励了。

"下来吧，你爬不上去。"尹霈祁斩钉截铁地说。

"小尹总怎么知道我不行？"

"我说你不行你就不行。"

楚境笑了："那万一我爬上去了呢？"

尹霈祁似乎觉得这是一个笑话，于是优哉游哉地说："那我就看看你的合作方案。"

"果真？"楚境整个人精神起来了，眼睛里也绽放着光芒。

"嗯，爬吧。"

楚境重新调整了姿势，注意观察四周，手脚并用地努力爬着。比起刘总的合同，小尹总的合同她更加想要。这样无法抵挡的诱惑，让她动力十足，奋力一搏。

又是一脚踩空，楚境抓着安全绳，吊在石壁上。

"小境，你……"尹霈祁觉得这女人疯了。

楚境一言不发，继续往上爬，暗示自己可以的。不过十多米，她已经大汗淋漓，她不能回头看，她要向前，没有什么能够阻挡。

还差一步了，但是周围没有什么可以落脚的地方，她努力向上想要抓住上面的石头。只是始终差了一点点，指尖触碰到了，却怎么也抓不住。这种感觉，就像是机会从面前溜走一样，她迫切想要抓住。

怎么办？

“你往左看，你的七点钟方向有块石头，调整姿势踩住，调整你的安全绳。”尹霈祁出声提醒。

楚境踩上去了，只是提高了一点点的高度，然而左边会更好走一些。

尹霈祁帮她找了好几个着力点，一点一点地，她爬上去了。她顾不上疲惫，趴在石头上朝下看尹霈祁，冲他挥舞着双臂，满脸的喜悦：“我上来了！小尹总，我上来了！”

“嗯。”尹霈祁低下头，嘴角轻微上扬，他扣好了安全绳，几下就爬了上去。

刘总一行人已经没了踪影，楚境看着面前的三条岔路，问小尹总：“我们走哪一条？”

“中间。”尹霈祁不假思索地说。

中间的路相对宽敞，树木多，荒草多，另外两条是土路。

走了二十来分钟，没见到人影，只听到蝉鸣鸟叫。

越走越荒凉，楚境心里打鼓，她好几次想问小尹总是不是走错了，但是碍于他的面子没好意思。

“你眼睛一直转来转去的，想什么呢，是不是没安好心？”尹霈祁毫不避讳地说出了心中所想。

楚境一听就觉得好笑，叉着腰说：“我这长相，安不安好心，你都不吃亏吧？”

尹霈祁唇边的笑意一点一点散开，紧接着就笑得直不起腰来，把楚境都笑得心里发毛了。

她问：“你笑什么？”

“我们迷路了。”

楚境震惊了。她环顾四周，杳无人烟，深山老林。而尹霈祁一脸平静的样子，仿佛他们不是迷路了，而只是来度假的。

“你不是说走中间的路？你不还和他们约好了山顶见吗？合着你不认识路啊？”楚境隐忍着几乎要咆哮了。

尹霈祁还是不以为然的样子：“中间的路干净。”

楚境低头瞥见他那双限量版的球鞋，还是纤尘不染的样子。

她……服了！

楚境耐着性子，柔声问：“小尹总那您觉得，我们现在该怎么办？”

尹霈祁气定神闲，找了块干净的石头坐下说：“等救援。”

楚境：“……”

两个人一起坐在石头上，看着太阳一点一点地下山。楚境掏手机想看看时间，发觉早就自动关机了。她估计现在应该是七点多，再等一会儿天就黑了。

她有些按捺不住，随身携带的水早就喝完了，她没带别的吃的，这会儿肚子已经开始叫了。

“小尹总，您跟刘总关系不怎么样吗？走散了这么久，他都没来找您。”楚境说。

“你和刘总的关系也不怎么样啊，他不是也没来找你。你俩认识很久吗，挺亲切的样子啊。他看你比看我慈祥多了。”尹霈祁撇了下嘴。

楚境扭过头去盯着他：“我怎么听着你有点柠檬精的语气呢？”

“发现我不见了，他们一定要来找我的，别担心。年轻人要沉住气。”

“我好像比你还大几岁呢。”

“哦，那要我叫你姐姐吗？”

楚境神色微变，他好像故意把“姐姐”这两个字咬得很奇怪，这一定不是她的错觉。她想起那天酒吧里，她一口一个“姐姐我……”的样子。她的笑脸突然就垮了下来，问他：“你是不是想起来了？”

“想起来什么？”尹霈祁装傻。

“想起我们……”楚境一顿，总不好说接吻吧，她喘了口气说，“酒吧那次，真心话大冒险，我帮了你。”

尹霈祁终于配合地“哦”了一声，仿佛恍然大悟：“哦，是你啊。真巧，你上次说我穿假球鞋。”

楚境：“……”这人记仇啊！

她记得资料显示，小尹总爱鞋如命，说他穿假鞋，相当于打他的脸。现在的少爷都是阴晴不定的，才刚答应看看她的合作方案，要是突然反悔怎么办？

楚境在心里一合计，得了，这张脸真的不要算了。她咧嘴一笑：“我说过这话？那一定是为了引起你的注意，你长得这么帅，那天那么多漂亮妹子，我不这么说你肯定记不住我。”

“所以……”尹霈祁摸了摸下巴，掂量着她这句话的意思，仔细分析了一下，慢悠悠地说，“你喜欢我？”

楚境：“……”

他什么意思，在玩什么套路，不是说他人傻钱多吗？现在怎么看起来她更像个傻子。骑虎难下了，说喜欢吧，违心怪恶心的；说不喜欢吧，他又得翻脸。

楚境心里苦，但是她不说，她决定继续绕圈圈！

“喜欢啊！年轻有为又长得帅，谁会不喜欢啊？”楚境说这话的时候表现得十分真诚，盯着他的眼睛，最后，她竟然移不开目光了，尹霈祁长得的确养眼。

“那你追我吧。”尹霈祁似笑非笑地看着楚境，也说不清是玩笑，还是认真的，又或许，真心都藏在玩笑里。

楚境张了张嘴，见惯了大场面的她，突然有点不知道怎么接招了。她移开目光，站起来，与他保持着两米的距离：“小尹总，天黑了，再不走，咱们就要在山里过夜了。”

“你不用害羞，也不用紧张，喜欢我的人很多，追我的人也很多，你不一定能成功，但是如果你成功了的话，可能有意外的收获。”尹霈祁也站了起来，整理了一下自己那身雪白的运动服，又看了一眼自己宝贝的球鞋。

楚境心说，谁紧张了，谁害羞了！老娘久经沙场，还能让你一个小屁孩给唬住了？

现在两个人挑明身份了，她也就不用伪装接近他了，本质上目的还是没变的。她欣然接受了这个提议，用偶像剧小女生似的表情说：“真的吗？那小尹总你可别躲着我，要多给我机会哦！”

“你能把我约出来，算你厉害。”尹霈祁叹了口气，似乎回想起了什么不愉快的经历。

楚境一愣，没想明白这到底是配合还是不配合。

后来通过实际行动她总算知道了，一天二十四小时，尹霈祁在公司八小时有职业经理人看着，回家八小时有保镖看着，剩下的八小时还有老爹看着，偌大的别墅和公司，仿佛都只是监狱。

山里的路灯比较少，但好在今晚月色明亮，也能勉强看清前路。起初以为只要顺着来时的路走就能够返回去，可不知哪儿来的岔路，越走越觉得周围很陌生。

“别走了。”尹霈祁停下脚步。

“不走我们怎么出去？”楚境耐着性子哄他，“只要再走一会儿，就能出去了，小尹总再努把力。”

“我们都不认识路，盲目地走没有意义。”

楚境心想，这怪谁，还不是怪你。

“小尹总你是不是累了？要不我背你一段？”楚境说着就弯下了腰，真打算背着尹霈祁出去。

尹霈祁拉了她一把，说：“我没跟你开玩笑，我们就在原地哪儿都不去。”

“为什么？等橘子吗？”楚境心里恼火，还真以为亲爹那么管用？

“别跟我玩文字梗。”

楚境吐了吐舌头，是用了网上的橘子梗，没想到他听出来了。楚境又赔着笑脸说：“那你先休息一下，我到那边看看。”

不顾尹霈祁的反对，楚境一个人走了。她实在太饿了，也太渴了，最关键手机也没电了，求救都没可能。树挪死，人挪活。她得找到出路，然后回来救小尹总。让他欠她一个大人情，想不合作都难。

她辨别了一下方向，图宁市在凤凰山的西边，所以她只要往西走，肯定可以下山。又找到了北极星，推算出了西方大概是哪里。她有点沾沾自喜，虽然没什么野外生存的实际经验，但是她还是很聪明的。

不料，下一秒……

“哎哟……”楚境一脚踩空，摔了下去，连着打了三个滚，才被一棵树挡住。她吓得惊魂未定，想站起来，却发现脚崴了。

楚境想骂脏话了，四下张望，感觉人生开始灰暗了。她试着站起来，脚踝钻心地疼，没办法走路了。她短暂的生命，难道要交待在这里？

楚境觉得非常委屈，觉得自己太惨了。她爸受不了她妈是个女强人，在她十岁那年的夏天跑了；她第一次暗恋的人，中考过后，杳无音信；她兢兢业业地工作，却总让个草包呼来喝去；她明明是金牌销售，凭借自己的实力坐上这个位置，却总有人怀疑她不正当竞争；家里除了她妈，没人理解她，见面就催婚，作为一个职场女性，怎么就这么难？

有些事情不能细想，一旦想起来，就都是眼泪。楚境不知不觉已经泪流满面，最后更是完全不顾形象，抱着自己的腿开始大哭起来。

“喂！”有人推了推楚境的胳膊。

楚境模糊着泪眼抬头一看，是尹霈祁。她也不知道怎么了，一下子就抱住了他，带着哭腔问：“你怎么才来啊！”

尹霈祁身体一僵，停顿了两秒钟才拍了拍她的背，说：“我说了让你不要乱走，你怎么不听？”

“我又饿又渴，而且，我讨厌在原地等。”楚境哭着说。

“好了，我带你出去。”尹霈祁无奈了。

楚境放开抱着他的手，忽然有点不好意思。尹霈祁拉她起来，她“嘶”了一声。

“脚受伤了？”尹霈祁问。

“崴脚了。”楚境撇撇嘴。

尹霈祁摇了摇头，蹲下来：“上来吧，我背你。”

“小尹总，我很重的。”

“别废话。”

楚境一摊手，刚准备爬上去，忽然尹霈祁站直了身体。

楚境满脸疑问，尹霈祁脱下了自己的外套，丢给她。

楚境简直受宠若惊：“我不冷，你穿着吧，不用脱衣服给我。”

尹霈祁闭了闭眼：“沾上你的鼻涕了，脏死了，洗干净了还给我。”

楚境：“……”这一定是个‘母胎单身’的男人。

月正当空，山里的夜晚很冷，一点也不像是夏天的样子，更深露重，没一会儿楚境就觉得自己的头发都湿了，衣服上也潮乎乎的。她趴在尹霈祁的背上，他的那件外套披在她的身上。她不小心碰到了他的手臂，是冰凉的。

“小尹总你冷不冷？”楚境问。

“你们女生不是每天都减肥的吗？你怎么这么重？”

楚境偷偷翻了个白眼，笑嘻嘻地说：“讨厌啦，人家哪里重了。”

尹霈祁掂了掂，然后无情地说：“一百多斤吧？”

楚境的脸垮下来了：“你这就没意思了啊，怎么能随便把女孩子的体重说出来，小尹总你这样是交不到女朋友的。”

“楚境，你减减肥吧。”尹霈祁又说。

“小尹总你做个人吧，你信不信我这就勒死你？”楚境作势勒住了他的脖子。

“你不会的。”尹霈祁笃定。

“为什么，你又不了解我？”

“首先，你不是那么冲动的人，杀人犯法，你没胆子做；其次，合作方案我还没看呢。”尹霈祁冷静地分析，一点也不傻的样子。

楚境恍然大悟：“反正现在也没事儿，我先给你介绍介绍呗？”

尹霈祁没忍住笑了：“楚境，你脸皮真厚。”

楚境美滋滋地笑，就当他是夸自己了。

她开始阐述自己那个PPT，把对汪徵讲的又都讲了一遍，怕不学无术的小尹总听不懂，有些地方还做了许多名词解释，可谓非常贴心了。

“小尹总，选择我们未来集团一定是你最明智的决定，两家公司完全可以实现双赢。”末了，楚境坚定地道。

尹霈祁“嗯”了一声，似乎没太放在心上。

楚境没得到预期的反馈，没忍住问他：“是我的方案你不感兴趣？”

“感兴趣。”尹霈祁一边走一边回答。路上杂草丛生，他每一步都走得很小心。

可这个样子不像是感兴趣，楚境想一定是出了什么问题。她的谈判经验很丰富，但是这个合作她一直都表现得非常着急，所以对方可能是在试探她的底价。只要有得赚，哪怕少一点，她也想签下这个订单。她不能错过这次机会，于是又问：“那是价格不太满意？我可以报一个底价，别家公司没办法给你的。”

“不是价格的问题。”尹霈祁缓缓道。

“那是什么问题？你有更想合作的公司吗？小尹总，咱们也算患难与共了，跟我说句实话吧。”楚境这句话说得倒是难得的诚恳。

尹霈祁听了以后，把楚境放下来，让她靠着树站着。

“真想知道？”

楚境点头。

“我们的新产品是针对5G而开发的，为了让大家更加便利、更加智慧地生活。你们所提供的配件，同其他任何一家公司提供的没有任何区别，还跟4G时代一样。除了营销手段和价格，你们还有什么是无可替代的呢？人有的时候要多动脑，你太模式化了。”

直到尹霈祁说出这一番话来，楚境才真正意识到，他不是外界盛传的那个人傻钱多的小尹总。然而，老董事长留给他的职业经理人团队，让他无处可发挥。

“谢谢小尹总的指点，我会努力达到你的要求的，在我找到新的方案之前，能不能先不跟其他公司合作？”楚境真诚地请求着。

“这我不能答应你，我是个商人。”

“这么官方吗？我们好歹也相处了这么久吧。小尹总……”楚境使出浑身解数开始撒娇，她得软硬兼施，不能再让这煮熟的鸭子飞了。

“谁在那里？”

一束光照射过来，一道女声传来。

楚境和尹霈祁用手遮着光，看向不远处。

似乎是一个背着包的女孩儿，年纪也不大，看样子也是来山里玩的。

“你好，我们迷路了。”楚境说。

那边的女孩儿把手电筒移开了，缓缓走过来。她身材高挑，穿着登山服，小麦色的皮肤，看起来非常健康。她头上扎了个马尾，一张嘴是两排洁白的牙齿：“要带你们出去吗？”

“可以吗？这山路太崎岖，太变态了！”楚境的肚子不合时宜地叫了起来。

女孩儿微微一笑，打开背包递过来一包压缩饼干：“吃点儿吧。没有我走不出的树林，我经常在野外探险的。”

楚境注意到女孩儿手里还有拍摄设备，再看她的长相，五官清秀，非常上镜。她似乎在哪里见过这个女孩儿，她仔细回忆了一下：“你是不是一个网红？”

“遇见粉丝了？我叫景然，是个UP主，现在拍点短视频什么的。你旁边那个帅哥也是个网红吗？长得真好看。”景然毫不避讳地打量着尹霈祁，也毫不吝啬地赞美。

楚境也盯着尹霈祁看，别说，小尹总这长相要是公开了，也能有不少粉丝。尹家对他保护得太好了，大众没眼福。

在景然的带领下，很快就找到了下山的路。尹霈祁一路背着楚境，没有再吐槽她的体重，像个哑巴似的。好在景然是个话痨，和楚境聊了一路，让气氛没有太尴尬。

山下的度假村常年客满，房价很贵，景然送两人到门口就打算离开了：“住不起住不起，你们玩吧，回见。”

“景然，已经很晚了，你和我住一间就好了。”楚境真诚地挽留景然。

“我可风餐露宿五天了，身上臭得不行。”景然嘿嘿一笑，“所以我还是走吧，下山找个小旅馆得了。”

“没事。”

“哇！你不嫌弃我？”景然颇感意外，楚境长得太好看了，她以为楚境肯定是娇滴滴的。

就在景然还在感动要和美女睡一间房的时候，楚境说：“我开两间房。”

景然挽住楚境的胳膊：“大款！我扶着你走，我一会儿给你按按脚吧。”

尹霈祁没说话，跟在两个人后面。

到达度假村接待大厅，楚境拿出卡来，说：“开两间大房。”

美丽大方的前台小姐十分歉意地说：“抱歉小姐，没有房间了。”

“什么？你们酒店这么贵，竟然住满了？”楚境觉得难以置信。

前台小姐还是不失礼貌地微笑："是的，小姐。"

"标间呢？"

"抱歉我们没有标间，只有套房。"

"那开套房。"

"抱歉，真的没房间了。"

楚境："……"想骂脏话。

一直不说话的尹霈祁忽然开口："A310和B310给她们住吧。"

"好的，小尹总。"前台小姐拿出两张房卡。

楚境呆住了，这是什么操作？

直到将房卡拿在手里，都还觉得像是在做梦，她一瘸一拐地追上前面的小尹总："你家的产业？"

尹霈祁一耸肩："我以为你接近我的时候都调查清楚了呢。"

"黑心的房价。"楚境没忍住吐槽了一句。

"你说什么？"尹霈祁低头看着楚境。

"开心地放假了！小尹总你住哪间啊？"楚境笑眯眯地问，变脸堪比翻书。

"A309。"他说完就走了。

楚境看了一下房卡，她拿的是B310那一间。

她朝景然挥了挥手问："去你房间待会儿？"

景然给楚境揉了一下脚踝，独特的手法，揉过以后缓解了许多疼痛。

"行了，你住这儿吧。"景然很识相地拿起了楚境的那张房卡，眨了下眼睛，"良辰美景，好好把握哦！"

楚境点了点头，是得好好把握一下，刘总那个单子不能丢。她刚才过来的时候，听见刘总打电话了，应该也住在这儿，而且他现在去了小尹总的房间，她正好可以偷听。

然而现实总是无情地打脸，刘总在小尹总房间里待了半宿，楚境听了半宿的墙根，房间的隔音好得气人，愣是一个字都没听清楚。

第二天，楚境又起了个大早，在庭院里等着刘总，生怕他飞了。

楚境哈欠连天，困得眼泪直流。直到八点半，刘总才从房间里出来，看见楚境还愣了下："小楚啊，脚伤怎么样啊？"

"没多大事儿，谢谢刘总关心。"

"你这个小丫头，是个干大事儿的人，改天去我公司，谈谈合作吧。"刘总拍了拍楚境的肩膀。

楚境仿佛做梦一样，这个生意竟然有戏？

"谢谢刘总，我下周一就去。"楚境喜笑颜开，难掩内心欢喜。

"别谢我了，你和小尹总关系不错啊。"刘总笑了笑离开了。

楚境微微一愣，是尹霈祁帮她说了好话？

"所以你该怎么谢我？"

身后的窗户忽然打开了，尹霈祁就站在窗前，手里捧着一杯热茶，白色的衬衫解开了两颗扣子，精致的锁骨是他最好的装饰。

"当牛做马，有事儿您说话！"

"我下周有个饭局，你想办法把我弄出去。"尹霈祁说完，关上了窗户。

楚境站在中式的庭院里，脸上笑开了花。

楚境心里的石头落地，回房间里补了个觉。醒来的时候，小尹总和刘总都已经离开了，餐厅里只剩下景然在用餐。

见到楚境，景然赶紧招招手：“给你留了点儿，快吃吧。我看你走路还不太稳，我等会儿再给你揉揉吧。”

“我没事了，休息两天就好了。”楚境不以为意，坐在景然对面开始吃午饭。

“你可别不当回事儿，我家邻居老王，崴脚后媳妇跟人跑了。后果还是很严重的。”

楚境没忍住笑了：“这是个什么前因后果。”

“小孩儿没娘，说来话长。老王和你也没关系，你也不是爱听八卦的人，就知道崴脚不及时治疗后果很严重就行了。千万别跟我客气，就当抵房费了。”

“可这房费不是我出的。”

“你俩谁出还不一样，我这双眼睛，看出你们有千丝万缕的关系了。”景然指了指自己的眼睛，又指了指楚境。

“其实吧……”

“不用解释，萍水相逢，你们俩一看就是土豪。揉完这次脚就各奔东西了。”她竟然端起茶杯，跟楚境碰了一下。

“你还去山里吗？”楚境问。

“我过几天得回趟家，租的房子快到期了，给人腾地方。”景然大概是常年风餐露宿习惯了，吃东西很快，她的东西都随身带着，看来是专门等楚境的。

等楚境吃完饭，景然又给她揉了一次脚，留下了一瓶药酒：“你方便就自己擦擦，这是我自己配的，特别管用。后会无期了！”

“再见。”楚境挥了挥手。

楚境是真的希望和景然再次相见，这个女孩儿很有趣，她洒脱不拘小节，跟她一起不用伪装。虽然相处短暂，楚境却有一种跟廖之雯在一起时的舒适感。

只是，景然这样的背包客，再见真的很难。

第五章
风华绝代小尹总

休息了两天，楚境神清气爽，周一一大早，她拿着起草好的合同，去春成集团找刘总。

整个项目签约十分顺利，刘总有意无意地提起了小尹总。楚境知道对方肯定误会了她和小尹总的关系，但是她也没有澄清。这个圈子里，关系和人情有时候也是一种资本。

回到未来集团，楚境脚底生风，走得那叫一个婀娜多姿。

“有好事？”路上，高群打了个招呼。

楚境眨了下眼睛，她一直走到孙总的办公室，敲了敲门，然后将这份孙总啃了半年都没拿下的合同，放在了孙总的办公桌上，随即笑着说：“孙总，您给的任务，我完成了，记得给我奖金提成哦。”

孙总脸上的肉抖了抖，当他翻开合同，看见刘总的签字和公章以后，脸上挤出了僵硬的笑容来，说：“小楚就是有本事。放心吧，奖金少不了，我还要给你争取升职。”

“谢了。”楚境转身离开办公室——老娘才不稀罕你给的升职呢，老娘要当总经理。

楚境坐在椅子上转了两圈，嘴角止不住上扬，真是人逢喜事精神爽啊。

她给廖之雯发了一条微信：“学费快搞定了，你准备给我跪下吧。”

廖之雯很快回复了一个大哭的表情："富婆抱抱我。"

楚境轻哼一声："德行。"

廖之雯："我考试没过，我在家没办法复习，我想搬出去住了。"

楚境："要不要住我那儿？"

廖之雯："不了，你工作太忙，我怕你打扰我休息。"

紧接着，她发了一个特别贱的大笑表情。这要不是亲闺蜜，楚境肯定要过去打她一顿。

那边，廖之雯在办公室里回复完这一条就放下手机去上课了。上课铃响了，活泼好动的学生们仿佛没听见一样，仍然在教室里吵闹。

廖之雯带的这个班学习成绩年级垫底，其他与学习无关的各项却很出色，各学科里最差的，还是语文，以至于她从来没有拿过"优秀教师"职称。

廖之雯在教室门口深呼吸了一口气，然后推门进去："上课啦！"

课后，廖之雯回去批卷子，期末考前的模拟试卷，赫然发现有一张0分的卷子，该学生在上面胡写一气。

廖之雯把人叫到办公室里："夏天，我采访你一下，是怎么做到完全规避正确答案的？"

"我不会，老师。"小男孩撒谎都不带脸红。

廖之雯根本不相信，他是故意的。

"我要叫你家长了哦。"廖之雯拿出撒手锏。

夏天一耸肩："我爸没空，要不老师你去家访？"

激她？以为她不敢去啊，反正单身，反正考试挂科，反正没事做。

"走吧，去你家。"廖之雯拿起包包。

夏天脸色微变：“廖老师你不是最讨厌家访了吗？”

廖之雯嘿嘿一笑：“为了你，老师改变一下。”

不知道是不是廖之雯看错了，总觉得夏天刚才偷笑了。到了校门口，夏天伸手打了一辆车，然后拉着她上车。

“天湖公寓。”夏天对司机说道。

廖之雯陡然一惊，天湖公寓，汪徵也住在那儿。

“廖老师你怎么了？”夏天问。

廖之雯摇头笑了笑：“没事。”

她刚才的紧张只是惯性，她和汪徵已经没有任何关系了，即便是见面又能怎样呢。更何况，汪徵这个工作狂，五点半是不可能回家的。

到达天湖公寓，夏天催促着廖之雯付钱，又在便利店买了烤肠和饮料。他还想拿薯片的时候，被廖之雯阻止了。

“我是来家访的，不是来献爱心的。”廖之雯抓着夏天的手。

夏天瘪嘴：“老师，你也太抠门了，你去我家肯定有大惊喜。”

这年头，只要没有惊吓就好了，廖之雯现在不需要什么惊喜。

夏天领着廖之雯走入A座，电梯刷卡27层。

从电梯出来，夏天开了2707的房门。

要不要这么巧？廖之雯扭头看了一眼隔壁的2708，那是汪徵的家。确切地说，是众多家之中的一个，他买这个房子的时候说，是两个人的婚房。

“廖老师，你怎么了？”夏天拉了拉廖之雯的胳膊。

廖之雯摇摇头：“没什么，要换拖鞋吗？”

夏天拿出一双崭新的女士拖鞋，大小正合适。

“你爸呢？”廖之雯看了家里没人，于是问。

“出差了，不知道今天会不会回来。”

廖之雯有点好笑：“夏天，我怎么觉得你是故意的呢？”

“廖老师，要不要一起吃个晚饭？”

“你还会做饭？”廖之雯微微诧异。

“不会，我觉得老师你肯定会。”

果然上当了，这个班里的学生没一个简单的。她开始怀念自己读书那会儿了，班上的同学除了学习什么都不关心，也没兴趣。

哦，不对，楚境除外，她对什么都有兴趣，尤其是对那个踢足球的男孩子。只是中考结束后，那个男孩子消失了，楚境低落了许久，那男孩儿叫什么来着？好像也姓夏。

“廖老师，你想什么呢？”夏天出声提醒。

“想你爸什么时候回家呢。”廖之雯摸了摸夏天的脑袋。

夏天都快跟廖之雯差不多高了，现在的中学生长得可真快。

冰箱里塞满了速冻食物，看来夏天他爸经常不在。夏天是单亲家庭，也挺可怜的。廖子雯突然就爱心泛滥，给夏天做了四菜一汤。就在碗筷摆好的一瞬间，门响了。

夏天顿时神色不妙。

“你爸回来了？”廖之雯唇边的笑意隐藏不住了。

夏天已经开始流汗了，做告饶状：“廖老师，我以后一定听你的话，帮你管理班级，你给个面子吧。”

廖之雯挑了下眉，拉着夏天一起走到玄关处，果然有个男人在换鞋，一身商务打扮。

“夏先生你好，我是夏天的班主任，我叫廖之雯。”廖之雯微笑着打了招呼。

那人明显顿了一下，他回过头：“廖之雯？”

廖之雯觉得他有点眼熟：“你是……”

“果然是你，我是夏周啊，还记得吗？初中同学。”

廖之雯觉得世界突然变得很小，她还在诧异当中：“怎么是你，学生档案里不是登记的……”

“我后来改名字了，你还是可以叫我夏周。”夏周解释道，“我真没想到，你竟然是小天儿的老师。”

廖之雯的心情很复杂，问题学生的家长竟然是她的老同学，并且是这么多年来，楚境唯一喜欢过的一个男孩子。他也不过二十七岁，怎么孩子这么大了？

“你来家访？小天儿在学校不乖吗？”夏周揉了揉夏天的头，“你又干什么了？”

“没干什么啊。爸，吃饭吧，我老师做饭了。”夏天特别狗腿地把夏周的公文包和行李箱接过去了。

“还做饭了？廖之雯你还是一点没变，和上学的时候一样，你不太爱说话，但是内心戏很丰富。”夏周回忆起学生时代，唇边也含着笑意。

他还真说对了，廖之雯这会儿已经在想楚境见到夏周会怎么样了。她觉得有点乱，摇了摇头，赫然看见，夏周家门口站着一个人，正从敞开的门外盯着他们。

是下班早归的汪徵，他身后还跟着两个人，其中一个看穿着打扮像是房产中介。

汪徵连着输入三次密码都提示错误，他心情很复杂——廖之雯为什么会在邻居家，还戴着围裙，是一家三口？不对，肯定不是一家三口。

他张了张嘴想问一句，身后的房产中介突然开口：“汪先生这房子特别新，装修以后就没住过，所以孔先生您买回去超值的。”

要卖房子了？廖之雯想想觉得也对，都不结婚了，留着婚房做什么。

汪徵看着廖之雯，再一次按错了密码，门锁发出了错误警报。

“汪先生，您是不是忘记密码了？”房产中介询问。

汪徵“嗯”了一声：“抱歉，密码不是我设的。”

“这……那要不要打电话问一下？”房产中介提醒，楼市低迷，豪宅有人想买实在不容易啊。

“不必。”廖之雯忽然开口。

众人齐刷刷地看向她，夏周和夏天父子俩更是诧异。

廖之雯换了鞋子，走到众人中间输入密码，锁开了。

“谢谢。”汪徵说。

“客气，密码是我生日。”廖之雯顿了顿，“我等下发你手机上吧。”

汪徵也不知道自己是怎么了，一副急于证明自己的样子，赶紧说了一句：“我记得你生日。”

廖之雯“哦”了一声，情绪上没有起伏。他以前可是从来也没有陪她过过一个生日，真的记得吗？无所谓了。

她后退了一步，又对汪徵说：“办手续需要我来签字的话给我发个信息。”

“雯雯……”汪徵眉头一蹙，心里忽然有一丝异样。

这个房子是他买来结婚的，为了给她安全感，写的是两个人的名字，算他们的共同财产。汪徵忽然有一些心烦，他们两个为什么会这样？

“还有事吗？”廖之雯问。

“我卖房子你是不是不高兴？”汪徵问。

廖之雯笑了笑：“怎么会呢，留着没什么用赶紧卖掉吧。我还有事，你忙吧。”

“雯雯。”汪徵想去拉廖之雯的手，却抓了个空。

廖之雯踏入了2707，然后关上了房门，冲夏周和夏天两父子笑了笑说："家访吧。"

"边吃边聊。"夏周说。

在饭桌上，夏天头都不敢抬，好像很怕夏周。廖之雯和夏天来了个君子协议，她没有告状，反倒是为他说了不少好话。

夏天趁着父亲不注意，偷偷给廖之雯做口型：班里交给我！

廖之雯"扑哧"一下笑了，她没想到有朝一日，自己会和学生做这种交易，真是可爱得不行。

吃过饭，夏天主动洗碗，夏周和廖之雯聊孩子的事情，聊现在的工作。

夏周工作忙，到处飞，对夏天的照顾有很多疏忽。

廖之雯有意无意地提起了学生时代的事情，试探性地说了句："我第一次逃课就是你们拐带的，你和楚境一起。"

她在提起楚境的名字时故意看了看夏周的反应。

夏周爽朗一笑，似乎也回忆起了那个时候的荒唐："真感觉像上辈子的事情。你和楚境还有联系吗？她过得怎么样？初中那会儿，楚境特别皮，跟个男孩子一样，现在她结婚了没？"

这个反应不太对啊，廖之雯有点狐疑，提起初恋，他怎么会如此坦然？

"挺好的。时间不早了，我先回去了。"廖之雯说。

"我送你吧。"夏周起身。

"不用了，你在家陪孩子吧。我没想到你有这么大的孩子。"廖之雯还是没忍住。

夏周摸了摸夏天的头说："我也没想到。"

根本不接茬啊，算了，以后找个机会再问问夏天吧，廖之雯想。

汪徵带着人来看房子，他没想到今天会遇见廖之雯，有些讽刺，有些尴尬。他卖掉他们的婚房，她刚好也在。他原本对这套房子其实没什么感情的，现在忽然之间有了感觉。

他左思右想，给房产中介打了个电话说：“这房子我不卖了，抱歉。”

房产中介就要哭瞎了，他好不容易要开张了。

汪徵是个生意人，也觉察到了对方的失落，于是又说：“我名下还有一套房子，卖那套吧。”

汪徵失眠了，他脑海里不断地回忆今天廖之雯穿着围裙站在别人家里的样子。他很想知道自己这是得了什么病，他现在迫切地想知道廖之雯的事情。他所有的社交账号都被廖之雯拉黑了，他甚至拿另外一部手机注册了一个小号微博，偷偷搜索了廖之雯，窥探她的微博。

廖子雯不喜欢发朋友圈，因为学生家长会看到，父母也会看到。所以她平时都是发微博，没多少粉丝，只是分享一些自己的生活。

怀着忐忑的心情，汪徵点开了廖之雯的微博主页，她刚刚更新了一条：我失眠了。

为什么失眠了？

是因为今天看到他卖婚房吗？

汪徵心里打鼓，想问，又不知道该怎么问。

他还有廖之雯的手机号，可以给她发一条信息。

他编辑又删掉，斟酌几次，问了句：“在吗？”

消息发出去了，没办法撤回了，他想打自己的脸。这个号廖之雯又不认识，发这种消息，会被当神经病吧？

过了几分钟，廖之雯没有回复，果然是被无视了。

一旦开头了，他就不想放弃，既然发都发了，就再发一条吧，可是说什么好呢？

汪徵想了想发过去一条消息："是我，我会再考虑一下的，毕竟是我们共同的房子，你如果反对我不会卖掉。"

廖之雯洗完了澡，正准备躺下睡觉，收到了短信，这年头的短信多半是垃圾短信。她扫了一眼，看内容就知道是汪徵发来的，那和垃圾短信也没什么区别。

她不假思索地回复："卖了吧，我赞同。"

汪徵："可那是我们共同拥有的。"

廖之雯想了想，当初买那套房子，房款是汪徵出的，她个性好强，为了不被人说占便宜，契税之类是她出的钱，花了十万多。既然分开了，那这个钱她应该拿回来。于是她回复："明白，房款你来分配就好，我当时只出了一点点，把这部分退给我就可以，其他都给你，我不会跟你争。"

汪徵左等右等，廖之雯怎么还不回复？该不会是睡着了吧？不可能，她失眠呢。那就是不知道该如何回他？

手机响了，汪徵一个激灵，抓起手机，火速打开一看，然后把手机扔一边。

他是这个意思吗？廖之雯是不是故意的？

他心情难以平复，不理她了，睡觉！

汪徵躺在床上，辗转反侧，心里烦得很，一闭上眼睛，就是廖子雯和那父子俩的画面，三个人和谐得跟鬼片似的。

汪徵猛然间坐起来，他不能就这么算了。

他鼓起勇气，给廖之雯打了个电话，他必须和她聊聊，就从房子开始聊。

电话通了。

汪徵清了清喉咙。

"您好，您拨打的电话已关机……"

"啧！"汪徵扔了手机，彻底失眠了，夜为何如此漫长？

第二天一早，尹氏集团职业经理人例会，向尹霈祁汇报近期的业务。

尹霈祁默默地听完了，目光始终落在汪徵的脸上。

汪徵面无表情地汇报完所有的业务，然后合上文件夹问："小尹总还有事吗？"

尹霈祁摇了摇头，还是盯着汪徵看。

汪徵又问："我脸上有东西？"

尹霈祁走过去，伸手戳了一下汪徵的脸。

汪徵后仰了一下，尹霈祁笑道："你脸上这不是墨镜啊，害我看了半天。年轻人早点休息，别修仙啊。"他拍了拍汪徵的肩膀，语重心长得像他爸一样。

"多谢小尹总关心，下午拍企业内刊封面，齐秘书说了吧？"汪徵问。

尹霈祁不记得这事儿，他皱了皱眉："这也要我去？"

"嗯。"汪徵点点头。

"怎么跟个艺人似的。你们不是不让我露脸吗？不是怕我被绑架吗？现在不怕了？"尹霈祁调侃。

"是企业内刊，不会外传的，我会跟您一起拍摄。况且董事长有意正式退休，您该让大家熟悉一下了。"

尹霈祁"哦"了一声，没多大反应："那你做内封吧，你做外封的话，我担心人家以为我们是黑白杂志，年轻人搞点儿眼霜吧。"

"周六的相亲，我给您多安排了一位小姐，您顺便一起见了吧，总有一位合适的，我会向董事长汇报的。"汪徵冷着脸说完，率先出了会议室。

其他几位经理人也跟着一起离开了。

尹霈祁愣在原地两秒钟之后，扭头就跟齐秘书嘤嘤嘤：“你看看他，一副失恋男人的嘴脸，就见不得我好。”

齐秘书脸上毫无波澜，内心：莫挨老子，老子只是一个秘书。

“齐秘书你怎么不说话？你不要总是当面一套背后一套的，你可听见了，老爷子要退休了，你还想不想做我的心腹了？有话直接说。”尹霈祁没得到回应相当失落。

齐秘书公式化地微笑着说：“您谈过恋爱吗？”

“什么？”尹霈祁几乎以为自己听错了。

“您也没谈过恋爱，您怎么知道汪总是失恋的嘴脸呢？”齐秘书微笑着说出的话却句句扎心。

风华绝代的小尹总，竟然是个“母胎单身”。

尹霈祁抽动了一下嘴角：“有意思吗你？”

齐秘书其实也很想问一句，您这样盯着汪总不放，有意思吗？

但是作为一个出色的秘书，齐秘书是不会这么问的，所以她继续保持微笑，问：“小尹总，周末的聚会，要不要订一套新衣服？”

“不用了。”尹霈祁冷着脸。

下午拍摄企业内刊，尹霈祁和汪徵两个人，一个是纯天然无公害的奶狗总裁，让人忍不住想要亲近一下；另一个是冷面腹黑的经理人，浑身散发着禁欲气息，让人明知是火坑，却还是想要跳一下。

公司的女同事炸开了锅，原来她们在这么美好的环境下工作，总裁和经理人之间有着一万种可能。

虽说是企业内刊，但因为总裁长得太帅，部分员工没忍住分享给朋友了。不出三天，尹霈祁就火了，成为大家公认的，言情小说男主角原型。

楚境看到照片的时候，正是他们部门会议期间，几个下属窃窃私语，她走过去发现下属手机屏幕上正是尹霈祁的照片，顿时脸色不太好了。

下属险些吓破了胆，楚总监是个工作狂，不好相处那是公认的，这下死定了。

实际上，楚境不爽的是，她又想起骗她钱的那个侦探了。她花了那么多钱，都没弄到照片，现在竟然有一张如此高清的照片。幸好她已经和尹霈祁认识了，周末见面的时候，她一定得拿下这个合同！

想到这里，楚境又笑了。

这一会儿阴一会儿晴的表情，让两个开会溜号的下属坐立难安，她们对视了一眼，然后视死如归地站起来说："楚总，这个交给我们吧！保证完成任务！请给我们一次机会！"

这叫置之死地而后生，与其直接被开除，不如去拼一下业务。

楚境回过神来，有些纳闷，这两个混子今天怎么跟打鸡血了一样？

"确定吗？"楚境有点犹豫，对方是个比较难缠的大姐，同性相斥，两个小姑娘，行吗？

"没问题，楚总！"

见两人就差立军令状了，楚境只好答应。

周五转眼就来了，楚境想了一整天，她和尹霈祁的约马上就要到了，可她没有尹霈祁的联系方式，那个饭局在哪儿、几点开始，她统统不知道。她总不能去尹霈祁家蹲点吧，更何况她也不知道尹霈祁家在哪里啊。

楚境开始琢磨，见到尹霈祁以后该怎么做，该怎么说话，甚至穿什么衣服。

她有点焦虑，这种情绪在以前是没有过的，她坐立难安，不知不觉之间喝了好几杯水。

没一会儿，她的助理进来给她送水，很小心地问："楚总，是要去见什么重要的人吗？"

"怎么了？"

"您好像很紧张。"助理说。

"我紧张了？"楚境一种怀疑的口气，她竟然还会紧张，这太不可思议了。

"楚总？"见她发呆，助理又轻轻叫了一声。

"没事，我出去一趟。孙总找我的话，你先拖着。"楚境锁上抽屉，拿起包和车钥匙，离开了办公室。

小助理在后面张了张嘴，万般无奈，孙总她哪里应付得了啊。

楚境离开公司，找了个商场，她得为明天的见面做准备。

尹霈祁说是个饭局，保不齐就是一个酒会之类的，当然也可能是朋友的私人聚会。她最好选一套得体的礼服，不能太妖艳，也不能太死板了。

正选着衣服，她忽然看见一个西装男，带着一个十几岁的男孩儿，从不远处走过。

她觉得那个西装男十分眼熟，于是放下衣服赶紧追出去。

那个西装男已经带着男孩儿上了扶梯，她往前追了几步，发现他们进了一家玩具店。

楚境觉得心好像被什么敲了一下，这种感觉太难形容了。

她给廖之雯打电话，目光始终盯着二楼的玩具店。

“雯雯。”

廖之雯正忙得焦头烂额，她被几个人拉着，站在一栋楼的楼下。但她一听楚境的语气，就知道出大事儿了，于是赶紧问：“怎么了？”

楚境眼睛没有离开过玩具店，幽幽地问了一句：“你说人死还能复生吗？”

“出什么事儿了？小境你在哪儿，我去找你。”廖之雯急了，这说的什么话？

楚境笑了笑：“我没事儿，我好像看见夏周了，这不是死而复生吗？”

廖之雯没想到他们这么快就会遇到，她前几天见到夏周的事情，还没跟楚境提。

廖之雯忽然觉得很对不起楚境：“你在哪里，我去陪你。”

廖之雯的话还没落地，旁边一起来的几个女生就说：“你不能走啊，房租你不要了？多一个人多一份力啊！”

楚境在电话这边听得真真切切的，问：“怎么回事儿？你在哪儿呢？”

“我先去找你。”廖之雯坚持。

“别废话，发地址。”楚境霸气地说完便挂断了电话。

廖之雯只好乖乖发来地址，楚境提着东西火速前往。

在一个目测有三十多年房龄的住宅区楼下，四个女孩儿站在单元门口，汗水顺着发丝流淌下来，粘在了脸上，狼狈极了。

四个女孩儿个个神色哀怨，一副天塌下来的样子。她们刚刚被黑中介坑了钱，交了定金以后，却没能住进看好的房子里。中介说把钱给房东了，然而房东说根本没有收到钱，赶她们走。她们无奈，只好堵在这里。

楚境赶到的时候，这四个人正在努力地敲门。

见到廖之雯，楚境赶紧把她拽过来问："发生什么事了？"

"也没什么大事。"廖之雯就把怎么被坑的经过简单说了一下，楚境越听越来气。

"你想出来租房子住，你怎么不跟我说？你看看这什么环境啊。中介和房东都不认你们的合同是吧？"楚境一下子就说出了问题的关键。

廖之雯"嗯"了一声，然后问："怎么办？不然打官司？"

其他三个女孩儿一听要打官司，瞬间哭丧起了脸。

"多少钱的合同啊，打官司？你耗得起吗？"楚境摇了摇头，拉着廖之雯的手，"走啦，这钱我给你，就当买个教训了。"

"你不能走，你走了我们怎么办？"其他三个女孩儿拦住了楚境。

楚境有点想笑："你们上当受骗，我很同情，但是跟我有什么关系，我认识你们吗？"

"人多力量大啊！"其中一个女孩儿说。

楚境这次真的笑了："有的时候不是人多就能解决问题的。"

突然，一直锁着的大门敞开了，从里面出来一个小麦肤色的女孩儿，她惊喜道："楚境，你怎么在这儿？"

楚境一扭头，看见了本以为不会再见到的景然，也笑了起来："你住这儿？"

"这就搬走了，到期了。我回来就是给房东腾地方的，你们这是……"景然打量了一下这几个人，联想起刚才有人敲门，房东出去跟人吵了一架回来后脸更臭了，一下子想明白了，"被坑钱了吧？这个房东是很坏。是你的朋友啊，楚境？”

楚境“嗯”了一声：“这是我闺蜜廖之雯，这是景然，在凤凰山救过我。”

两个人互相问了个好。景然一笑，嘴咧得大大的，她的笑容能感染人，像是阳光。

“既然是楚境的朋友，那我做回好人。”景然说完把大家的合同要过去了，然后回去敲门，找房东大姐讲理去了。

实际上房东大姐也不是没收到钱，只是比预期的少了不少，她和中介的代理协议刚好到期了，又有另一家帮她出租了房子，一来二去，就决定坑这几个小姑娘了。

然而景然不是吃素的，吵起架来还没有输过，她连个脏字都没说，就把房东大姐气得险些晕过去。

景然拿到钱后，对照着合同，给四个女孩儿分了。

“行了，以后租房找个大点儿的中介公司，小中介不靠谱的。”景然手一挥，动作特别帅。

其中两个女孩儿千恩万谢，另外一个女孩儿嘟嘴说交的钱不止这么些。景然就笑了笑说：“要不你继续，我是只有这么大本事了。”

楚境见状拉住景然：“请你喝一杯，聚聚。”

“哎，你们不管啦？”那个嘟嘴的女孩儿又说。

“怎么管？在家靠父母，出门谁也靠不上，自己努力吧。”楚境给了那个女孩儿一个大大的笑脸，然后提起景然的箱子，往自己车那边走。

“楚境你力气还挺大嘛，不过还是我来吧。”

把行李放进楚境的后备厢，三个人直奔附近的商场。

三个人有一种相见恨晚的感觉，景然是个话痨，虽然是三个人中年龄最小的，却是阅历最丰富的。景然讲述了那些走过的地方，让廖之雯羡慕不已，她想，在余下的时光里，也得像景然一样，做自己喜欢的事情，不计后果，不求回报。

“所以你见到了初恋男友？那你怎么没追上去？”景然听完了楚境今天的遭遇，忍不住问。

“不是初恋男友，就是同学，都没开始呢。”楚境纠正道。

“可你不是喜欢人家嘛，那不就是初恋吗？”景然不解。

楚境一想也对，于是妥协了：“行吧，我初恋。他带着一个男孩儿，估计十来岁了，他今年也就二十七岁，如果是他儿子的话，这也太……”

景然啧啧两声，一脸的你没见过世面的样子：“不懂了吧？真爱不分年龄，当爹也不分地方。”

楚境咬着奶茶吸管，心里说不上是什么感觉。

“见到初恋什么感觉？还心动吗？”景然满脸八卦的样子。

这个问题楚境得好好想一想了，她努力回忆今天下午那一刻的感觉。最后，她迟疑着说：“有点震惊吧，其他的我也不知道。雯雯，你怎么不说话？”

廖之雯其实特别想说话，但是这两人你一言我一语地分析，她越来越心虚，听到楚境突然问自己，尴尬地一笑说：“那个，小境，我跟你说个事儿。”

景然狐疑地看着廖之雯：“她这个表情，应该是没好事儿。”

楚境也跟着点了点头：“赶紧说。”

“你今天见到的那个小男孩，应该就是我的学生，叫夏天。但我一开始真的不知道，夏天的爸爸就是夏周。夏周他改名字了，所以在学生档案里我没发现这一层关系。小境，你可千万别生气啊！”廖之雯愧疚得就差给楚境跪下了。

"这也不怪你。"

廖之雯拍了拍胸口，心中的大石落地了，但是，下一秒，楚境又说："但是你既然知道夏周改名字了，就说明你们俩见过了。你没告诉我，这就有点过分了。廖之雯，亏我把你当姐妹！"

"我……小境，我真的是不知道怎么开口啊，你别生气，你想怎么样都行。"廖之雯急了，拉着楚境的手开始摇晃。

楚境甩开她的手，板着脸说："那你买单吧，今天你请。"

她们来的是高档茶餐厅，人均三百块那种，廖之雯摸了摸钱包："我这刚让人骗了半个月工资，都不知道住哪儿好呢……"

"所以把单买了，然后住我家啊！"楚境佯怒。

廖之雯乖乖买单，景然和她们互加了微信。

"我去一下卫生间，你们等我一下。"景然拐进卫生间，忽然接了个电话，然后头也不回地离开了。

楚境和廖之雯等了十几分钟，还不见人出来，给景然发信息，仿若石沉大海。

"去里面看看，别出什么事儿。"楚境拉着廖之雯进卫生间找了一圈，然而根本没有景然的影子，她的行李还在楚境车上。

"可能是有什么突发事件，让她离开了。别着急，等她联系我们吧。"廖之雯安慰楚境。

虽然和景然认识时间不长，楚境却觉得景然这个人很对胃口，让许久没有交到好朋友的她格外珍惜，只希望廖之雯说的是真的，除了等待景然的联系，也没有别的办法了。

回到楚境家，廖之雯随便选了一间房住进去。

楚境这房子真可以算是豪宅，二百八十平方米的大平层，还在市中心，智能家电一体化。廖之雯一年工资也不够租的，既然不够，索性也就一分钱不给了。

晚上，廖之雯正式跟家里说了搬出来，带着行李住在楚境家里。

见女儿是住在楚境那儿，廖母答应得很爽快。

“我都没发现，你的名号这么管用，以后我得多用用才行。”廖之雯笑着说。

可没多久，她脸上的笑意就没了。在楚境询问的目光下，她拿起手机给楚境看：“汪徽他妈打来的。”

“我这姨妈难缠得很，我不管用的，你自己解决。”楚境溜了。

这是廖之雯和汪徽分手后，汪徽妈妈第一次打电话过来。

“雯雯，明天能不能陪阿姨去逛街买点儿东西啊？”孟春问。

“好。”

第六章
终于拿下

半夜，邮箱提示有新的邮件。

楚境是习惯时刻保持工作状态的人，火速打开了邮件。

发件人不认识，看起来像是垃圾邮件，里面是一个广告，图文混排相当杂乱，但是在中间部分，有一个电话号码。

楚境一皱眉，开始思考，直觉告诉她，这肯定不是普通的垃圾邮件，不然会被屏蔽掉。心里有一个念头告诉自己，这可能是尹霈祁发的。

管他呢，打过去试试，顶多就是骗点儿电话费呗。

楚境拨过去了，那边很快就接听了。

“喂，小尹总？”楚境心虚地问。其实她内心矛盾，希望是他又不希望是他。

电话那头的人笑了起来：“楚境你很聪明。”

楚境翻了个白眼，想骂娘。这不神经病吗？一般人谁会把自己的号码隐藏在广告里面，他们在做什么见不得人的事情吗？

“小尹总是要通知我明天的聚会时间和地点吗？”楚境笑着问，声音也很甜，属于那种无论男女都会很喜欢的腔调。

“你这么聪明，不如猜猜在哪里好了。”尹霈祁说道。

“叶远信的餐厅？”楚境随口说了一个。

尹霈祁“嗯”了一声：“这个提议也不错，那明天就定在那里好了。你再猜猜时间。”

楚境语气里含了笑意，她是真的觉得这个人很有趣，于是又想了想说：“不如就晚上七点？”

“也可以。那就晚上七点好了。晚安了，楚境。”尹霈祁语调波澜不惊，甚至还浅浅地笑了一下，声音压低了一点点，富有磁性，相当魅惑。他挂断了电话，咧起嘴笑了，高深莫测的感觉荡然无存，刚才那就是在装坯。

突然，响起一声：“谁的电话？”

尹霈祁一扭头，吓得差点扔了手机，他拍了拍胸口，埋怨道：“爸爸，您也一把年纪了，怎么学人家偷听呢？”

尹老董事长仿佛听了个笑话：“这栋房子貌似我是业主，让你住就不错了。废话少说，谁的电话，笑得这么开心？”

尹霈祁收起了笑容：“客户。我去睡了，晚安。”

说完他就跑了，尹老董事长没追上他，在后面追问了句：“多大的生意，你这么开心？汪徵怎么也没汇报？”

尹霈祁跑上楼了，突然从楼梯口探出半个身体来说：“汪徵好好一个人，让你培养成了一个锦衣卫，你又不姓朱。”

“臭小子，胡说八道什么呢。你要是有汪徵十分之一，我会这么头疼吗？”尹老董事长骂道。

“别惦记了，人家有爸妈。”尹霈祁在尹老董事长的拖鞋飞过来之前，跑回了房间。

那边楚境接完电话，内心也有了起伏，她冲到了廖之雯的房间，兴奋地说：“姐姐我就要拿下一个大项目了！尹氏集团的小尹总明天约我，我就说嘛，神秘兮兮地跟我说有个什么聚会，让我去把他弄出来。今天打了这个电话我才明白过来，他就是想约我。就姐姐这魅力，他又不是和尚，怎么可能抵挡得住。”

廖之雯了解了一个大概，有点想不通，问："你确定他是想和你约会吗？"

楚境一拍大腿，相当笃定："当然了！他让我猜地点和时间，我说完了他就同意了，这还不是想约我？我早就感觉到了，这小子暗恋我，之前假装不认识，那就是欲擒故纵。我俩在凤凰山患难见真情，明天他肯定是要跟我表白，我得趁机让他把合同签了！"

廖之雯总觉得这样不太好，她拉着兴奋的楚境，试图让楚境冷静下来，说："你再好好考虑一下，为了一个生意，搭上了感情值得吗？你真的喜欢他吗？"

楚境"扑哧"一声笑了，甩开廖之雯的手说："你想什么呢？为了一单生意，我还能把自己卖了？这公司又不是我开的。你放心，我自有分寸，肯定是既能签合同，又能不出卖自己。这么多年，我也不是白混的啊！我今儿那衣服算是买对了！"

廖之雯摇了摇头，还是不太放心："尹氏集团势力可不小呢，小境你慎重一点，用这种办法签合同，总归是不妥的。万一你甩不掉他，他认真了呢？你还真的和他在一起吗？你了解小尹总这个人吗？"

"哎呀，雯雯！舍不得孩子套不着狼，这句话不是骗人的。这是女人天生的武器，必要的时候适当示弱，会达到事半功倍的效果。我也不是没有自己的原则，你第一天认识我啊？我不会出事的。即便是出事了，对象是小尹总……"楚境顿住了，她竟然真的开始思考，如果跟小尹总在一起，会怎么样。直觉告诉自己，好像也不赖，最起码，生意可以做很多了。

"你不会真喜欢他了吧？我可记得，你的原则是，只谈生意不谈感情，任何想要追求你的异性都要谨慎对待，因为他很可能是竞争对手派来的敌军。这个小尹总例外吗？"廖之雯说。

“胡说什么呢，这明显是他暗恋我！睡了！你还是想想明天怎么应付我姨妈吧。”楚境撂下狠话回到了自己的房间，然后失眠了。

尹霈祁也失眠了，折腾到半夜，他给汪徵打了个电话：“睡了吗？”

汪徵躺在他和廖之雯的婚房里。他最近搬过来住下了，下班后就早早回家，时刻盯着隔壁邻居的动态，看看那男的和廖之雯到底什么关系。然而廖之雯再也没来过，他每天就像个偷窥狂一样，甚至都想去翻邻居的垃圾桶了。

他刚有了些许睡意，梦见和廖之雯谈判呢，小尹总的电话打过来了。

汪徵接起来没好气地说：“几点了？”

尹霈祁看了一眼：“三点多，你这不没睡嘛。”

汪徵冷冷地说：“有事吗？”

“明天……不，今天帮我改约在叶远信开的那个餐厅，晚上七点。”

“就这件事？”汪徵压抑着怒火问。

“这事儿还不够大？”尹霈祁反问。

“好，知道了。”汪徵咬着牙说，小尹总一定是故意的，扰人清梦。

尹霈祁犹豫了一下说：“你家空调是不是温度太低了？你调高一点，我感觉你都被冻住了。”

“谢谢关心！”汪徵的话里听不出半点儿温度来，面对小尹总的讽刺也毫不在意。

小尹总挂断了电话，捂着被子开始笑，明天早点到来吧！

周六中午，楚境带好装备出门，去了自己最熟悉的美容院，洗澡化妆做头发，全副武装以后出发。她到达了叶远信开的那家餐厅，服务员为她拉开了门，她瞥了一眼镜子里的自己，高贵美艳，绝对是这条街最亮的崽。

她微笑着说："有预订，尹先生订的，他到了吗？"

"帮小姐查一下，请稍等。"服务员礼貌地回答，然后开始查看预订记录，"抱歉没有。"

也可能是秘书预订的？楚境还不知道尹霈祁的秘书叫什么，她看了一圈，已经到的客人里面，没有尹霈祁的身影。

她看了一眼手表，时间还没到，是她早来了。那既然来了，她先等他好了。

"那还有位置吗？我们两位，麻烦找一个私密一点的位置，谢谢。"楚境甜甜地微笑着。

服务员把她带去了靠窗的位置，给她倒了一杯柠檬水。

楚境一个人百无聊赖地等待着。

夏天的夜晚总是来得很晚，楚境透过玻璃看着窗外，川流不息的人群，不知夜晚和小尹总哪个先来。

她又把合同拿出来看了一遍，绝对公平公正，和法务过了三次，谁也挑不出毛病来。

餐厅门口停下一辆豪车，司机为车上的人开门，是个年轻的女孩儿。楚境抻长脖子瞧了一下，好像是某个集团的千金。那位小姐穿着小香风的套装，脸上带着极大的不情愿。

楚境一直盯着这个女孩儿，直到对方走进这家餐厅，然后服务员带她落座在离楚境不远的座位上。女孩儿频频看表，虽然不耐烦，但是良好的教养让她没有发作。

应该是在等待相亲对象。这种千金小姐相亲的对象应该也是个财阀二代。但是看这个小姐的状态，应该是对相亲的对象不太满意。很可能，这个相亲对象一无是处，又或者名声不太好，抑或是长得不太好。嫌弃一个人总是可以找到很多个理由的，楚境有点好奇，这个相亲对象到底是谁。

没一会儿，餐厅的门又开了，楚境抬头看过去，见到了尹霈祁。他应该也是精心做了造型，穿着一套剪裁合体的西装，脸上没带什么表情，看起来高贵极了，像一个王子，不可侵犯。

这是楚境第一次见到正装的尹霈祁，比她之前看到的那张杂志内刊封面还要帅，看得她都有点移不开目光，也太养眼了。

尹霈祁一出现就成了餐厅里的焦点，大家都在看这个好看的年轻男人，他的目光扫了一圈，和楚境对上了。

突如其来的对视，让发呆的楚境有一瞬间的慌乱。就像是学生时代上课偷偷看某个男孩子被发现了一样，那种心跳极速的窘迫感，她赶紧移开了目光。

她稍微整理了一下自己的情绪，又抬起头，朝尹霈祁挥了挥手说："这……"

"里"字还没说出来，她就看见尹霈祁坐在了那位等待相亲对象的小姐对面，侧对着楚境，目不转睛地看着那位小姐。

这什么情况？楚境傻眼了，尹霈祁搞什么？

"小姐，请问是要点菜吗？"服务员过来问楚境。

她刚反应过来，刚才像个傻子一样招手，叫来的只有服务员。她黑着脸，"嗯"了一声，翻开菜单随便指了几个菜说："先这么多吧。"

"您点的都是前菜，而且都是冷的，确定不再点点别的吗？"服务员好意提醒。

"不用了，心情不好的女人吃热的上火。麻烦快点。"楚境说这话的时候，偷偷瞧了一眼尹霈祁，他的头仿佛被固定住了一样，一动也不动。

这种感觉有点熟悉，楚境仔细回味了一下，这熟悉的套路，像不像他们重逢那次？故意假装不认识。

楚境冷笑了一声，有意思吗？难怪对面的那位小姐看不上他，这人没谱。

那位千金小姐见到尹霈祁来，也没有被尹霈祁的美色所打动，仍然是不太高兴的样子。她见过的男明星不少，不像周围那些没见过世面的小女生，就他这种长相有什么好惊叹的，无非就是会打扮而已。她神情十分冷淡，皱着眉开口说：“为什么选在这种地方？连个包间都没有，相亲多尴尬啊？”

尹霈祁没直接回答，抖了抖胳膊，把西装袖子里的大金表抖出来了，然后十分夸张地抬起胳膊，看了一眼，故意晃了晃，的确是一块名表，价值估计得五百万上下。

那位小姐的脸色就更难看了：“小尹总，你在干什么？”

“看时间，怎么了？”尹霈祁慵懒地说。

“快放下来，这块表太张扬了。”那位小姐提醒道，同时很小声地嘟囔了一句，“暴发户。”

尹霈祁听见了，却没有反驳。他默默地记住了这句话，然后叫服务员点餐。

尹霈祁这桌上菜的速度比楚境那桌快，因为叶远信特别叮嘱过。

尹霈祁点了满满一桌子，是餐厅里最贵的菜，搭配得却很不好。单看每一道菜都不错，放在一起就特别没有食欲。

那位小姐再次感觉到了不满，摇了摇头，只吃了自己面前的一份沙拉。

尹霈祁大快朵颐，甚至还喝了酒，吧嗒吧嗒的样子，和他的外表极为不符。

餐厅里用餐的人将目光全都投了过去，那位小姐噌地站起来说："我去一下洗手间，抱歉。"

尹霈祁放下刀叉，扭头看了一眼外面跟着他来的人，无奈地摊了摊手。

楚境留意到了他这个小动作，这里面绝对有情况。

没一会儿，楚境收到一条信息，来自尹霈祁。她有点纳闷，不是假装不认识吗，怎么还发信息？

她扭头去看尹霈祁，尹霈祁还是假装不认识她的样子。

楚境狐疑，点开了信息："记得把我弄出去，别看我。"

楚境给他回复："我觉得不需要，人家姑娘没看上你，满脸嫌弃呢。"

尹霈祁："等会儿还有一个，难缠得很。"

楚境撇撇嘴。

那位去洗手间的小姐回来以后，很坦然地跟尹霈祁说："我们不太合适。"

"慢走。"尹霈祁绽放了一个奶狗般的笑容。

那位小姐却并没有马上走，她想了想说："长得挺帅的，可惜了……外面都传你是个傻子。"

"可能外面说的是真的。"尹霈祁继续微笑。

这话楚境听着就不太高兴了，怎么就是傻子了？这姑娘也太不会说话了，先前觉得她修养好完全是错觉。

那位小姐拿起包包走出去，刚好经过楚境那桌。楚境"不小心"掉了一块果皮在地上，那位小姐一脚踩上去，前仰后合尖叫着好不容易站稳了，头发都乱了。她发现整个餐厅的人都在看她，气得跺了跺脚说了句："真倒霉！"然后踩着高跟鞋快速离场。

楚境没忍住笑了起来，紧接着收到了尹霈祁的信息："你弄的？"

楚境："谁让她说你。"

尹霈祁的手始终放在桌子下，他在看到这条信息的时候，心里开始暖了起来，一整天的冰山脸上终于有了笑意，他眼底很温柔，透过墙上镜子的反射，看着楚境。

第二个相亲女很快来了，绝对重量级嘉宾，她在看见尹霈祁之后，一下子就扑过来抱住了尹霈祁："霈祁哥哥，你终于答应见我了！"

尹霈祁拍了拍胖女孩儿的背，微笑着说："你先放开我，餐厅人很多。"

胖女孩儿羞涩地笑了，尹霈祁为她拉开了椅子。女孩儿自坐下就开始喋喋不休，眼睛里放着光芒，看得出她是真的很喜欢尹霈祁。但是她的话特别多，完全不给你任何空间，也不看你的任何反应，单方面抒发着自己的情绪，让人喘不过气来。

尹霈祁没有打断她，也没有表现出任何不耐烦的情绪，全程微笑着听她说，他表现出了非常好的修养，表面上波澜不惊，实际上桌子下那只手已经给楚境发了两条短信。

楚境笑了笑，起身结账去了洗手间。

她观察了整个餐厅，只有两个门可以离开，一个是大门，从这里走会被所有人看见；还一个是后厨的门，但是通往后厨的门是锁着的，上菜都是用小电梯传送。她只能去洗手间看看，幸好这里有扇窗户，可以钻出去，且一出去是一条人烟稀少的巷子。

楚境准备得差不多了，给尹霈祁发了条信息："洗手间。"

尹霈祁过了十分钟才来，一看就是好不容易才脱身，楚境一把将他拉进了女洗手间。

尹霈祁万分错愕，脸都快扭曲了。

"别叫，这里没别人。"楚境警告道，"你再把别人给引过来，我可没办法帮你。"

“你不会是让我从这里走吧？”

“没有别的路了，你赶紧，那边我找了个小板凳给你放着了，你爬上去，从窗户走。”楚境一指窗口，只是一个换气窗，只开了下面的窗口。

“男洗手间不行吗，一定要这样？”尹霈祁一边说，一边脱下了西装外套，解开了领口和袖口的扣子，活动了一下肩膀。

“男洗手间我怎么进去啊，人家穿这样呢。”楚境笑嘻嘻地说。

尹霈祁无奈地挽起袖子爬上了窗台，楚境在后面帮他看着门，不让别人进来。

“你对这个女生，比上一个好很多啊。”

“她们不一样。”

“有什么不一样？你们男的不是都喜欢长得好看的吗？”

“非亲非故，喜欢我我感谢还来不及，凶她干吗？况且……”尹霈祁抓住窗框，纵身一跃，把腿伸了出去，腰卡在窗户上。

“况且什么？”楚境问。

“我这么优秀，她不应该喜欢我吗？只要没对我造成困扰，欢迎任何人喜欢我。”尹霈祁动了动，没出去。

“来人了，你快点。”楚境感觉到外面有人在推门。

“你先过来推我一把。”

“你不会是卡住了吧？”楚境把门反锁了，然后过来推他，颇为嫌弃地说，“少吃点儿肉吧！”

楚境用力一顶，尹霈祁出去了，她松了口气：“你在外面等我。”

“你不出来？”尹霈祁做好了接她的准备。

“我也钻出去的话，洗手间的门谁开啊！”楚境说完把窗户关上了，转身去开了门，面不改色地穿过了餐厅的大堂，从正门出去了。

楚境成功地从餐厅带走了尹霈祁，没有被任何人发现。尹霈祁兴奋极了，他给齐秘书发了一条微信：“明天回家，勿念。”然后就关掉手机，一身轻松的样子。

“你就不怕公司有什么事情找你？”楚境边开车边问。

“公司有汪徵呢，倒不了。汪徵你可能不认识，是一个……”

“超级讨厌的人！”

尹霈祁话没说完，楚境抢先说了出来。

尹霈祁啧啧两声：“你们俩有过节啊？”

“实话跟你说吧，汪徵是我表哥。我给你的那个策划书，之前去你们公司讲过，汪徵把我给赶出去了。我俩从小打到大的。”楚境想起汪徵这个人，都觉得很神奇，她为什么会跟汪徵是亲戚呢。

尹霈祁笑了起来：“你小时候要是努努力，把他给打死了，咱俩现在都能少受一点苦。”

“他每天管着你？”

“他嘲讽我。”尹霈祁一耸肩，“但是我可以理解，他才三十岁出头，坐上这么高的位置，很优秀，我爸很相信他，我也很相信他，多亏有他，我这个小尹总才这么轻松。但这不代表我不讨厌他。他这个人能干、负责任，但是没什么人情味儿。我以为他对家人会好一点呢，原来也不是。”

“他只是对我不好。”楚境补充道，“我们去哪里？”

“去网吧。”

楚境：“……”

去网吧之前，楚境先带尹霈祁去了另外一个地方。

“你带我来商场干吗？”尹霈祁不解。

“你应该是跟战队那几个朋友约了打游戏吧？”

尹霈祁一挑眉，表示“你猜对了”。

“那咱俩这身衣服就不合适，你不是怕他们知道你是个富家公子哥吗？带你来买一身普通的衣服。”楚境推着尹霈祁进入平价商场。

尹霈祁忍不住赞叹：“楚境你真的很聪明，这都看出来了。”

楚境有点小骄傲，她可是未来集团最能干的销售总监，要是不把客户那点小心思都给看穿，她怎么当上销售冠军。

“倒是你，今天怎么穿得跟参加颁奖典礼似的？”尹霈祁突然说了一句。

走在前面的楚境脚一崴，差点摔倒，尹霈祁一把扶住她：“小心。”

楚境一摆手，故作镇定地说：“我没事，地太滑了。”心里忍不住又开始骂尹霈祁，还不是你，昨天说得那么含糊。

尹霈祁放开手，楚境往前走了几步，听到他说：“你该不会是以为，我在约你吧？”

楚境的脚又崴了一下，这次彻底不妙了，她感觉到脚踝有点疼，应该是崴脚了。

“你还好吧？”尹霈祁过来扶住她。

楚境皱着眉，额头已经渗出汗来了。她抓着尹霈祁的手，咬着牙说：“你不说话，我就挺好的。”

“你真的没事吗？”

“当然没事啦，小尹总不用担心，我们快去买衣服吧。”楚境强忍着疼，微笑着说道。她不能让她的客户看出她的脆弱来，这是做销售的不二法则。

尹霈祁走在前面，楚境跟着他，他故意走得很慢，时不时地回头看一眼楚境，楚境都会站得笔挺，冲他微笑。等他一转过去，楚境就赶紧找个地方扶着，尽量让自己看起来不像个瘸子。

尹霈祁就近找了一家店，打量了楚境一眼，拿了一套女装和一双平底鞋给她："你去换上吧，穿高跟鞋挺辛苦的。"

楚境沉默了许久，盯着那双平底鞋，她的目光变得柔和起来，不再像是穿着铠甲的战士。

尹霈祁低下头看楚境："你怎么了，该不会是感动了吧？"

楚境一甩头说："才没有，鞋太丑了，不符合我的审美。"

话是这么说，可她还是拿走了鞋子。路过尹霈祁的时候，她小声说了句谢谢。她以前没少赔过笑脸，没少跟别人道谢，可是这一声谢谢不同。

楚境坐在试衣间里，揉了一会儿脚，然后换好衣服出来。尹霈祁给她选的是一件白色的T恤衫、一条墨绿色的休闲裤，大小正合适。

她从试衣间出来，尹霈祁已经换好衣服在等她了。看了楚境一眼，他叫来店员直接摘吊牌结账。

"我来付吧，如果你不想被你家里人找到的话。"楚境说。

尹霈祁啧啧两声，跟在楚境后面，有点狗腿地说："你该不会是特工吧？"

"我不光是特工，还有特异功能呢，所以跟我签约没坏处的，小尹总你好好考虑。"楚境冲尹霈祁眨了下眼睛，她从包里掏了一支笔出来，边走边把长发绾起，用笔固定好，露出了天鹅颈。

尹霈祁忽然觉得，楚境这个女人像谜一样。前一秒她是身披战袍的女王，这一秒，她是温婉可爱的邻家小姑娘，难不成她真的有千副面孔吗？

抵达尹霈祁和队友约好的网咖，楚境开好了包间。

“我们在大厅里玩就行了，包间挺贵的，我那几个朋友……”尹霈祁想说，他们都没什么钱，以前是他买单，今天他也没带钱。

“我请，怎么能让外人偷看我们风华绝代的小尹总。”楚境狗腿地又点了不少零食，举着一根烤肠塞给尹霈祁，“小尹总，多照顾我的生意就好啦。”

尹霈祁哼了一声：“楚境你这个人一点也不纯粹。”

纯粹能当饭吃吗？

进入VIP包房，楚境自己找了一套机器开始看动漫。尹霈祁的队友陆续来了，见到楚境微微有些惊讶，却又像是意料之中。

“这不是上次那个美女嘛，你俩在一起了？”其中一个队友问。

“对呀，我们一起来的。”楚境跟尹霈祁的队友打了个招呼。

“那要不要带你一起？”队友问楚境的时候，却也在征求尹霈祁的意见。

“不用不用，你们玩吧，我太菜了，我等会儿偷师。”楚境微笑着说。

队友用十分羡慕的眼神看着尹霈祁：“你这女朋友哪儿找的，真好啊！我女朋友因为我打游戏，一直跟我吵架，烦死了。”

“不一样啦，每个女生关注的点不同。对我来说，他打不打游戏我不是那么在乎啦。”楚境说这话的时候，目光灼热地看着尹霈祁，不知道的还真以为他们正热恋呢。

只有尹霈祁明白，楚境这话是什么意思，她关注的当然不是打游戏了，她关注的是合同。但是，他也有点怀疑，为了合同这么拼，那公司又不是她的。所以，她这么上心很可能是因为，她喜欢他。

嗯，一定是这样，这个女人爱惨了他。

尹霈祁这么想，竟然有点开心了。

陪男生打游戏真的很无聊，好在她可以看动漫。她高中的时候很喜欢看漫画，高三成了学霸，就放弃了所有娱乐活动。

此刻她缩在双人沙发上，抱着腿，戴着耳机，手里还拿着一袋薯片，正看得津津有味，忽然有一只手伸过来，拿了一片薯片。她一扭头，看见了尹霈祁，他就坐在她旁边。包房里其他队友已经不见了，她也不知道尹霈祁是什么时候坐过来的。

“你游戏打完啦？”楚境摘下耳机问。

“不打了，没意思。”尹霈祁盯着屏幕。

“对手太菜？”

尹霈祁“嗯”了一声。

“吃宵夜去吧。”楚境提议。

“看完这集吧。”

楚境其实也想看完，于是接受了尹霈祁的建议，两个人全神贯注地盯着屏幕，整整二十分钟，没有交流，也不觉得尴尬。

看完了，楚境关掉电脑，站起来的时候皱了下眉，脚踝太疼了。

“我背你。别装了，我知道你脚崴了。”尹霈祁蹲下去。

“小尹总，这多不好意思啊。”楚境虽这么说着，却毫不犹豫地趴上尹霈祁的后背。

尹霈祁再次感受到了她的重量，很疑惑地问：“你到底多少斤啊，看着挺瘦的啊？”

楚境嘿嘿一笑：“重如泰山。”

上车后，出现了一个新的难题，楚境脚崴了不能开车。

“什么？你堂堂一个公司老板，竟然没有驾照？”楚境质问道。

尹霈祁一脸的迷茫：“驾照好像不是总裁的从业必备吧？我有司机，为什么要我自己开车？”

楚境闭了闭眼，试图接受这个事实。

“那咱们打车去吧。”楚境只好把自己的小商务车留在这里了，也不知道停一宿要多少钱。这合同要是还签不下来，那真是亏大了。

尹霈祁背着楚境去路边拦车，上车后报了个位置，楚境觉得有点耳熟，等到了地方就觉得有点眼熟。

十几张矮桌子，放在路灯下面，他们两个坐着小马扎，老板在不远处烤串。

这是她假装偶遇那天，他们一起吃过的路边摊。那天她穿了条白色蕾丝裙，说要请他吃饭……

楚境猛然一拍脑袋说：“我那天是不是没买单？”

“不记得了。有零钱吗？”尹霈祁问。

楚境拿了一百块给他：“你要买茉莉蜜茶吗？”

下一秒，两个人相视一笑。

尹霈祁摇头说：“不买，等我一会儿。”

楚境刷着手机，等了有十分钟，菜都上了，尹霈祁才回来，手里拎着个医药专用塑料袋。

“先揉一揉吧，在贴个膏药，你明天在家休息别出门了，近期也别穿高跟鞋。”尹霈祁把袋子给了楚境。

楚境抱着腿开始揉脚，动作有点不雅，尹霈祁叹了口气："你不介意的话，我来吧。"

尹霈祁一看就是没怎么为他人服务过，揉的力度很大，痛得楚境龇牙咧嘴。然而他抬头询问的时候，她还得保持微笑说："很好，小尹总真专业，谢谢您了。"

最后贴上一帖膏药，楚境觉得疼痛缓解了许多。尹霈祁洗了手回来，两个人开始撸串。吃到一半，尹霈祁掏出一瓶茉莉蜜茶拧开放在了楚境面前，好似一雪前耻了。

酒足饭饱，楚境又拿出了自己的策划书，以及一份合同。

"小尹总，我希望您先跟我签一个意向合同。如果三个月内，我拿不出您想要的方案，您还可以选择其他家。但是我相信，业内没有比未来集团更大更专业的配件商了。我只要三个月的独家，您不亏的。"楚境目光灼灼，势在必得。

尹霈祁伸出手来："笔。"

楚境脸上的笑容从唇边荡漾开，像花一样美丽。楚境从头上拔下了那支笔，秀发如瀑布一般散开，她轻轻一甩头，说："给您。"

尹霈祁过了一遍合同，签下自己的名字。

"耶！"楚境原地跳了起来，她搞定了！

"小尹总，合作愉快。"楚境跟他握手，"周一我去您公司，加盖公章哦。"

"嗯，你就这么开心？"尹霈祁问。

"当然了，这可是一笔大生意啊。拿到这个订单，我就可以……"做总经理了，楚境想到这个就开始傻笑。

"可以什么？"

"没什么。我们走吧，我回家想想方案。"楚境催促着尹霈祁，招呼老板买单。

摊位上很难打车，要穿过一条小街才会有出租车经过。尹霈祁再一次背起楚境，在昏暗的路灯下慢慢走，他们的影子交织在一起，十分和谐。

“姐姐，你吃饱之后更重了。”

“弟弟你多锻炼一下身体好不好？我这还重？你怕是没见过什么女人！”楚境毫不客气地回嘴，比没签合同的时候硬气多了。她回味了一下这一声姐姐，忽然问，“你是不是早就想起来咱俩在酒吧那次相遇了？之前是跟我装傻吧？”

“嗯，你很聪明。”

“为什么装傻？”

“因为好玩。”

好玩你个大头鬼！楚境吐了吐舌头。

尹霈祁后来还是回了家，是被楚境强行送回去的，她也怕尹家找人找疯了，老董事长一生气，这合同不算数。

把尹霈祁送回家以后，她又自己打车回去。临走前，尹霈祁还抓着车门，强烈要求送她，因为她崴脚了。

楚境很淡然地大喊了一声：“小尹总周一见！”

尹霈祁的瞳孔瞬间放大，尹家的保安以迅雷不及掩耳之势从黑暗中冲出来，一把擒拿住了尹霈祁。

楚境赶紧一只手挡住自己的脸，另外一只手，把尹霈祁抓着门的手抠开，然后用力关上车门：“师傅赶紧走！”

出租车发出“轰”的一声，消失在夜色里。楚境摇下车窗回头看了一眼被扭送回去的尹霈祁，欣慰地笑了笑。

“姑娘，刚才这什么情况啊？”出租车司机问。

“做好事不留名。”

回到家以后，客厅的灯开着，应该是廖之雯给她留的。

楚境单脚跳着进去，尽量不发出太大的动静，廖之雯忽然从房间里出来。

楚境一愣：“吵醒你了？”

廖之雯摇摇头说：“失眠了，你这脚怎么了？”

“崴了一下，你今天见我大姨，然后失眠了？发生了什么事？”楚境在廖之雯的搀扶下，坐在了沙发上。

廖之雯弯下腰，蹲在楚境面前，帮她检查了一下脚踝，确认没多大的问题以后，才说：“你大姨还是希望我们复合，说舍不得我。”

“哎呀，我大姨那个人……”楚境撇了撇嘴，也不知道该怎么形容姨妈，她就是一个典型的家庭主妇。

“我其实也舍不得阿姨，我和她相处得蛮好的。”廖之雯现在回忆起汪徵妈妈这个人，都是美好的回忆，每次见面对方都给她做一桌子菜，全是她喜欢吃的。

“那你还失眠？”楚境讶异。

“我没想到汪徵也来了，跟了一下午，他以前不爱逛街的。”廖之雯皱着眉头，显然今天下午不是什么美好的经历。

“又耍什么花样？他不会是想找你复合吧？你可千万别上当啊！”楚境叮嘱。

“放心吧，我已经想到办法了，我和孟阿姨这么投缘，既然做不了婆媳，那么完全可以……”廖之雯没有说下去，却笑了笑。

楚境秒懂：“你该不会是想……”

“明天我和你大姨还有约。”

二人相视一笑，楚境觉得廖之雯也变得腹黑了。她扭头看了看储物间里景然的那一堆东西，也不知道景然到底去哪里了，发信息还是没有回复。她上网搜了一下景然的社交账号，也没有发新的视频段子，粉丝们都在留言呼唤。

景然该不会出什么意外了吧？楚境有点担心。

第二天下午，廖之雯把汪徵的妈妈孟春约了出来，两个人一起喝下午茶，一口红茶配一小口马卡龙。廖之雯给孟春女士讲了很多学校的趣事，两个人相谈甚欢。

聊着聊着，孟春女士就落下眼泪来，拉着廖之雯的手哭诉道："你和汪徵真没可能了？"

"您应该清楚，汪徵他并不爱我，我想在有限的生命里，做一些让自己开心的事情，希望您能理解我。"廖之雯再一次果断地拒绝了。

孟春女士这次意识到，廖之雯铁了心。她惋惜地拍着廖之雯的手："我怎么舍得你呢，你是个这么好的姑娘。"

"我也舍不得您，我希望我们还是可以经常见面，一起逛街、喝下午茶，一起聊天、看话剧，希望您不要嫌弃我。"

"我怎么会呢？我喜欢你还来不及，你真是我见过的最好的姑娘了……"孟春女士又抹了抹眼泪。

廖之雯趁机说："那不如我们结拜成姐妹吧。"

"啊？这……"孟春吓了一跳。

"我希望能和您成为忘年交。当然，如果您拒绝，我除了难过也没别的办法，只能说没有缘分吧……"廖之雯开始装可怜，直堵得孟春女士无话可说，最终骑虎难下，只能点头答应。

廖之雯面上一喜，端起红茶和孟春碰了杯，这就算结拜成功了。

孟春女士之所以放弃了，最根本的原因还是在于廖之雯给她看了那张癌症确诊的化验单，让她彻底死了心，任何一个母亲都不会希望儿子娶一个病人回家。同时，她也答应，对这件事情绝对保密。

两个人敞开心扉以后，下午茶时光格外愉快。

在意料之外，却又在意料之中的是，汪徵再一次来了，美其名曰接他妈回家。

廖之雯觉得有点好笑，以前也没见汪徵这么上心，分手后他倒上起心来了，这个世界真是有趣。

今天35℃，汪徵还是西装革履的打扮，他硬朗帅气，一身名牌，一看就是成功人士，他一出现便成了咖啡厅的焦点。

孟春女士见到儿子过来，不易察觉地皱了下眉头，然后挥挥手："在这里，儿子过来。"

汪徵的目光落在了廖之雯的身上，她今天穿的鱼尾裙很衬身材，还是那头俏丽的短发。

汪徵走过去，刚要坐在廖之雯的旁边，就被孟春女士一把拉过去，坐在了她旁边。

汪徵微微惊讶，但也没有拒绝。

"儿子，有个事情要跟你宣布一下。"孟春女士一脸笑意，她拉着廖之雯的手，廖之雯也微笑着看着她。

汪徵隐约觉得会有大事发生，看这两个女人的样子，莫不是他妈已经劝说廖之雯回心转意了？

周遭偷偷看汪徵的小女生们，看见这种场面，默认汪徵这样的有钱帅哥和他对面的小姐肯定是一对儿了，多少表现出了失望。

孟春女士笑容满面："要不雯雯你来说？"

孟春女士抓了一下廖之雯的手心，廖之雯感觉到了两层含义：一是给她一个机会扬眉吐气，二是让汪徵彻底死心。无论是出于哪一种，她都很感激孟春。

廖之雯点了一下头，对汪徵说："就在刚刚，我和你妈妈结拜为姐妹了。"

汪徵的脸色瞬间变了："你说什么？"

廖之雯继续微笑，没再说话。

他肯定听清楚刚才的话了，咖啡厅里其他的客人也听到了，此刻正看戏一样地盯着他们这一桌。

孟春女士微笑着说：“没错，我们实在是投缘。”

“开什么玩笑？”汪徵强压着怒火，多年的修养让他还能保持表面上的冷静，“我有话跟您说，妈，跟我来一下。”汪徵站起来，率先离开了咖啡厅。

“孟姐您先去吧，你们好好聊一下，等一下我也走了。”廖之雯十分理解此刻汪徵的心情，前女友变阿姨，一般人是没办法接受的。

孟春女士很不好意思，跟廖之雯道别后，出了咖啡厅。

母子俩找了个没人的地方，汪徵直接爆发了：“妈，您没事儿吧？和廖之雯结拜？是我听错了，还是您脑子糊涂了？我和廖之雯是什么关系，您不知道吗？”

“我知道你俩分手了，也没有复合的可能性。我又舍不得雯雯，这样对谁都好。儿子，你再找个好姑娘结婚吧。”

汪徵有一万个不理解，跟母亲大吵了一架，孟春女士始终没有说出廖之雯生病的事情，二人不欢而散，各自回家。

廖之雯在汪徵母子走了以后，买单离开了。她步伐轻快，甚至哼唱起了小曲儿，无比开心和满足。

第七章
翻脸无情

人逢喜事精神爽。楚境觉得，她从未这么开心过。

周一一大早，她把高群叫来，一起去网咖外面的停车场开上自己的宝马商务车，然后直奔尹氏集团。

一路上高群都十分震惊，连着问了好几次："到底是怎么让小尹总签名的？"

"凭实力。"楚境微微一笑，低头检查合同和授权书。

高群连连赞叹："牛！楚总经理万岁！"

总经理？听到这个称呼，楚境的动作停下来了，她的嘴角开始上扬。是的，根据和董事长的约定，拿下了尹氏集团这个大订单，她就可以出任总经理了。她等这一天已经很久了，所以她发自内心地感到高兴。

所有的努力，即将得到回报。

到达尹氏集团，楚境说明了来意，前台向职业经理人汇报之后，请楚境和高群去会议室等待。

还是上次的那间会议室，楚境要见的人也还是那八个，可是此刻的心情却是完全不同了。

没一会儿，汪徵带着职业经理人团队来了，甚至有点杀气腾腾。见到楚境以后，他脸色一沉："还不死心？"

"你看过这个再说吧。"楚境微笑着拿出了小尹总签过的合同。

汪徵快速浏览了一遍，字迹的确是尹霈祁的字迹，还有他的手印。

“你别想着撕掉，我可有两份呢。”楚境颇为得意。

高群和其他几个经理人都有些汗颜，这对话如此幼稚，合同撕掉就不算了吗？显然不能啊，还有备份。

汪徵冷笑一声：“楚境，既然你成功地骗小尹总签字了，那么在合约结束前，请务必拿出真正的实力，不然合约还是会作废。”

“那自然，汪总，合作愉快。”楚境伸出手来。

汪徵和她握了一下手。

扭头，楚境就掏纸巾擦了擦手，然后塞给了高群。

高群：“……”这什么操作，要不要这么嫌弃。

亲眼看着汪徵盖章之后，楚境拿着合同满意地离开。

尹氏集团的小尹总今天格外精神，早起特意做了个造型，齐秘书和司机来接他上班，他脸上始终带着笑容，像一个天使，就是不知道什么时候才能改掉西装配球鞋的毛病。

直觉告诉齐秘书，小尹总心里有事，正迫切地想要和别人分享。但是她作为一个职业秘书，不想知道老板那么多的秘密，于是她假装自己很忙，一上车就开始回信息，手指打字飞快，用实际行动告诉小尹总，我没时间听你瞎叨叨。

可是有些时候，你越是害怕的事情，就越是会发生。在齐秘书发挥了自己毕生最完美的演技，甚至还给10086发信息假装很忙的时候，尹霈祁突然凑过来，趴在驾驶座和副驾驶座之间的空当，瞅着她说：“我自己签了一单合同，等下带你见见我的客户。”

齐秘书警铃大作：“您说什么？”

尹霈祁一挑眉：“也不能说是客户，那个女人是我粉丝，爱我爱得不行，成天想办法和我偶遇。齐秘书，你们女人陷入爱河里之后，是不是都会这么疯狂？”

齐秘书：“您说这个客户暗恋您？”

尹霈祁勾了勾嘴角，非常臭屁地说：“不是暗恋，是明恋，跟我表白过多少回了。就你平时看的那些漫画里，女主死缠烂打的情节，她都给我用了一遍，创造各种偶遇。”

齐秘书脸微微红了，小尹总竟然知道她看漫画的事情，他还知道些什么？

尹霈祁回想起和楚境的各种相遇，忍不住开始炫耀：“她为了我可算是跋山涉水了，等会儿你们就见到人了。”

齐秘书和司机相视一眼，感觉不妙。

尹霈祁炫耀完了往真皮座椅上一靠，跷起二郎腿说：“记得保护我，我怕她太热情，冲上来再给我弄伤了。”

齐秘书：“您多虑了……”

这话可不是齐秘书随便说的，她在听到这个震惊的消息以后，已经跟汪徵联系过了。

尹霈祁显然没听出来齐秘书话中有话，怀着雀跃的心情进了公司，问前台：“有人来找我吗？”

前台摇了摇头。

尹霈祁一皱眉：“没人来盖章？拿着我的签名？”

“那位小姐已经离开了。”

“离开了？”尹霈祁一字一顿，这不可能啊！楚境明摆着就是喜欢他，怎么能不趁机见一面呢？

他迅速拿出手机给楚境打电话，此刻楚境已经回到了未来集团，正站在董事长的办公室门口，准备进去汇报战功。

她的手机忽然响了，与此同时，董事长的秘书请她进去。

楚境果断按掉了来电，深呼吸一口气，踏入了董事长的办公室。

那边尹霈祁听到电话里的机械电子女音，他反复又打了几次，那边直接关机了，他满脸的不可思议。

齐秘书忍着笑说："小尹总，粉丝呢？我还要不要保护您了？"

尹霈祁内心有极大的疑惑，楚境为什么没等他，还不接他电话？他哼了一声说："我粉丝忙着呢，齐秘书你没工作吗？"

齐秘书微微欠身，十分恭敬地说："您吩咐。"

尹霈祁想了想，今天也没什么工作，叹了口气说："吃早饭去吧。"

"您说什么？"楚境几乎以为自己听错了。

"小楚你还年轻，我很看好你，未来集团以后是你们年轻人的天下了。"董事长微笑着看楚境，甚至还给她倒了一杯工夫茶。

"谢谢董事长的赏识，我一定会努力的。"楚境微笑着，竖起了自己的铠甲，高傲地离开了办公室。

她的脸上十分平静，内心却全是波澜。

总经理这个职位果然不是那么好争取的，董事长翻脸不认人，说这份合同还没最终确定，还有三个月的考验期。她楚境就一定会拿出实力来，改变现状，让尹氏集团彻底认可。

高群在知道这一结果的时候，并没有太多的意外，他在公司闲散了有一阵子了，只是叹了一口气。

"你好像很能接受这个结果嘛。"楚境说。

高群一摊手："我被当作夹心饼干太久了，董事长可不是那么好说话的人，我劝你也做好心理准备，我觉得即便是拿下了这个合同，也可能还有波澜。"

"你这个乌鸦嘴。"楚境笑骂，"你现在打算怎么办？"

“我向人事部递了申请，他们也已经同意了。”高群缓缓说道。

“你要去哪儿？离开公司？”楚境讶异，这不是她所希望的结果。

高群“扑哧”一笑：“想什么呢，我申请去了你的部门，给你当高级助理。”

“这是什么大无畏的精神？总监助理的薪资可比不了总经理助理啊。”楚境啧啧两声，“你该不会是看上我了吧？”

高群一个白眼翻过去：“少臭美了！你也不去打听打听，咱们公司谁敢喜欢你？”

楚境想反驳，又听高群说：“说正经的，我只给你三个月的时间，这三个月里，我辅助你，如果不成，我会离开这家公司。”

楚境也收起了嬉笑，一脸郑重地伸出手与高群相握：“欢迎加入我的团队。”

高群加入以后，楚境原本的那个小助理没有任何危机感，反倒是觉得一身轻松，十分狗腿地跟在高群的身后，一口一个“高群哥”，亲切得不得了。

“高群哥，以后我就是你的助理了。”小助理嘿嘿地笑着，十分讨好。

“别这么说，都是楚总的助理。”高群谦虚道。

小助理赶紧摇头：“不不不，我在楚总那儿都不配有姓名，以后就全靠您啦！”

高群也没忍住笑了，没再反驳，点了下头说：“加油吧。”

高群的加入，让楚境如鱼得水，一连拿下了两个订单，当之无愧本月的销售冠军，可随之而来的是孙总的下一个幺蛾子。

“锐达集团是怎么回事啊？小楚，你做事我一直都是放心的，可你也不能因为新客户怠慢了老客户啊。锐达也是我们的大客户，你看现在闹得……”孙总一脸痛心疾首。

这件事楚境有点冤枉，她一早上班就被孙总叫进来骂了一顿。锐达集团的合同一开始是她签回来的，可后续的合作已经被孙总拿去分给其他组了。现在对方突然决定不再购买未来集团的任何产品，这事怎么也不应该由她来背这个锅。

思前想后，只能是她竞争总经理职位的事情被孙总知道了，又在故意打压她。

可楚境也不是那么好欺负的人，她正准备用管用的方法四两拨千斤，却感觉到高群在后面戳了她一下，她扭头看了他一眼，他点了下头。

楚境换了语气说：“我来解决，孙总别着急。我马上飞S城，去锐达集团。”

“小楚你可别让我失望，这点小事要是都搞不定的话，大家要看笑话的。”孙总叹了口气，挥挥手让他们出去。

关上孙总办公室的门，楚境明目张胆地翻了个白眼，问旁边的高群：“你有办法解决锐达集团的事儿？”

高群摇了摇头：“想什么呢，这种事情肯定得你亲自去。我觉得孙总找你也不是没道理的，你签的合同，对方也要给点面子的。你能搞定一次就能搞定第二次。”

“那你刚才戳我是干吗？”楚境瞪了瞪眼睛。

高群不慌不忙地说：“尹氏集团的事情，我可以留下来继续跟进。我拿到了子公司研发部的数据，对产品有所提升，我去盯着这个。”

楚境的神情缓和下来，唇边露出了一抹微笑，拍着手说：“厉害厉害，我回来的时候你要是还没搞定，咱俩就一起辞职吧！”

高群：“……”这绝对是一条贼船。

距离尹霈祁在楚境的合同上签字的时间已经过去半个月了，他没有接到过楚境一个电话，邮箱里也没有邮件，他们偶遇过的地方他也去了几次，全都没有楚境的身影。

尹霈祁在办公室里坐立难安，在家里吃不下饭，晚上还总是失眠。他熬了半个月以后，终于忍不住发出了一声疑问：“齐秘书，你去帮我查查，楚境是不是死了！”

齐秘书：“……”

“是不是打电话漏电被电死了，或者发邮件的时候被电脑病毒感染了，再或者就是出门被车给撞了，总归是有什么原因吧？”尹霈祁愤怒地说。

齐秘书额头上流下两滴汗来，缓缓地说：“小尹总，会不会是对方不想理你？”

“这不可能！你是没见到楚境对我的殷勤，她爱我爱得发狂好吗？让你去你就去，直接打电话去未来集团，问问她死了没。”尹霈祁暴躁地踢了一脚凳子。

齐秘书犯难了，真要这么问，对方还不骂死她，小尹总怎么就不能接受现实。

见齐秘书还没动，尹霈祁急了：“你愣着干吗啊？我每个月花这么多钱请你，不是让你发呆和扎心的。”

齐秘书转身去给尹霈祁拿了个杯子，让他握在手里，然后往里面倒水。

尹霈祁蹙眉：“你干吗？让我学会放手？”

“不是，我让您喝点儿水冷静一下。”齐秘书语重心长地说，“小尹总，您有没有想过，这个楚境其实就是想签合同，并没有其他的想法，只是想利用您。”

尹霈祁不语。

齐秘书接着用慈祥的老母亲的语气说："我有调查过。之前发生的剐蹭事件，那辆宝马就是楚境的，后续发生的事情也都是她刻意为之。小尹总，虽然我也不愿意提起，但是请您想想刘威，我不希望您再受到伤害了。"

刘威这个人对于尹霈祁来说是一个血的教训，是他十分不愿意提起的。那是他曾经最好的朋友，也是差点把他推向深渊的人。

尹霈祁是董事长的老来子，小时候因先天不足，有点发育不良，瘦瘦小小的，经常被人嘲笑是个小猴子，也没什么朋友。刘威是尹霈祁的初中同学，初二的时候转学过来。插班生刘威学习成绩差，也成了不被同学喜欢的对象。两个人成了同桌以后，大抵是觉得同病相怜，很快就成了好朋友。

刘威算是尹霈祁真正意义上的第一个好朋友。

父亲忙着打尹氏集团这片江山，母亲因生他难产去世，他从小就寄养在外婆家。在外婆家的那段时光，没人知道尹霈祁家里多么有钱，他和普通孩子一样成长，也没过得多开心。

高中的时候，尹霈祁上了贵族学校。因为舍不得唯一的好朋友刘威，他就带着刘威一起进入了贵族学校，承担了刘威全部的学费。

这对刘威和刘家来说，简直是天上掉下来的馅饼，简直被砸得晕头转向了。

从高二开始，刘威管尹霈祁要钱，后来更是变本加厉、不知节制。尹霈祁也不明白好友到底怎么了，花钱大手大脚，向他要钱也是一副理所应当的样子。

渐渐地，刘威性情大变，成了别人口中的不良少年。高三那年，刘威还伙同几个流氓，绑架了尹霈祁，敲诈勒索。

尹家报了警，成功救下被关了一天一夜的尹霈祁。要起诉刘威的时候，尹霈祁说算了。最后他给了刘威一笔钱，让刘威离开了贵族学校，从此不再来往。这样的放过，并没有赢得刘威和刘家的感谢，反倒得到了怨念。

尹霈祁至今记得当时刘威说："如果不是因为你，我不会变成这个样子，你给了我好的东西，却不能一直给我，那不如当初就不要给。本来我们只是朋友，你为什么要给我那些东西，是你毁了我。"

从那以后，尹霈祁就再也没有一个真心朋友了，他被保护起来，整天有保镖明里暗里地跟着。大学毕业后，他读研期间，直接进了自家公司兼职总经理，后来正式成为总裁，有八位优秀的职业经理人，将他更好地保护起来。

尹霈祁有时候想，这样的人生挺没劲的。所以对于这个意外闯入，又突然消失的楚境，他有些在意了。

没错，他承认，他在意楚境。

见小尹总许久不说话，齐秘书觉得自己的劝谏起到了作用。

就在齐秘书打算安抚尹霈祁的时候，突然听他说："这不是一回事儿，楚境和刘威不是一路人。你把汪总给我叫来。"

汪徵最近的状态也不太好，廖之雯成了他妈妈的干妹妹，这简直是天大的笑话。他绞尽脑汁找理由联系廖之雯，却被她一句大外甥打消了所有的念头。

汪徵虽情绪不高，好在他还是有职业操守的，上班时仍然保持专业，只有下班后才浑浑噩噩。他站在尹霈祁的面前，垂着眼看对方："小尹总找我有事？"

"认识楚境吧。"尹霈祁说的不是疑问句，他已经知道两个人的关系了。

汪徵瞳孔微缩："她是我表妹，不过我们关系不好。和未来集团的那个合作，我一开始没有通过……"

尹霈祁打断道：“我知道。我想问问你，楚境最近都在干吗？”

“应该是在工作吧，她是工作狂。”

尹霈祁“哦”了一声，太有事业心了，看来不是故意不理他。

“没事了，你去工作吧。”尹霈祁摆了摆手。

汪徵感到莫名其妙。

当天下班，尹霈祁驱车前往未来集团，在楼下给楚境打电话，无法接通。

楚境难道在电梯里？尹霈祁带着这个疑问，连着打了好几个电话，全都无法接通。他感到奇怪，戳了戳司机：“手机借我一下。”

尹霈祁拨了楚境的号码，过了几秒钟。

“喂，您好。”听筒里传来了楚境的声音。

尹霈祁黑着脸：“你拉黑我？”

正在家收拾行李准备出差的楚境顿时一个激灵，这声音是小尹总。她恍惚想起来，那天她去找董事长汇报，有个人一直打电话，她没办法暂时屏蔽了，后来一忙就忘了将之放出黑名单。她拍了下脑门儿：“对不住，是助理不小心弄的。小尹总有事吗？”

“接你下班。”

“我在家。”

“那接你上班。”

“刚下班。”

楚境觉得莫名其妙，这对话也太无聊了。她看了看表，时间来不及了。

“小尹总，我还有事，改天聊。”楚境说完挂断了电话。

尹霈祁听着手机里的忙音，好半天才问司机："我是不是遇上渣女了？"

司机："……"我哪敢说话啊。

楚境收拾好行李，距离起飞还有两个小时，时间有点赶。

她敲了敲廖之雯的门："送我一趟吧，这个点不好打车。"

"我这眼皮直跳，要不咱打车吧？"廖之雯犹豫着说。

"快别迷信了，我着急，换衣服吧，姐姐！"楚境推着她穿了件外套，两个人一起出门。

路上确实挺堵。

到达机场后，离登机也就只剩下半个小时，楚境连托运都来不及，幸好她是VIP，不然铁定没办法登机了。她拎着箱子，廖之雯背着她的包，两个人一路狂奔去安检。

迎面跟人撞了个满怀，楚境险些摔倒，幸好有人突然出现拉了她一把。这个人不是别人，正是上次不辞而别的景然。

"景然你怎么在这儿？我到处找你！电话也打不通！"楚境惊讶道。

景然比上一次见面的时候憔悴了许多，瘦得像根竹竿，她有些窘迫。

廖之雯推了推楚境："你来不及了，景然交给我，等你下飞机了给你打电话汇报。"

楚境还想再多问几句，奈何时间真的来不及了，她只好抓起行李箱狂奔而去。

抵达S市机场，楚境赶紧掏出手机打电话给廖之雯询问景然的情况。

简而言之，这个人上次不告而别是因为突然接到一个电话，她千里寻夫未果，身上没钱了才回到图宁市。

“你结婚了？什么时候的事情啊？”楚境感到诧异。

景然磕磕巴巴地说：“就和你认识以后不久，我在山里拍视频，遇见一个和我一样的背包客，一起流浪了几天，然后……”

“然后就领证了？千里寻夫又是怎么回事？”

“然后他不见了，我到处找他，上次也是因为有人告诉我他的消息。楚境，我无家可归了……”一向坚强的景然此时一副万般无助的样子。如果不是真的走投无路，谁愿意这样呢。

楚境思虑片刻：“你跟廖之雯去我家，还有一间客房，你先住下，等我回去再说。”

“真的吗？楚境你愿意收留我？你为什么愿意收留我，我感觉我们不是一路人。”景然又惊喜又错愕，完全没有想到几面之缘的楚境会如此信任自己。

楚境其实也没有想到她会这样做，她是个戒备心很重的人，但对景然是例外。她第一次见到景然，就觉得景然与众不同，让她想要靠近。

“电话给廖之雯，我们说个悄悄话。”楚境又说。

景然识趣地走远了一些。

廖之雯说：“我没意见。”

“你自己小心，等我回去。”楚境并没有多说什么，闺蜜多年，彼此都明白。

挂断电话，廖之雯把景然带回了家。

楚境拖着箱子上了出租车，入住在锐达集团旁边的五星级酒店。

已是半夜，她虽然觉得身心俱疲，但还是拖着疲惫的身体重新坐在电脑前，详细翻阅这两年和锐达集团的往来合同细节，准备明天的拜访。

不打没把握的仗，她既然来了就不能空着手回去。

叶远信来尹家探望尹霈祁的时候，他正没精打采地躺在床上刷手机。尹老董事长就陪在尹霈祁的床边，和儿子谈心。

这一幕让叶远信非常羡慕，同样都是富二代，尹霈祁受到的关爱也太多了吧？他上学的时候，父亲就让他拿成绩说话，工作了以后就让他拿业绩说话，仿佛父子两个除了这些就没有别的可以说了。

“你不要总是躺在床上玩手机，对眼睛不好。在外面受了什么委屈，你跟我说。”尹老董事长语重心长道。

“尹伯伯。”叶远信打了招呼。

尹老董事长满面慈祥：“我把你好朋友找来了，你不愿意跟我说，你跟他说说。”

尹霈祁瞥了一眼叶远信，说：“他不是我的好朋友，我这人没朋友。”

叶远信本以为尹老董事长听了这话，会教育一下自家孩子，却没想到尹老董事长“哦”了一声说：“那要不送客吧。”

叶远信：“……”这父子俩怎么回事？

“来都来了，送什么客！”尹霈祁又说。他其实是害怕叶远信走了，他爸再叫个别的什么人来开导他，那还不如叶远信呢。

尹老董事长继续慈爱地跟叶远信打招呼：“远信，许久没见了，你和你父亲还好吗？”

叶远信心说，你们父子是不是过分了，刚才还想送客呢，这么一会儿就变脸了。但是碍于长辈的情面，他不能说，只能恭敬地回答“还好”。

“那你们聊，需要什么叫齐秘书。”尹老董事长出去了，门还是虚掩着的。

叶远信瞥了一眼，又看了看尹霈祁。

尹霈祁叹了口气："留个门缝准备偷听呢。"

"齐秘书，二十四小时在你家？"叶远信很是诧异。

尹霈祁"嗯"了一声："齐秘书不仅仅是我的秘书，还是我的监控，明白了吗？"

叶远信笑了起来，看来世事也不是完全尽如人意。

"你因为什么不高兴？你爸还让我来开导你。"叶远信问。

"我没不高兴，就是有点纳闷。"尹霈祁坐了起来，把手机丢在一边，"你和楚境熟吗？"

叶远信诧异："这事儿还和楚境有关系？我们是做过一笔生意，这个姑娘挺……"他停顿了一下，仔细想了想才说，"挺无情的。"

"无情？怎么说？"尹霈祁来了精神。

"总体来说，就是和其他女孩儿不一样。做完了一笔生意之后，如果没有其他继续合作的可能性，她会自动把你忽略掉。我们没签合同以前，她殷勤得很；签了以后……"叶远信摸了摸下巴，"我就没见过她了。"

尹霈祁瞪大眼睛，这种操作有点熟悉啊！

"怎么了？你们签合同了？"叶远信问。

尹霈祁"嗯"了一声。

"不会吧？尹氏集团哪个项目可以和未来集团合作啊？"叶远信说着说着忽然想到，"不会是那个智能家居吧？那可是个大众项目啊，你脑子进水了，和未来集团合作？"

"你说对了，就是那个，只不过是小部分合作，没有全都给他们。"尹霈祁抱着枕头，开始哀怨道，"合同签了以后，楚境就不接我电话了，但是我觉得她应该不会那么对我，她对我可殷勤了。是不是工作太忙啊？”

显然，叶远信根本就没有理会尹霈祁后面在说什么，直接打断道：“你把这么大的项目交给未来集团？给了楚境？汪徵没有意见吗？职业经理人团队评估过了？”

尹霈祁也没有想到叶远信的反应这么大，眉头一皱说：“绕过他们了，我直接签了。这都是小事，你帮我分析分析。楚境她对我挺用心的，我能看出来那不是装的，我觉得吧……”

“我觉得吧，哥们儿你看上楚境了。她既然签约前后两副面孔，你要是真对她有点儿意思，不妨用别的项目吊着她，保准还对你殷勤。”还没等叶远信说完，就被尹霈祁踹了一脚。

“滚滚滚！怎么从你嘴里说出来的就没有好话呢，别一天到晚一副渣男公子哥的形象。楚境不是那种人，我也不是你，帮我把门从外面关上。”尹霈祁一个转身，又躺下了，干脆蒙上被子，不给叶远信说话的机会。

叶远信张了张嘴，实在不知道说什么好，最后只说：“有事儿你叫我，先走了。”

说什么从外面关上，还不就是赶他走。叶远信倒也没生气，把门关上了以后，突然背后有个人问他：“远信贤侄，楚境是谁？”

叶远信吓得差点没尖叫出来，他后退了半步，拍了拍胸口：“伯父，要不您自己查查，我怕尹霈祁不高兴。”

尹老董事长点了点头：“齐秘书，送客。”

尹霈祁把门锁了，尹老董事长没机会进去谈心了，但是自己查一查楚境还是可以的。他叫来自己的大齐秘书，也就是齐秘书的父亲：“你去查查楚境。”

那边尹霈祁蒙在被子里，空气越来越稀薄，他感觉有点憋得慌，猛然一掀被子，新鲜空气涌进来，同时大脑也清醒了不少。他决定按照叶远信说的试试，于是给楚境发了一条微信："有个项目不知道你有没有兴趣？"

楚境在酒店里研究和锐达集团合作后的报表，手机响了，瞥了一眼，只看到了"项目"两个字，她立刻抓起手机来，打开微信飞速回复："好久没联系了，您还好吗？您说的什么项目啊，说来听听呀。我不能做的话，还可以推荐其他人合作呀！"

信息发过去了，但是发消息的这个人是谁？看名字没印象，她也没有备注，看头像倒是有点眼熟。她仔细想了一下，猛然间发现，这好像是改了名字的小尹总。

尹霈祁看着秒回的这条消息，想起打了那么多个不被接听的电话，突然之间有点信了。他发了条："呵，女人。"然后把手机一扔，洗澡去了。

楚境看着这条回复，满脸的黑人问号，这是什么意思？

她又发了一条："到底是什么项目啊？"

尹霈祁没有回复。

楚境纠结了五分钟就想开了，还是先顾一下明天的锐达集团吧。于是，她又埋头报表之中。

尹霈祁洗完澡看到楚境发的那条消息，突然就有点不爽，正要怼她几句，突然私人号码响了，能打进来的，都是对他来说特别的人。

"师兄，这么晚了，有事？"尹霈祁问。

"小师弟，来S市一趟，老师他……去世了。"

尹霈祁的手机轰然落地。

翌日，楚境精心打扮了一番，黑色条纹职业装，波浪长发，唇红齿白，镜子里的她无比自信。她微笑了一下，挑了挑眉：“楚境你是最棒的！”

出门直奔锐达集团。

锐达集团的前台没有换，还是几年前楚境打过交道的那个小美女，对方对她也还有印象，轻松放她上去。可是锐达集团张总的秘书，却拦住了她。

“楚总，我们张总不在啊。”秘书小姐说。

“我等他，我反正没事儿。”楚境微笑着说完，就在会客室里坐下了。

然后一等就是一整天，张总的确没有出现过，难道真的不在？楚境耐得住性子，今天等不到就明天，就不信张总不上班。

第二天，也是如此，楚境又坐了一整天。

秘书小姐以前也是和楚境有点交情的，下班后跟楚境一起走的时候，私底下说：“我们张总这几天都不会来，在做很重要的事情。”

“什么事儿啊？”楚境问。

“张总的恩师去世了，他去帮忙了。楚总，我只能告诉你这么多啦，剩下的你自己想办法吧。”秘书小姐微笑着说。

“谢了谢了，我请你吃饭。”

楚境跟张总的秘书吃了个晚饭，没有再聊工作的事情，美容、追星、八卦，任何话题都能聊得非常愉快。

实际上楚境的心思早就不在这里了，一顿饭的工夫，她已经查到了张总到底去了哪里。

原来，去世的那位老师是张总初中的物理老师，姓孔。这位老师一辈子教书，对学生非常好。他非常有才华，却因为不够圆滑被踢出了大学的科研团队，成了一名初中老师。张总是孔老师带的第一届学生，老师忽然心脏病发去世，张总和不少学生都去帮忙了。

楚境回到酒店，看着这位老师的生平资料，一方面赞叹，一方面又惋惜。她还打听到，葬礼就在明天，她得去。

大雨倾盆，气温异常低。

楚境出差的时候根本没有料到会有这种天气，天气预报也没有播报，所以她只带了轻薄的衣服。她穿着黑色纱质衬衫、黑色包臀裙，踩着一双十厘米的黑色高跟鞋，头发梳成一个马尾，撑着黑色的雨伞，站在殡仪馆的门口。虽然冷得发抖，却也只能强撑。

孔老师的追悼会排场不小，应该都是学生们安排的。楚境买了一束花，为老师献上了。她站在灵堂里鞠躬，虽然素未谋面，她却对这位老师非常敬佩。她想，哪怕不是因为张总，如果得知这样一位好老师去世，她也会来参加这场葬礼。

孔老师无儿无女，因为多年钻研学术，和亲戚也不怎么来往。所以今天这样的场面，也没有亲人过来。

楚境环顾了一圈，这里的宾客年纪都不大，看来大部分都是孔老师的学生。她余光一扫，发现了正在主事的张总。她正准备过去打招呼，一个熟悉的人忽然从她面前经过。他穿着黑色的西装，双目通红，双唇紧闭，下颌线紧绷着，他快步穿过人群，走到了老师的灵堂前，“扑通”一声跪下。

于他来说，周围的一切仿佛不存在，他看着老师那张黑白照片，隐忍着眼泪，拳头紧紧地攥在一起。他不能失态，他已经不是十几年前那个毫无存在感的初中生了，他是尹氏集团的CEO。

“小尹总？”楚境万分诧异，为何他也来了？

尹霈祁磕了三个头，站起来递完礼金，就转身快速离开了现场，甚至没和别的人打招呼。

路过楚境的时候还不小心撞了她的肩膀，但显然，尹霈祁的心思不在这里，他低声说了句抱歉，就快步走了出去。

楚境看了看那边正在招呼客人，握着她上千万业绩的张总，又看了看夺门而出可怜巴巴的尹霈祁，她咬了咬牙，转身去追尹霈祁了。

一定是疯了疯了！楚境一路上边这样想着，边踩着高跟鞋，在泥泞的路上狂奔。

尹霈祁跑得比兔子还要快，只是一转眼就已经不见了。

该不会出什么事了吧？楚境联想起刚才尹霈祁的情形，忽然有些担心。

她加快步伐，东张西望着。不远处有一个花园，她走进去寻找，踩在被雨水浸湿的草地上，深一脚浅一脚。好几次她的高跟鞋都险些陷进去，终于，她看到一棵槐树下蹲着一个人，像是个无家可归的孩子，又像是一只落魄的小奶狗。她的心落下，走过去，将雨伞撑在尹霈祁的头顶。

他浑身湿透，甚至还滴着水。

他抬头看了一眼雨伞，以及雨伞的主人。

“怎么是你？”尹霈祁问。

楚境也想问自己，干吗要追过来？

她看见尹霈祁脸上的水，也不知道是泪水还是雨水，从包里掏出纸巾来，给他擦了下。

“能站起来吗？这里人多，我能找到你，别人也能，不想被发现的话，我们去那边。”楚境拉了他一把。

尹霈祁配合地站起来。

两个人从花园走出来，楚境把伞举得很高，她以前没有发现尹霈祁比自己高这么多。

殡仪馆后面有一间休息用的小房子，楚境付费暂时借用一会儿。她给尹霈祁找来一条毛巾："先擦擦，别生病了。"

尹霈祁愣着没动，仿佛沉浸在自己的世界里。楚境叹了口气，还是她来吧，总不能眼睁睁看着客户感冒发烧吧？

她给尹霈祁擦头发上的水，尹霈祁没有抗拒。

"外套脱掉。"楚境说。

尹霈祁还是没动，楚境干脆就帮他脱了。她又给他倒了一杯热水，他也不喝，完全不配合，就像个木头人一样。

楚境没办法，只能用热毛巾给他擦脸。他里面的衬衫也完全湿透了，有些透明。她皱了皱眉，把空调打开了，调成制热模式，但是也要等好一会儿才能热起来。

"你要么就喝点儿热水，要么自己把衬衫脱了，我给你拿个浴巾裹一下。"楚境说完，尹霈祁还是无动于衷，她在心里骂他，这小孩儿真是不听话。到了这地步，她也不能不管他，只好认命一样，帮他脱衣服，解开了他衬衫的扣子。

就在楚境好不容易把尹霈祁这件高档衬衫的扣子全部解开的时候，她的手忽然被他抓住，紧接着他整个人压过来，她完全没有料到，只能被他压在了沙发上。

"你想干什么？"尹霈祁压着楚境，略带侵略的姿态和压迫的语气。

楚境试着动了一下，这小子还挺有力气。她放弃了抵抗，心平气和地看着他说："我什么也不想干，我就怕你感冒而已。毕竟你是我的客户，是我表哥的老板。汪徵是我表哥，想必你是知道的。"

"你也是孔老师的学生？"尹霈祁问。

"我不是，但是我很敬佩他。"楚境又推了他一下，尹霈祁湿漉漉的头发扫在了她的脸上，竟然让她心里有了一丝波澜。他的身体很炙热，她突然觉得暖和了一点。又或许不是因为他，是因为开着的空调。

“楚境，我不允许有人打老师的主意。”尹霈祁略带警告的口吻。

“放心吧。你要不要先起来？”

尹霈祁没有立刻行动，反倒是盯着楚境，想通过她的表情来判断，这句话有多少可信度。

楚境被他弄得有点心猿意马，他的呼吸总是会喷洒在她的脸上，她故作镇定：“你该不会是又想亲我吧？”

尹霈祁还是不为所动。

楚境要认倒霉了，这个人说不通的，软硬都不行。她叹了口气，收起了所有抵御外敌的表情，坦诚道：“我承认，我一开始也不认识孔老师，我是看了他的资料，知道了他的一些事迹，很钦佩，所以想来看看这位好老师。我要真有什么目的，也不会陪你在这里了。”

“他真的很好。”尹霈祁起身，背对楚境开始扣扣子，仿佛是回忆起了过去，声音里透着温柔，“我初中的时候，是孔老师的学生。我那会儿被同学孤立，没有朋友。但是我太想刷存在感了，报名参加了物理竞赛，却出了很大的纰漏，颜面扫地，很丢脸。我本来不想再在这所学校待下去了，甚至不想再上学了。孔老师来家里跟我说，我很优秀。他给我争取了一个名额，让我去参加了全市的比赛，我这一次没有紧张，拿了个第一名。”

楚境能够理解这种情绪，如果没有这位老师的鼓励，尹霈祁很可能就自暴自弃了。她小的时候也有过类似的经历，只是那个时候没人能够鼓励她。

她握住尹霈祁的手问：“那后来呢？”

“后来……”尹霈祁顿住了，后来他的物理成绩越来越好，他加入了实验组，幻想着有一天也能成为物理学家，可是再后来，他去了贵族学校，研究生期间进入了自家公司。

尹霈祁嗤笑："你打听那么多干什么？"

楚境知道他不愿意提起，也就不再打听。她拍了拍他的肩膀说："人总是要向前看，你如果觉得好一点了，我陪你一起去送老师一程吧。"

尹霈祁穿上湿漉漉的衣服，握着雨伞，和楚境走向灵堂。

一直忙前忙后的锐达集团张总远远地看过来，尹霈祁朝他点了下头。

"师弟你没事吧？"急忙走过来的张总目光落在尹霈祁狼狈的脸上。

尹霈祁摇了下头："师兄，今天晚上我守夜吧，我很久没有见过老师了。"

"你身体吃得消？"张总颇有些担忧。

"吃得消。"吃不消也要扛住，他也不能为老师做其他什么事情了。

"那行。"张总说完一扭头，看到了尹霈祁身边站着的人，"楚境，你怎么也来了？"

这一句询问，让楚境非常开心，也不枉她冒着大雨在这儿站了一上午，张总总算发现了她。

"我听说老师走了，来送送。"楚境面带哀伤。

"你也是孔老师的学生？"张总微微有些诧异。

"啊！孔老师这么优秀，大家都应该向他学习。张总，有什么我能帮忙的吗？"楚境打了个哈哈把这个话题应下来，没否认，也没直接承认。

旁边的尹霈祁听了，哼了一声。他瞥了楚境一眼，似乎知道她是来干什么的了。

"师弟你怎么了？"张总担忧地问。

没等尹霈祁回答，楚境抢着说："可能是着凉了，打了个喷嚏。"

门口有人叫张总去处理事务，张总无奈，只好说：“这孩子，楚境你帮我照顾一下我师弟。”

“您先忙。”楚境赔了个笑脸，目送张总离开了。

尹霈祁立马转过脸来，嗤之以鼻：“怎么，我师兄也是你客户？”

“小尹总，这世间万物都是缘分呢。”楚境微微笑了笑。

葬礼忙了一整天，晚上师兄弟们都回去了，留下尹霈祁在这里守夜。张总没走，楚境自然也不会走。

尹霈祁身上的衣服早就干了，他跪坐在老师的遗像前，絮絮叨叨说了很多陈年旧事。他不让楚境靠近，所以在门外的楚境，也没听清他到底说的是什么。只是看到期间好几次尹霈祁红了眼眶，又不知想起什么来傻笑。

眼看快要十二点了，楚境买了点儿宵夜给尹霈祁送去。

“喝口热粥。”楚境说。

“我没胃口。”

“没让喝光，就是尝尝。”楚境舀了一勺粥，吹了一下，张着嘴说，“啊！”喂到了尹霈祁的唇边。

尹霈祁没有喝粥，反倒是笑了。

“笑什么啊？”楚境蹙眉，又娇又嗔。

尹霈祁说：“楚境，你到底是个什么样的人？”

“是个努力向上的人，赶紧张嘴。”楚境凶他。

尹霈祁浅浅地抿了一口，说：“我第一次看你穿成这样，很职业，很干练，很……”

“很什么？”楚境眯了下眼睛。

很好看。

“你一直都是这样吗？带着目的去做事情，接近我只为了签合同，来这里也是为了和我师兄签合同。讨好你的客户，投其所好，没有什么事情是你真正想做的吗？”尹霈祁说这话的时候，脸色不太好，一半是怨言，一半是不解。

这当然不是什么好话，楚境分辨得出来，他在损她，可是又有什么关系呢？

她笑着说：“小尹总，如果你坐在我这个位置，如果你有一个无能的上司，如果你的上司把一切锅都甩给你……只要你还想往上爬，你就得像我一样。但是你运气好、生得好，也是一种实力。我没有这种实力，就只能用别的办法走捷径。我从不认为讨好我的客户是什么丢人的事情，如果你这么觉得，我也不会认为你的想法是错的。”

“你这么说让我想起了汪徵，他也有个无能的上司。”尹霈祁自嘲一笑。

“小尹总和我的上司还是有区别的。”

“什么区别？”尹霈祁问。

楚境不假思索地说：“你长得帅啊！”

“我是你所有客户里最帅的吗？”尹霈祁追问。

“当然，小尹总最好看。”楚境坚定地说。

“那又帅又有钱的客户，你为什么要拉黑呢？签完合同就不理我，合同前后两副面孔？”尹霈祁冷笑，“楚境，你是不是有点太无情无义了？”

“我真的是冤枉，这是个误会，我以后慢慢跟你解释。”楚境委屈地说。

尹霈祁笑了笑，脸色苍白，他觉得头有些重，他的身体晃了一下，直接向前倾倒。楚境眼疾手快地搂住他，感觉到他裸露在外的皮肤十分烫手。

“小尹总，你怎么了？”楚境晃了晃他。

尹霈祁慢慢地闭上了眼睛。

“张总，您师弟晕倒了！”楚境抻着脖子大喊了一声。

第八章
他生气的样子真可爱

所有的悲伤都是暂时的，终究是会过去。

所有的陪伴也都不是永恒的，终究有一天会离别。

楚境一早就品尝过这种滋味，时间会是治愈一切的良药。但是这种治愈，不是把过去的伤疤抹去，只是将这些伤疤藏起来。人类就是这样的动物，再痛苦的事情，也都是过一阵子就好了，你的大脑会强制性让你不去想起。

尹霈祁因为过度悲伤加上淋雨，引发了高烧，已经昏睡了一天一夜。楚境不去安慰，也不懂得怎么安慰，陪着他就好了。她相信，小尹总这种记吃不记打的个性，很快就能治愈自己。

尹霈祁输液的手动了一下，眼睫毛微微颤抖，他睁开眼睛，彻底醒了过来。

“这是医院？”尹霈祁哑着嗓子问。

楚境放下手里正看的文件，抬头对他笑了笑说：“还不错，没有变成傻子。小尹总劫后重生，可得注意身体啊。”

尹霈祁做了个吞咽的动作，喉咙干痒难耐。

楚境拿起旁边的水杯，把吸管放进他的嘴里。

尹霈祁就着楚境的手喝了几口水，总算好一些了。他清了清喉咙问：“我睡了多久？天又黑了。”

“一天一夜。你师兄和我一起把你送进来的，但是他公司有事，已经去忙了。他叮嘱我好好照顾你，所以我就留下来了。”楚境缓缓说道。

“你怎么不让汪徵来照顾我？”尹霈祁问。

“我……”楚境张了张嘴，不知道该怎么说。

“你不会没有他电话号码吧？”尹霈祁诧异，他看了看楚境的表情，没忍住笑了，“还真被我说对了，你们这对兄妹好奇怪。”

“有句话叫道不同不相为谋，血缘关系不是我能选择的。”楚境的话透出一种无奈来，她收拾了一下自己的文件夹，又把笔记本电脑合上，放在旁边的床位上，“你既然已经醒了，就没什么事了，我给你找个护工，我还有工作，就先走了。”

“等等……”尹霈祁拉了一下楚境的手臂，他无意一瞥，看见手上的输液针回血了，吊瓶明显已经打完了，他紧张地指了指，“你快叫护士！”

楚境低头一看，放下了手里的东西，按住他的手说：“别动。”

“你干吗？”尹霈祁紧张起来。

“这点小事还用麻烦护士？”楚境边说边拆掉了固定输液管的胶带，然后按住针头，轻轻一拔，“好了。”

尹霈祁瞪着眼睛看她：“真没事儿？我可都回血了。”

“没事儿。”

“楚境，你不是第一次干这事儿吧？”

“我是。但是我见过别人干这事儿，真没事儿，你别那么紧……”楚境话说到这里，突然停下来了，因为她看见尹霈祁手背上的胶带全红了。

尹霈祁显然也发现了，他抬起手来：“楚境你知道我是谁吧？”

楚境点点头，人傻钱多小尹总。

“那你知道我爸是谁吧？”尹霈祁又问。

楚境又点头，叱咤风云的富商。

“那我爸就我一个儿子你也是知道的吧？Rh阴性血你知道吧？我要是出了什么事儿，你可能担待不起。我们家……”尹霈祁的嘴突然被楚境捂住了，他能感受到她柔软的掌心，她手上还有一股淡淡的香味。

“别说了小尹总，我去叫护士来！”楚境说完赶紧跑出去了。

尹霈祁笑了起来。

没一会儿，医生和护士都来了，给尹霈祁看一下，基本上没什么问题，就是拔针太用力了而已。

医护人员走后，尹霈祁就一脸不太舒服的样子。

“护工请了吗？”尹霈祁问。

“我觉得要不我留下来吧，也不差今晚了。”楚境又坐下了。她实在有点担心，这尊大佛真的出个什么意外，她说不清楚的。

尹霈祁幽幽地叹了口气：“有点头晕呢。”

“可能是躺得太久了，我扶你起来走走吧。想上厕所吗，小尹总？”楚境殷勤地问。

“嗯。”尹霈祁伸出一只手来，楚境赶紧扶住他。

尹霈祁站起来，刚好比楚境高一个头，他突然闻到了一股味道，用力嗅了嗅，找到了源头，皱着眉问：“你几天没洗头了？”

“刚洗的，走走走，上厕所去。”楚境拉着尹霈祁就往洗手间走。

“不可能！你都馊了，楚境你别拉我……”尹霈祁根本没什么反抗的机会，被楚境连拉带拽，弄进了洗手间，还好他住的是高级病房。

楚境关上洗手间的门，在外面等尹霈祁。她偷偷闻了一下自己的头发，有味道吗？

就算有也正常吧，她还穿着葬礼时那身衣服，从尹霈祁晕倒后她就没离开过，哪有时间回去换洗。张总那个合同也不知道怎么样了，她这次真是亏大了！

“小尹总你好了没啊？”楚境拍了拍门，“用不用我帮你啊？”

尹霈祁突然打开了门，脸色不佳，他低头看着楚境，往前走了两步说：“我带你出去走走吧。”

楚境看了一眼这浓墨一样的夜色，大半夜的去哪儿啊？她困了啊！

尹霈祁也不管楚境的意愿，拉着她出去。就在快要离开住院部大门的时候，两人突然被护士拦住了：“病人晚上不可以乱走，家属照顾一下吧。”

尹霈祁低头看了看自己身上的病号服，大意了。两个人只能折返，尹霈祁不太甘心的样子，拉着楚境到处找侧门，却全都有护士阻拦。

楚境忍不住问：“你到底要干吗啊？”

“想让你洗个头。”尹霈祁执着地说。

楚境：“……”

最后，尹霈祁找到一个超市，买了洗发水和毛巾，又拽着楚境回到病房，强行把她按住逼她洗头。

“我腰不好。”楚境拒绝撅着屁股对着自己的客户。

尹霈祁就拿了把椅子，让楚境坐在上面，尽量往后靠，头放在洗手台上，他亲自给她洗头。

楚境没把这件事情想得多么严重或者多么暧昧，就当是他报答自己的救命之恩了。

尹霈祁洗头很认真，泡沫都是在手上搓好了才放到她头发上的。楚境的这一头秀发，他一手滑到底，都没有打结。

左右无聊，楚境就把手机拿出来，跟高群联系起来，处理公司的事情，谈了一个业务之后，又顺便打听了一下张总在干吗。

尹霈祁正卖力地给她洗头，手指在她的发间，温热的水流穿过，他们靠得这么近，他闻到洗发水和她的香气慢慢融合的味道。他盯着她的眼睛看，睫毛微微颤动着，她的下颌线太过好看，她轻轻地咬着嘴唇，像樱桃一样。他不经意之间动了下喉结，酒吧昏暗灯光下的那个吻，像是病毒一样把他的大脑感染了，他不断地想起那个画面。他当时太紧张了，根本没有品尝到那个吻到底是什么味道。他的目光无法克制地落在她的嘴唇上，他想靠近她。但他不是个变态，他为什么会有这种冲动？

楚境不知道看见了什么，突然勾着嘴角笑了，更加娇俏。

在这个瞬间，尹霈祁所有的心猿意马都控制不住了，他突然凑过来，还有一秒吻上她的时候，突然听到她说："这有点痒，你给我抓抓。"

尹霈祁："……"

"快点呀。"楚境催促。

"你在干吗？"

"工作啊。"楚境抱着手机，找了十来个人问，终于问出一点眉目来。

原来，导致未来集团和锐达集团合作破裂的原因跟她那个上司有关。孙总在外面养的小情人得罪了锐达张总的女儿，张总是女儿控一气之下不合作了，现在要跟另外一家公司签约。

楚境有点头疼，孙总真是干啥啥不行。

"你就没什么想对我说的？"尹霈祁呼吸急促，和她的距离只有五厘米。

楚境突然感觉到这个距离不太安全，而她根本就起不来，被他困在一方天地里。

这种场面，她久经沙场，自然明白。

楚境没有献身的打算，也不慌乱，笑吟吟地看着尹霈祁说："小尹总感冒还没好呢，上头了吧？"

尹霈祁见过的女生少，交往过的更少，一时之间也不明白楚境到底什么意思，但是头已经洗完了，他把毛巾扯过来，盖在楚境脸上，说："自己擦干。"

毛巾下的楚境笑了起来，尹霈祁还真可爱。她把头发擦了个半干，满脑子想的都是张总那个合同的事情。

尹霈祁睡得太久了，也不困，就在病房里看夜色。楚境出来的时候发现尹霈祁给她弄了一套病号服，她其实也受不了身上这套穿了两天的衣服了。她在洗手间里用毛巾擦了擦，然后换上了衣服，觉得浑身舒爽。

尹霈祁待得有点无聊，又睡不着，他催促了楚境好几次："出来聊会儿天。"

可楚境却困得不行了，她把电视打开："要不你看会儿电视吧？"

电视缓缓开启，根据记忆开始播放上一个人看过的内容，只听电视上说："我是佩奇，这是我的弟弟乔治，这是我的爸爸，我的妈妈……"

楚境顿时觉得不妙，偷偷看了一眼尹霈祁，果然他的脸色变了。

楚境若无其事地换了个台，仿佛什么也没发生一样。聪明人和普通人的区别有时候就是，你可以假装看不到别人的尴尬，并且毫无痕迹。

最后选了个新闻台，两个人一起看国际新闻，楚境没一会儿就睡着了。尽管她的头发还没有干，散落在白色的病床上，湿了枕头。尹霈祁发现她睡着了之后，帮她盖了被子，把自己的枕头换给她。

楚境很久没睡这么舒服了，毫无防备，对月而眠。她一直应酬很多，睡眠质量不好，睡的时间也很少，总是会多梦，会突然惊醒。她妈孟东还嘲笑过她，不如一个老年人的睡眠质量。可她也没什么办法，她必须打起十二分精神，应对各种突发事件。

但是这一次，她睡得太香了。一觉醒来，已经上午十点，她被刺眼的阳光照醒了。

楚境眯着眼睛，伸出手来，看阳光从指缝里照射过来，她感觉温暖又踏实。她慢慢把手挪开，再一看，赫然发现小尹总已经穿戴整齐正坐在旁边的床上看自己。

楚境一下子就清醒了，她一个鲤鱼打挺坐起来，拢了一下头发，笑着说："小尹总早上好。你这是要去哪儿啊？"

"出院。"

"身体好了？医生让你出院了吗？"

"护士四点来量血压，医生八点来查房，你睡得可真踏实。"尹霈祁幽怨地开口。

楚境不好意思地笑了，她是真的没有听见。她摸了摸枕头边，手机不见了，她明明记得睡着之前是握着手机的。

"我手机呢？"楚境慌了。她突然有一种不好的预感，她是有任务的，睡到日上三竿都没人联系她，还是她没听见错过了什么？

尹霈祁一脸的嫌弃："现在的年轻人都得了手机病，恨不得一天二十四小时跟手机在一起。聚会玩手机，上厕所也玩手机。手机就那么好玩？你这个……"

楚境打断尹霈祁："小尹总，看见我手机了吗？"

尹霈祁拉出抽屉，把手机从充电器上拔下来，递给楚境："我帮你充电呢。"

楚境一把夺过，解锁一看，有几十通的未接来电，微信几乎要爆炸。她扫了一眼，发现是静音勿扰模式，遂瞪大了眼睛问："为什么是静音？"

尹霈祁笑了笑，颇有些自得："我怕吵醒你啊，所以帮你静音了，不用谢。"

"你说什么？"楚境说这话的时候几乎是咬着牙，手都在颤抖，她脸色难看，做了一个深呼吸，才没有暴怒。

很多电话是助理打过来的，她回了一个过去。

"现在什么情况？"

小助理在那边急得哭了："楚总，您去哪儿了啊？怎么才接电话啊？今天早上锐达集团的张总跟人签合同了啊！咱们可怎么办呀？孙总现在让我把您叫回来，怎么办啊楚总……"

楚境脑子快炸了，她怎么知道该怎么办，木已成舟。

"不就是一个合同，没了就没了。"尹霈祁安慰道。

楚境一记眼神杀过去："你最好闭嘴。"

尹霈祁感觉一道寒光，他一时间竟然真的闭嘴了。

楚境来回踱步，想了想又问："知道是在哪里签约吗？对方是什么公司？帮我查询今天的路况，也许对方还堵在路上……"

"哦哦哦，楚总，我马上去查！"小助理挂了电话，仿佛看到了一线生机。

楚境想了想，觉得小助理也不太靠谱，她自己开了电脑，开始查询路况，锐达集团那边是金融街，平时挺堵的。在这期间，她还打了个电话，托人叫了一辆三轮来医院接她。

尹霈祁被冷落了，也不知道自己哪儿做错了，站在楚境旁边，看楚境忙碌。

楚境还在给张总的秘书打电话，好歹是一起吃过饭的，但是软磨硬泡，对方也没有松口。

楚境有点急了："只需要让张总再等我一下，我做了一个全新的合同，不然我念给他听也可以……"她说着就去找自己做的合同，就放在沙发上的包里。

尹霈祁手足无措地站在这儿，楚境往左，想绕过去，尹霈祁要给她让路也往左。她只好往右，尹霈祁再一次想让路也往右。

如此经历了几个来回，楚境捂住了手机话筒，对尹霈祁说："让开！"

尹霈祁退后两步，相当乖巧。

楚境拿了合同，正要给对方念，那边却表示无能为力，挂断了。

楚境闭了闭眼睛，做了个深呼吸，没关系她还有机会。她又给那个三轮车司机打电话："您到了吗？我马上下来！"

夺门而出之前，尹霈祁拉住了她。

楚境惊讶地看他："小尹总想干吗？"

"这生意没机会了，我了解我师兄，你别白费力气了。"尹霈祁缓缓说道。

"你不懂！只要还没有签字盖章，于我来说就有机会，哪怕只有万分之一，我也要争取！你放手！"楚境用力一甩，却没能挣脱尹霈祁的桎梏。

"真那么想做这笔生意？"尹霈祁皱着眉问。

"不然我折腾什么？"楚境的电话再一次响起，是那个三轮车司机打过来的，她已经没有时间了，"你赶紧放手，我的前途可都在这合同里。"

"我陪你一起去。"

"真的？"楚境微微有些意外。

尹霈祁点了下头。

楚境反倒是没有那么急着走了，她看着尹霈祁说："你先给你师兄打个电话，让他别签合同，给我几分钟。"

"你这么精明吗？"尹霈祁笑了。

楚境终于多云转晴了，咧嘴说："我能怎么办，没背景没后台的，只能无所不用其极啊！你们不都这么看我的嘛，快打吧。"

尹霈祁用自己的手机给师兄打了个电话，然后跟楚境说："你还有半个小时的时间。"

"走！"楚境拉上尹霈祁，风风火火地离开了医院。

尹霈祁后来想，之所以愿意帮楚境，应该是因为他把她手机弄静音了，她却没有埋怨他。明明是一件不可能挽回的事情，她却没有放弃，还在拼命努力。就是在那一个瞬间，他被楚境打动了。

三轮车一路风驰电掣，穿梭在拥堵的车流中，楚境凭借着自己强大的技术，在这样颠簸的环境下，硬生生给自己化了个妆。擦上口红以后，她又是职场精英，生人勿近的女强人。

他们抵达锐达集团的时间，甚至比张总约的那个合作伙伴还要早一点。

原本听到是未来集团的人来了，张总是不想见的，但听说尹霈祁也在，他就亲自出来迎接了。小尹总的这一张脸十分管用，不光可以当门禁卡，还可以当合同章。

在尹霈祁的担保下，楚境成功地签下合同。

张总盖章的时候老大不愿意，但是也毫无办法，他苦笑道："你们那个孙总真不是什么好东西，楚境你在他手底下屈才了。"

"我不会永远居人之下的，张总合作愉快。"楚境带着十分霸气的笑容，与张总握了手。

“我还得去跟老肖赔个不是。”张总无奈地摇了摇头，老肖就是他放鸽子的合作方。

这栋大厦是附近最高的建筑，他们所在的楼层是最高层，楚境站在走廊里，放眼望去，俯瞰一切，她一定不只是一个总监而已。

“想什么呢？”尹霈祁递给楚境一盒牛奶，吸管已经插好了。

楚境接过来，冲尹霈祁笑了：“小尹总，这次真的太感谢你了。等有机会，我一定好好报答你。”

“等有机会？什么样的机会？”尹霈祁说这句话的时候，把双手撑在玻璃前的栏杆上，将楚境困在自己的怀里，迫使楚境昂起头来与他对视。

“就是……合适的机会啊。”楚境觉得一定是这里的阳光太足了，以至于她觉得有点热，脸也开始发烫了。

她不自觉地移开目光，不去看尹霈祁的眼睛，却在一个不经意之间，将目光放在了他微微敞开的衬衫领口，她对着他的锁骨吞了下口水。

尹霈祁低沉的嗓音“嗯”了一声，又往前凑了凑。楚境感受到了强烈的压迫感，她只好本能地后仰，只听到尹霈祁说：“那要等到什么时候呢？”

楚境突然觉得紧张了，心跳突然加速是怎么回事？她尴尬地笑了几声说：“就是改天。”

“改天是哪天？”尹霈祁索性又往前凑了一下，他低下了头，额前的碎发扫到了楚境的额头，弄得她脸上痒痒的，心里也痒痒的。

楚境有一瞬间想要逃走，却被牢牢锁住了退路，只好再次后仰，争取拉开一点两个人的距离。她吞了下口水说：“改天就是有空的时候。报答总有机会的，小尹总着什么急。”

“姐姐，你这个人很不诚实，翻脸跟翻书一样快。我不知道你的改天是不是敷衍我，毕竟上次签完合同，你就把我拉黑了。”尹霈祁的嘴角含着笑意，“有句话叫，择日不如撞日。”

楚境猛然抬头：“哎？”

她还没来得及细细品味尹霈祁这句话的意思，就忽然感觉到他柔软的双唇，轻轻地一啄。

“你……”楚境的脸腾地全红了，她睁大了眼睛，捂住嘴巴，也不知道是生气还是激动，总之心跳更加快了。

尹霈祁腾出一只手扶住她的腰，笑了笑说：“你在练舞蹈吗，腰弯成这样。”

“尹霈祁！”楚境咬着牙叫他的名字。

尹霈祁后退了两步，眯着眼睛笑起来：“扯平了。”

“你你你……”一贯妙语连珠的楚境，一下子竟然不知道怎么骂他才好。

尹霈祁又突然牵起她的手说：“我要去整理老师遗物，你跟我一起去吧。我看你手长腿长的，应该很擅长。这一次是真的报答，可以吗？”

楚境犹豫了好半天，尹霈祁今天太奇怪了，不知道该怎么拒绝他，也不知道该怎么答应他。在她发呆的时候，尹霈祁把她拽走了。她也只能默认，心里却觉得他可能会失望。

事实证明，女强人乃至于女魔头楚境，也有不擅长的东西，比如整理房间。

在她成功地把老师的东西弄乱以后，尹霈祁抓着她的手，让她坐在椅子上：“你动眼睛动嘴可以，别动手了。”

楚境还要狡辩：“我就是这身衣服不太方便，不然我也挺能干的。”

“对，没衣服给你换，待着吧。”尹霈祁埋头开始整理东西。

孔老师的遗物大部分都是书，还有一些手稿，日用品很少，衣服只是将将够穿。客厅里有一台电视和一台电风扇，书架有很多，上面都摆满了书。五十来平方米的老房子还是学校的公房，人不在了，就快要收回去了，老师的东西就不能再放在这里了。孔老师生前也有遗嘱，东西全都留给实验室，万一自己有个什么意外，就让学生们多帮忙。锐达集团的大师兄忙葬礼的事情，整理遗物这件事就交给了尹霈祁。

今天学校又有人来问了，所以尹霈祁才急着来搬东西。

书全都放进纸箱子里，一些手稿被电风扇吹飞了，尹霈祁忙不过来，楚境就主动去捡起来。

“别弄乱了。”尹霈祁叮嘱道。

“放心吧，我整理别的不行，整理文件很厉害的。”楚境撇了撇嘴，无意间扫了一眼这些文件，似乎是论文手稿，有一部分实验的资料。楚境又捡起其余的十几张一一看了，果然是学术论文。

“怎么了？”尹霈祁见她看得入神，于是问。

“孔老师这么多实验研究，没出过书吗？”楚境也不太懂物理，但是面对这些手稿总觉得有点可惜。

“我看看。”尹霈祁拿过一部分，细细地读了，“是关于石墨烯电池的，老师已经带着学生们做过几轮试验了。”

“石墨烯电池？你懂吗？讲讲。”楚境来了精神和兴趣。

“利用锂离子在石墨烯表面和电极之间快速大量穿梭运动的特性，开发出的一种新能源电池。石墨烯电池比传统电池更耐用，更轻便。它具有比其他锂离子电池更低的能量密度，但具有更高的功率密度。使用石墨烯增强LFP阴极使得电池重量轻，充电速度比锂离子电池快，并且比传统LFP电池具有更大的容量……”尹霈祁缓缓地介绍着。他看着老师的这些试验资料，非常震惊，这个实验老师竟然已经成功了。

楚境越听越觉得这个东西靠谱，虽然她也不懂科技方面的理论。她等尹霈祁说完了，激动地抓着他问：“5G时代，你们的智能科技，用石墨烯电池是不是正好？”

尹霈祁认真想了想，然后点了下头：“可这些还在试验阶段，能不能真正投入生产，还是个未知数。石墨烯电池这几年一直被提起，但是没有真正投入使用中。”

“那你觉得从理论上是不是可以？”

“可以。”

楚境笑了起来：“小尹总，你帮了我的大忙！”她开心地拥抱了一下尹霈祁，然后拿过这些手稿，里面有记录实验室的相关信息，她要赶紧去联系这些人，把实验继续做下去。

“这不是一件容易的事情，你真的要做吗？”

楚境站在吊灯下，光笼罩着她的全身，她自信地点头微笑：“当然，我还想帮孔老师出书，我会说服未来集团，完成孔老师的梦想。”

“你真的想做这件事？”尹霈祁再次确认。

“希望你可以给我这个机会，小尹总愿意相信我吗？我楚境，绝对是一个很靠谱的人！”楚境自信又大方，尹霈祁或许就是被这种自信感染了，在楚境的注视下，不过两秒就点了头。

尹霈祁叫了搬家公司，要把东西直接运回自己家，所以这个搬家公司还是个跨省的。他看着工人搬运，忙完了已经快晚上八点了。

楚境从厨房找了两包泡面，洗干净了锅和碗筷，直接煮了。

她煮面的时候，一直打电话联系之前几个在出版社工作的老同学，以至于面煮干了，她只好再次加水，所以面就烂了。

尹霈祁用筷子尝试了几次，都没能夹起来一口面，最后只好改用勺子。

“你确定能吃？”尹霈祁看着勺子里的一坨东西，持怀疑态度。

“没问题，我经常吃。快吃吧小尹总，我等下还有事情。”楚境开始大快朵颐，仿佛是什么美味。

尹霈祁皱了皱眉：“你平时工作起来，吃饭这么不注意的吗？你还有什么事，都这么晚了。”

楚境边吃边说：“张总虽然看在你的面子上跟我签了合同，但是矛盾还是要解决的。我们孙总那个小情人，我得处理了，不能让张总难堪呀。”

“你还真为客户着想。”

“那当然，对我们销售来说，客户就是上帝。”

“那你赶紧把你的上帝从黑名单里放出来，再敢拉黑我，你就死定了。”尹霈祁愤愤不平。

楚境忽然觉得，他生气的样子很可爱。

得罪锐达集团的那个“捞女”，被楚境给叫来了S市，还是孙总的秘书亲自送上的飞机。这件事虽然打孙总的脸，但是楚境以公司的利益要挟，孙总还是答应了。这个小情人，被孙总在公司安排了一个文职，给张总女儿道歉之后，直接开除了，这件事总算是告一段落。

当天下午，楚境飞回了图宁市。出差了一个星期，她要馊了……

楚境很疲惫，回家已经接近凌晨，她没让廖之雯来接自己，廖之雯明天还有课。景然还在她家里，也不知道现在什么样子。廖之雯做家务不太行，做饭还凑合。

怀着一种忐忑的心情，楚境打开了家门。客厅里廖之雯和景然正吃着宵夜看电视，二人头上都戴着猫耳朵发箍，素面朝天的样子。门开以后，两人不约而同地扭过头来。

“你们……”楚境踩在能映出人像的地板上，有一瞬间觉得，这好像不是自己的家。她平时也整理房子，但只是表面功夫，廖之雯是不会整理的，那只能是景然做的。

“小境，你回来啦！”廖之雯发出惊呼。

“欢迎回家！吃不吃面？”景然问。

“不了，减肥。”楚境换了鞋子。

景然主动过来帮她把鞋子放进鞋柜里，顺便还擦干净了。

这让楚境受宠若惊：“景然你这么爱干净吗？”

廖之雯去厨房给楚境盛了一碗面，递给楚境，楚境嘴上说着不吃，身体却很诚实地接过来了。

“景然给家里做了大扫除，我床底下居然有一只臭袜子，我之前一直奇怪为什么总有一股味道呢。”

廖之雯开始说这几天的生活，她和景然一个煮饭一个打扫，配合得天衣无缝。景然见多识广，给廖之雯讲了很多有趣的故事，这迅速拉近了两个人的距离，现如今，已经是同穿一条裤子的好闺蜜了。楚境听完了，恍然发现一碗面已经下肚了。

楚境摸了一下鼓起来的肚子，然后黑着脸问：“谁给我的泡面？”

廖之雯和景然同时指向对方说：“她！”

“以后晚上不许给我吃的！要死了，要死了……”楚境懊恼着回了房间。

廖子雯一摊手，和景然继续吃宵夜看电视剧，顺便说楚境的坏话。

“喝酒应酬，怎么可能减肥成功。”廖之雯说。

“也可能是新陈代谢慢，到年纪了。”景然说。

楚境突然探出半个身子，扶着门框说：“不许说我坏话！雯雯明天帮我找个出版社，我要出书。”

廖之雯赶紧答应了，扭头又和景然说：“太阳打西边出来了，写个作文都费劲的人，居然要出书？”

“雯姐你还认识出版社的人呢？我也想出书，我是个有故事的人。”

“你有什么故事？”

“与渣男闪婚后，被小三，被全网黑，又被离婚，惨遭视频平台封杀，昔日短视频女王沦落成丧家犬。我这故事不够精彩吗？”景然泫然欲泣，还抖了抖下巴。

廖之雯捏了捏她抖动的下巴说：“太惨了，你应该自杀去，我支持你！”

“哎呀！雯姐你有没有点同情心啊！”

“同情同情，把碗洗了再睡觉哈！”廖之雯说完就回房间睡觉了。

景然喝完最后一口泡面汤，灰溜溜地洗碗去了。

这一幕每天都在上演，廖之雯头两天还安慰景然，后来就发现了，景然这个家伙所有的家务都可以做，但就是不爱洗碗，为了逃避洗碗，已经开始卖惨。

楚境洗完了澡躺在床上，一碗泡面的罪恶感让她睡不着觉。新陈代谢是不是真的变慢了？她突然一个激灵从床上跳起来，爬到梳妆台前，开了最亮的灯照镜子，没有皱纹，她还没老。她脑海里忽然蹦出了尹霈祁那张脸，歪着头，一脸灿烂笑容地叫姐姐。

“为什么要想起他？一个男的有什么好想的，还是个那么小的男孩子！楚境你疯了是不是？”

楚境拍了拍自己的脸，但脑海里还是尹霈祁，甚至还有走廊上的那个突如其来的吻。

楚境的脑子太乱了，她必须得整理思绪了。按照一贯的套路，这种小鲜肉的诱惑，背后一定有什么目的。

她想起之前无数次被搭讪的场景，最终判定了，尹氏集团说不定也有什么和未来集团撞车的项目，这摆明了就是竞争对手惯用的计谋，不能上当！

第九章
我喜欢的人果然特别

起了个大早，楚境戴上墨镜准备出门。

“这么早，不吃早饭吗？”景然正巧晨练回来，看楚境这身打扮，又说，“外面阴天呢，不用戴墨镜了。”

“我不吃了，赶着去开会。”楚境指了指墨镜，“这是造型，我先走了。”

可实际上，墨镜下是一双很浓的黑眼圈，她又失眠了，根本不是起了个大早，是完全没睡着。

到了公司，楚境火速叫来了高群，将石墨烯电池的事情说了。

高群那边也一直没什么进展，听到这个提议也是眼前一亮，随即又发现了个问题：“既然这么好，也研究了这么多年，为什么石墨烯电池一直没有投入生产？”

“因为还是实验室阶段，还不稳定，所以更需要我们来推动。你赶紧去联系这个实验室的负责人，我要收购他们。”楚境志在必得的样子。

高群办事效率非常快，下午的时候已经联系上了这家实验室的负责人，立刻跟楚境进行了汇报：“实验室注册了一个小公司，孔老师和别人合伙的，孔老师和学生们负责技术，另外有个商务公司负责运营维护。目前这家小公司靠一些小的模型产品来维持，不过已经捉襟见肘了。那个商务公司竟然就在图宁市，我已经和负责人约了晚饭。”

“你办得很好，对方还有什么资料吗，关于这个商务公司的……”楚境进一步询问，想要知己知彼。

“有，正想跟你说，这个人和你是老同学。”高群面露喜色，“叫……”

楚境心里“咯噔”一下，该不会那么巧吧？她有一种不好的预感。

“夏周！你初中同学呢，你看看这缘分。”高群笑着说。

“可不是嘛……缘分。”楚境冷笑了三声。

高群狐疑：“你俩有过节？”

“没有！你和对方说见的人是我了吗？”楚境又问。

“那倒是没有，我只说了楚总。”

“干得漂亮！”

楚境放下心来，高群到底是做过总经理助理的人，做事有分寸。她开始期待晚上见到夏周这个“老同学”的场面了。

“嘀”的一声，楚境的微信响了，并且连续十几条，她拿出来一看，对方发的还是语音，每一条都有十几秒那么长。发信息的人是尹霈祁，她最烦人家发语音了，有急事打电话不好吗？

她也没什么耐心地听完，就回了一个问号。

尹霈祁又连着发了十几条语音，楚境就看着对话框一直显示输入中。她的耐性在孙总叫她的时候终于用完了，把手机塞给了高群：“你帮我看着回吧。”

说完，她去了孙总的办公室。直觉告诉她，这个倒霉上司又没安好心。

果不其然，孙总借着由头把她批评了一顿，无非是鸡毛蒜皮的小事。她没有反驳，耐心听完，免得孙总再次小题大做。也因为她的态度特别好，孙总没有发挥的余地了，只好让她离开了。

从孙总办公室出来，高群还站在那儿替她给尹霈祁回消息，发完最后一个表情以后，把手机还给了楚境。

“都说什么了？”楚境心里烦得很，皱着眉头。

“也没什么，小尹总说想你了。”

楚境觉得起了一身的鸡皮疙瘩，这么多条信息，竟然只表达了一个想念，他语言表达能力也太差了。

本想把语音都听一遍，但是她下午还要准备晚上的见面，她对这方面不太懂，得多补一点知识才行，于是就把手机放那儿了。临近晚上的饭局，她的黑眼圈才好了一点，补了一点粉，又是一个精致的女孩了。

楚境带上高群，出发见“初恋”。

高群开车，到了地方楚境才发现，约的餐厅是叶远信开的，她皱了皱眉：“除了这儿没别的地方了？”

“环境好，你跟叶总有过节？”高群问。

“那倒是没有，就是我眼皮突然跳。”楚境想，该不会有什么不好的事情要发生吧？

比约定的时间早到了二十分钟，却没想到对方更早。楚境踏入餐厅就看见了她要见的人，上次匆匆一瞥，夏周还是少年时的那副模样。

而夏周在见到楚境的时候，猛然间起身，撞倒了玻璃杯，水浸湿了他精心挑选的西装上。

楚境在心里笑了笑，很好，他慌了，这生意稳了。

楚境站在了夏周的对面，冲他点了下头，伸出手微笑着说：“好久不见，我是楚境。”

“我没想到会在这里遇见你，以这种方式。好久不见。”夏周慌乱地招呼楚境和高群坐下，让服务员赶紧上点好的菜。

“不知道见的人是你，所以随便点了几个招牌菜，你不爱吃甜的吧？我换几个菜？”夏周又急忙去叫服务员。

楚境摆了摆手：“不，我爱吃甜的，你不太了解我。”

菜很快上了，有点安静，他们没怎么说话。气氛比楚境想象中要奇怪一点，但是她心里没什么波澜。再次见到夏周，这个她以为是初恋的人，居然没有什么感觉。看来她错误地估算了对方在自己心里的重量，也错误地计算了感情和事业在她心里的重量。

就在这么一瞬间，楚境想通了，恋爱什么的去一边待着吧，还是做生意要紧。

“我今天想和你聊聊实验室的事情，孔老师的葬礼我去了，在整理遗物的时候，发现了这家公司。我没想到，夏周你和孔老师认识，并且在合作。”楚境缓缓说道。

“孔老师去世很突然，我也很难过。我和老师合作了两年，最开始是我前妻的项目，后来她出国疗养，我只好兼职帮她打理。哦，对了，我结婚了。”夏周说。

“廖之雯有提起，你儿子是她的学生，没想到你有这么大的儿子，结婚够早的。”楚境在心里计算着。

夏周轻轻一笑说：“我是他监护人，那是我前妻的儿子。你别算了，我是法定年龄才结的婚。”

“我可没说什么。好了，谈谈合作吧。”楚境表面上云淡风轻，内心又开始翻腾，廖之雯的消息也不准确啊！

这次收购谈得非常顺利，主要也是因为夏周无力继续支撑这家小公司，他本人还有其他工作，不想看到前妻的心血被糟蹋，只能加速寻找投资。楚境伸出来的何止是一只手，简直就是救命稻草。

“那就一言为定，我们合作愉快。”楚境微笑着再一次跟夏周握了手，与此同时，给了高群一个眼神。

高群赶紧说：“合同我来拟订，后续的事情交给我吧。”

“好的，没问题。楚境，再次见到你我真的非常开心，当时我转学也非常突然，没来得及和你说再见，我……”夏周忽然想起了学生时代的事情，那种不明的情愫到底是什么呢？他那个时候跟楚境真的是非常好的朋友，又或许不仅仅只是朋友？

“没关系，你别放在心上，接下来我们好好合作就行了。”楚境觉得这件事情不适合在今天说，尤其是还有其他人在场的时候。她那种不太好的预感越来越强烈了。

餐厅的大门忽然被打开，开门的那人一点也不温柔，左右两个黑衣人保镖跟着，尹霈祁怒气冲冲地走进来，直接往楚境身边一挤。

楚境顿时瞪大了眼睛，她看着面色不善的小尹总，满脸的黑人问号，他为什么会突然出现？

她眼睛一扫，余光忽然看到吧台后面坐着个人，只露出了一点儿脸，赫然就是叶远信。

“你吃饭为什么不叫我？这位是谁？”尹霈祁昂着下巴，用鼻孔看人，全身上下都写着“你死定了”，也不知道他哪儿来这么大的怨气。

“我见个客户。”楚境说着往旁边挪了挪。

“干吗这么激动？”尹霈祁眯了眯眼睛，笑着说，“不介绍一下吗？你的老同学？”

“初中同学夏周，孔老师实验室的商务推广负责人。这位是尹氏集团的小尹总，也是孔老师的学生。你们没见过吗？”楚境颇有些尴尬，迅速表明了这两个人的关系。她也不晓得，为什么此刻面对尹霈祁有点心虚，就像是被抓包一样。

尹霈祁意味深长地“哦”了一声：“没见过。如果我早知道有实验室，肯定不会让它的运营状况这么惨。你是能力有问题，还是遇到了什么困难？我这个人说话比较直接，你不要介意。”

尹霈祁说完脸上还挂满了纯天然无公害的微笑，仿佛这句话根本不是嘲讽一样。

夏周不明白这是什么状况，但是明显感受到了来自尹霈祁的压力，他也有些不爽，自嘲道：“我没有个有钱的爸爸。”

尹霈祁听了也不生气，反倒是很赞同地说：“的确，这也是一种实力的表现，并且是再怎么努力也达不到的实力，你别气馁，你还年轻，机会总是很多的。我很欣赏你。”他老干部似的拍了拍夏周的肩膀，直接把对方给拍蒙了。

楚境扶额，这到底是在干什么？

她给高群使了个眼色，让他赶紧结束这一场闹剧。

高群会意，叫服务员来买单。

夏周赶紧阻拦：“今天说好了我请的。”他说着掏出了钱包。

服务员拿着账单走过来，尹霈祁一伸手，拦截住了，在账单上写下了自己的名字，然后说：“在叶远信的餐厅吃饭，买什么单啊。走吧。”

躲在吧台后面看热闹的叶远信，看到这一幕，也只能跟服务员招招手，自认倒霉。

离开了餐厅，几个人方向不同，楚境象征性地道别，然后自己先走了。

尹霈祁追着楚境，后面还有两个保镖追着尹霈祁。

这一幕太引人注意了，楚境扭头就看见两个黑衣人。路人不清楚是什么状况，还以为他们是明星，纷纷拿出手机拍摄。保镖见状，为了保护尹霈祁，只好叫来更多的保镖，处理掉大家手里的视频。

很快，他们就被人群给包围了。

围观群众在窃窃私语：

“到底是哪个明星啊？”

“不知道啊，不认识啊！反正拍就对了，发短视频。”

楚境：“……”有什么好凑热闹的？

看来不解决尹霈祁，是解决不了这种局面了，她转过身，给尹霈祁发了条微信，并且示意他看手机。

尹霈祁不解，这么近还发信息，这么有情趣吗？

楚境：“小尹总你能不能离我远点儿？太多人看你了。”

尹霈祁：“……”

就没别的可说了？尹霈祁有点生气，这女人一会儿风情万种，一会儿又不解风情。仿佛“风情”这个东西在她那不是一个固定的形容词，是随着心情的变化而变化的。

尹霈祁也没给她回消息，直接说：“我怕你谈生意搞不定，所以来帮你。”

人声鼎沸，楚境根本听不清楚，她把手放在耳朵上，大声问：“你说什么？发微信吧，听不清！”

尹霈祁：“你多大岁数了就耳背了？”

楚境瞪了他一眼，假装没听见。

尹霈祁转而吩咐保镖，拦住人群，然后他拉着楚境从人群中逃离。两个人走到地下停车库才算清静了一些，楚境问他：“到底干吗来了？”

“帮你谈生意。”尹霈祁一脸大义凛然。

楚境偷偷翻了个白眼：“怎么可能有我搞不定的生意？你是不是听了什么风言风语？”

尹霈祁犹豫着开口问：“那人真是你初恋？”

楚境失笑：“谁跟你说那人是我初恋啊？”

尹霈祁继续说：“无疾而终的初恋，都没来得及捅破窗户纸吧？就不想知道为什么？”

“什么为什么啊？你懂什么！”楚境口气有点不好，笑脸也收了起来，“你没事就赶紧回去，别耽误我回家。”

尹霈祁拦住了楚境的路，追着她说：“看你恼羞成怒的样子，应该是没有完全放下吧？其实你心里是介意的，想知道一个答案。既然今天都见到人了，为什么没问出来？”

“我问什么啊？”楚境跺了跺脚，明显的不耐烦。

“过去的事情之所以能过去，是因为没有心结，不再惦记了。我希望你可以忘记过去，重新开始，所以我把人叫来了，你当面问个清楚吧。”

“你在说什么啊？”楚境慌了，她真的特别害怕尴尬。

尹霈祁目光坚定，一闪身，不远处夏周走过来了。

楚境几乎是仰天长啸：“你在搞什么啊？”

尹霈祁按住楚境的肩膀，在她的耳边说：“你不是一个逃避的人，难道你真的不想知道吗？”

真的不想知道吗？这句话像一个魔咒，萦绕在她的心头，很显然她想知道。

虽然早就不喜欢了，却总回想起，还没有到如鲠在喉那般难受，却也不太舒服。像是一张白纸上的一个黑点，哪怕黑点再小，都无法忽略。

夏周再一次站在了楚境的面前，恍然一下子回到了学生时代。

楚境深呼吸，感受着肩膀上尹霈祁掌心的温度，她开口道：“上学的时候，我以为我们是双向暗恋。你突然离开了，我也不知道发生了什么事情。要不今天你说说？”

“很抱歉，楚境。你说得对，我们是双向暗恋，大概是年纪太小了，再加上命运的捉弄，我跟随父母南下，这段感情无疾而终了。真的很抱歉……”夏周诚恳地说。

楚境望着他的脸，和记忆里的样子好像又不太一样了。渐渐地，她也记不清楚那个时候的夏周是什么样子了。

她忽然想通了，爽朗一笑：“谢了夏周，你是个善良的人。股份赶紧转让给我，你做生意太差劲了。”

夏周先是一愣，然后也笑了。

楚境转身离开，拉着尹霈祁走了。

“翻篇了。”楚境说。

夏周成全了她的面子，可实际上他真的没有喜欢过她，什么只差捅破一层窗户纸，都是她给自己这么多年单身找的借口罢了。其实她就是不想谈恋爱，没有能力去爱。

“还有，”楚境停住了脚步，转过身看着尹霈祁，郑重地说，“谢谢你。”

“谢什么，我有责任和义务为你解开心结。”尹霈祁自信满满。

楚境这就有点不明白了，笑了笑问：“这话从何说起啊？你又不是我什么人，哪儿来的责任和义务啊？”

尹霈祁往前走了一步，距离有点危险，楚境往后退了一步，他又往前走，楚境再退，这么一来二去，她直接抵在了停车场的石柱上，他顺势把手撑在旁边。

他居高临下地望着她，低声说：“我已经考虑清楚了，允许你继续喜欢我。”

“哦，那我还得谢谢你喽？”楚境嘴角噙着笑。

尹霈祁又说：“喜欢我的人很多，怀着不同目的接近我的人也很多，但你是我唯一允许靠近的。”

“噗……”楚境没忍住笑出了声，发现尹霈祁在看自己，又赶紧说，“对不起，这台词太中二了，让我想起玛丽苏漫画。”

“哦？”尹霈祁低下头，在她嘴唇上亲了一下，问，“这样是不是也很漫画？”

楚境大惊失色，瞪着尹霈祁：“你干吗？”

“正式告诉你，你成功引起了我的注意，我决定给你一个机会，跟你交往。从现在开始，我就是你唯一的男朋友了。”尹霈祁说。

这里毕竟是公共场所，楚境怕有人突然过来，她觉得万分难为情，小声咆哮：“你神经病啊？”

“我是认真的，我真的想和你在一起。”尹霈祁一脸真诚，比他以往任何一次开口都要诚恳。

楚境叹了口气，无奈地求饶说：“小尹总，如果有什么事让你误会的话，我跟你道歉，但我和你只是纯粹的合作关系，生意伙伴。你不要想太多了好不好？你让我走吧，这样很难看啊，你不觉得丢人吗？”

“以前纯粹，以后可不纯粹。”尹霈祁突然一顿，“你是不是不好意思，客户变男友这件事？”

“你赶紧让开！”楚境小声威胁。

尹霈祁笑了笑，在心里盘算了一下。

楚境恼羞成怒：“你笑什么啊？”

“你在撒娇吗？”尹霈祁笑着问。

楚境心里的火噌地就燃起来了：“撒娇你大爷啊！我……”

尹霈祁突然吻住了楚境的唇，牢牢地将她抱在了怀里。楚境大脑顿时缺血，无法下达反抗指令，整个人僵住了。她感觉到他带着薄荷味道的唇舌在一点一点地侵略自己，她感觉到他蓬勃有力的心跳正在感染自己，她感觉到她的心疯狂跳动。

尹霈祁放开她的唇，额头抵着她的额头，手捧着她的脸，距离那样近，能够闻到对方的呼吸。

“小境，你是喜欢我的，我知道。”

楚境猛然间踹了尹霈祁一脚，抬手就给了他一巴掌："知道你大爷！再跟着我，我就让你好看！"

楚境扭头就走，尹霈祁忍着痛追了两步，说："你是不是怕了？我吻你，你明明就心动了。"

楚境突然停住了脚步，她摸了一把嘴唇。她长这么大没有受过这样的欺负和轻视，她作为一个女强人，不能忍。

于是，她转身往回走，站在尹霈祁的面前，一把将他推到后面的车上。他猝不及防，坐在了引擎盖上，她抓住他的衣领，然后狠狠地在他唇上吻了一下，最后咬了一口才推开他。

"这才叫吻，只有我能强吻别人，懂吗？离我远一点，太近了会受伤！"楚境长发一甩，霸气地离开。

转了个弯之后，确定身后的人没追来，也看不见自己的时候，她一溜小跑走了。

她很懊恼，为什么要冲动，为什么还非得亲回来，作死了作死了啊！那可是一个亿的大客户！怎么办，怎么办啊？

尹霈祁坐在引擎盖上，摸了一下自己的嘴唇，流血了。

没过几秒钟，几个保镖就跑过来了。

"小尹总，没事吧？要不要追？"保镖问。

尹霈祁没回他，继续摸着嘴唇，然后开始咧嘴傻笑。

几个保镖面面相觑，老板可能傻了。

尹霈祁抿了一下嘴唇，突然笑出声了——我喜欢的人果然特别。

廖之雯起床上班，景然准备去晨练的时候，楚境就坐在客厅里，对着电脑屏幕发呆。

两个人吓了一跳，楚境脸色明显不好，她们暂停了原来的计划，坐在了楚境对面。

廖之雯先是问："一宿没睡？"

楚境"嗯"了一声，眼神飘忽不定。

景然又问："是因为加班没睡，还是睡不着加班？"

楚境咬了咬干巴巴的嘴唇说："睡不着，做了个并购案，做完了更睡不着。"

"那个……昨天晚上夏周和我说了，你要收购他的股份。"廖之雯支支吾吾的，不知道该怎么说，怕触了霉头，"我和夏周也没多熟悉，就是他儿子是我学生，中间传了一句话，你别想太多啊。"

楚境"嗯"了一声，异常平静："我没想。"

廖之雯拍了拍胸口："那你怎么还失眠啊？"

"不是因为夏周。"楚境说。

"难道是因为小尹总？"景然试探性地问了一句。

楚境突然有了反应，一个激动，把电脑的电源给踢掉了。

"你俩怎么了？"廖之雯紧张地问。

景然笃定地说："肯定出事儿了，我第一次见他们俩，就觉得这两人有事儿！"

楚境恍惚的样子像是几天没睡觉，大脑兴奋，眼神捉摸不定。她冷笑了三声说："他亲我了，我不能吃亏，又强吻了他。我这生意，还能做吗？"

"这都什么时候了，你还想着生意？你喜欢他吗？他喜欢你吗？"廖之雯彻底惊了，她第一次看到楚境为了一个男人这么失魂落魄。

"呵……呵……呵……"楚境开始冷笑。

廖之雯一把按住她："失心疯了你？你到底怎么想的啊？要是真喜欢，试试？别害怕，谈恋爱没什么危险的。"

"我上班去。"楚境拿上电脑，也没换衣服，没化妆，夺门而出。

速度快得就连景然这个运动健将都没抓住她。

景然和廖之雯面面相觑。景然安慰道："我觉得没多大事儿，不就谈个恋爱嘛。"

"你不知道，要真能谈就好了，她压根儿就没修好感情这条路。"廖之雯担忧。

景然却不以为然地说："我觉得呢，她之所以不会谈恋爱，是因为根本没谈过。等她尝到了甜头，得恨不得同时跟十个小哥哥谈恋爱。"

"十个？谈得过来吗？"廖之雯惊讶。

景然略微一思索说："我看楚境打字的速度够快，应该没问题。"

廖之雯"扑哧"一声笑了："我还以为你有当渣女的经验呢，原来也是纸上谈兵。"

景然啧啧两声："我要有那经验，至于让我前夫骗这么惨？你赶快上班去吧。"

廖之雯一看时间是有点来不及了，赶忙出门了。她上午没课，但班主任要时时刻刻盯着学生。

廖之雯才到学校没一会儿，就接到了派出所的电话。她顿时如临大敌，抓上包就往派出所赶。

作为一个老师，捞学生这种事也不是第一次做。廖之雯带过的皮猴儿不少，也算轻车熟路了。这一次犯事的不是别人，正是夏天，她那个老同学夏周的儿子。

廖之雯到派出所的时候，夏天和几个不良少年站成了一排，被民警挨个儿训斥。

夏天倔强得很，始终没觉得自己错了，反而那几个不良少年应该是多次进宫了，认错态度相当好。

廖之雯也听说过，这一类人就是，知错就改，改了再犯。

廖之雯办完手续，把夏天领出来。师生两个坐在马路边的长椅上，一人嘴里叼一根冰棍。

“说说吧，为什么打架？”

夏天那张嘴就跟被冰棍冻住了一样，死活不开口。

“你不说我问你爸去。”

“我马上就没有爸爸了。”

廖之雯顿时一惊：“怎么了，夏周得绝症了？”

夏天原本哀伤的眼神，瞬间变成了看智障的眼神：“老师你想什么呢？我爸他身体健康！”

廖之雯松了口气：“你这孩子误导我。那怎么回事？”

“我爸要把我送到我妈那儿去。你也知道的，我不是我爸亲生的孩子。据说是我亲爹想接我走。”夏天耷拉着头，显然对这件事情非常抵触。

“你爸跟你沟通过了？”

“那还没，我听到他打电话了，提到了出国的事情。我爸昨天回来，整个人状态就不太对。”

“会不会是你太敏感了？也许没什么事儿呢？”

“老师你真是太不懂我们敏感的小孩儿了，通常我们观察得都很细致的，能够发现对方小心隐藏的情绪。我爸应该是遇上什么人了，保不齐是他初恋。他有一张私藏的照片，有事儿没事儿就拿出来看看。”夏天说这话的时候，露出了心疼的神色，足以见得他和夏周的感情真的很好。

“你爸在家吗？”

“应该在家。”夏天突然觉得不对，激动地站起来，“老师你该不会是要去告状吧？我真不是故意打架，那几个人找碴儿。”

“我知道。我不告状，把老师当什么人了，我关心关心你们家情况，你爸毕竟是我同学，你毕竟是我得意门生。走吧，再晚就堵车了。”廖之雯拽着夏天往路边走。

夏天奋力抵抗："我什么时候是你得意门生了，我语文不及格好几次。"

"你还知道自己成绩不好，我要是你这会儿就乖乖闭嘴，别提醒我你语文不及格的事儿！不然我很可能忍不住问问你爸，这孩子考不上高中怎么办。"廖之雯连拉带拽把夏天拽上了出租车。她感觉最近没有白和景然一起锻炼，这力气是越来越大了。

尽管夏天有一百个不愿意，也刷卡让廖之雯上了电梯。

早上九点半，电梯门打开，门口站着一男一女。男的照旧是西装革履、衣冠楚楚的样子；女的身材惹火，长发及腰，黑色鱼尾连衣裙。两个人抱在一起，纠缠不清的样子。

那男的廖之雯太熟悉了，前未婚夫，现干外甥，汪徵。她在看见这一幕后，火速地捂住了夏天的眼睛，拉着他往外走，给要进电梯的两个人让路。然而那两个人仿佛没长眼睛似的，还横在门口。

无奈之下，廖之雯说了声："借过一下。"

正跟人纠缠不清的汪徵听到这声音以后浑身一个激灵，他推开挂在自己身上的那个女人，终于看见了廖之雯。

夏天被捂着眼睛前行，十分不解，还挣扎了一下："老师你干吗？"

"小孩子看到要辣眼睛的。"廖之雯催促着他快走。

"雯雯，你别误会！"汪徵试图去找廖之雯解释，却再次被那个女人缠住了。

廖之雯余光一扫，两人又抱在一起了，这成何体统。她摇了摇头，让夏天开门。

汪徵眼看廖之雯要进邻居家的大门了，他内心升腾起一阵烦躁和焦虑，再也顾不得什么绅士风度，一把推开纠缠自己的女人，往邻居家门口走去。

“哎呀，汪总，咱们的合作还没谈好呢。”女人再一次抱住了汪徵的腰，她可不管什么脸面不脸面的，她今天起个大早过来蹲汪徵，就是要谈成这个合同的。

这女人就像一帖膏药一样，粘在了汪徵的身上，手脚并用。汪徵简直要被逼疯了，他压抑着心中的怒火，恶狠狠地对那女人说：“好！合作！笔拿过来！我现在就签字！”

女人火速拿出笔来，翻开合同，汪徵签下自己的名字，力度大得把纸都写破了，可见他的愤怒。女人拿着合同乖乖松手：“我去您公司等您盖章哈，谢谢汪总，汪总加油！”

汪徵用几秒钟搞定了这个女人，廖之雯那边刚打开门，汪徵一个箭步过去，手撑在门框上，阻止廖之雯关门。

“你有事？”廖之雯平静地问。

“刚刚都是误会，我今天早起要上班，那个女人不知道怎么知道了我家的地址，来堵我签合同。她是和公司有业务往来的一家公关公司工作人员，合约到期，逼着我续约。我今天也是第一次见到这个女人，我们真的没有什么关系。”汪徵急忙说道。

“哦。”廖之雯茫然地看着他。

“哦是什么意思？”汪徵皱着眉问。

“就是我听到了的意思。”廖之雯急着关门。

汪徵强行把门撑开了，瞪着眼睛激动地说：“你不相信我？”

“我信我信。”

“你这语气明显不相信，我真的和那女人第一次见面，真的只是合作关系，她就是圈内出了名的脸皮厚。我和她真的没关系，你怎么就不信我呢？”汪徵情绪越发激动了，他甚至想把廖之雯拉出来，和她好好说说，表明自己的清白。

廖之雯感到莫名其妙，她是个来家访的老师，堵在人家门口像什么样子。她耐着性子说："我这个人嘴严，我不会说出去的，更不会告诉你的家人，尤其是楚境。你放心吧，我可以关门了吗？"

"廖之雯！"汪徵突然拔高了声调，"我都说了，我不认识那女人。"

廖之雯彻底被他给说烦了，她扭头对学生夏天说："去叫你爸爸，老师处理点儿私事。"

夏天强行被赶走，没了热闹看。

廖之雯用力推了一把汪徵，大骂一句："你有病啊？你俩认不认识和我有什么关系！你再赖着不走，我真给你亲妈，我干姐姐打电话了！"

说完，她用力地把门关上了。

汪徵碰了一鼻子灰，他内心十分愤慨，女人心海底针啊！

没一会儿，秘书打来电话询问那个合同的事情，汪徵语气不佳："盖个屁章，我写的就不是我的名字，让那女的按正常流程来！"

汪徵扯了扯领带，回家待着了。他不太甘心，一直盯着墙。这堵墙的后面就是邻居家，廖之雯就在里面。邻居家里还有个和廖之雯年纪相仿的男人，他越想越觉得烦闷。他像是着了魔一样，把耳朵贴在墙上，企图听到隔壁的声音。

但是听了许久隔壁也没声音，也不知道是什么也没发生，还是他这房子隔音太好了。

汪徵的心里好像有蚂蚁在啃咬，他不清楚自己为什么这样，这和过去的他大相径庭。他有点担心自己是不是得了什么心理疾病，不然怎么能做出如此有辱斯文的事情。后来，他就坐在门口，如果廖子雯离开，他能第一时间知道。

隔壁房间里，夏周得知廖之雯来了，匆忙起床，给廖之雯倒了杯水，不修边幅的样子，倒是有几分像少年时代的他了。

廖之雯开门见山："想让孩子出国？"

夏周很诧异，他看了看夏天，夏天故意别过脸。

"你先回房间。"夏周对夏天说。

夏天看了看老师，又看了看爸爸，乖乖回房间去了。

廖之雯翻出手机里存放的成绩单给夏周看："夏天学习成绩一直不太好，但是脑子很聪明，现在才初二，课程都还不太难，努努力还能追上。他踏踏实实的，还是可以考上重点高中的。我对我的学生有这个信心，你呢？"

"夏天的亲生父亲联系我了，想把孩子要回去。"

"那你怎么想？"

"我的确没什么时间照顾他。"

"孩子怎么想？"

"或许会觉得我要抛弃他吧，这小子很敏感。"

"你知道他敏感，还不赶紧表个态？"廖之雯一下就急了。

夏周似乎很疲惫，捂住脸做了个深呼吸："我昨天见到楚境了。"

廖之雯一愣，这事儿她知道，但是干吗突然提起这个，他们不是在聊孩子学习的问题吗？

廖之雯不算迟钝，隐约觉得，夏周这情况有点不太对。她又一联想夏天的话，夏周在怀念初恋，难不成之前夏周撒谎？他其实是喜欢楚境的？

廖之雯仔细琢磨了一下，才开口问："你重新回到这个城市，难道没想过会见到楚境？我们可都在这儿土生土长的。"

夏周很挫败地笑了："想过，也不敢想。昨天还见了她男朋友，对她很好。"

这说的是小尹总？廖之雯觉得夏周这个状态有点奇妙，这是要跟自己吐露心声，祈求帮助吗？

廖之雯几乎可以断定，夏周是喜欢过楚境的，很可能现在还喜欢，但是两人根本不合适。她也不能让他们在一起，夏周这家庭情况太复杂了，楚境肯定搞不定。她们家楚境值得更好的！

廖之雯不准备让夏周继续说下去了，于是说："小境现在挺好的，咱们还是聊聊孩子学习的问题吧。你这新手爹有什么不明白的，多问问我们老师。和夏天多沟通，孩子都这么大了，是懂事儿的。下午让他去学校上课，你俩聊吧，我先回学校了。"

夏周措手不及，还想再说点儿什么，廖之雯起身就走了。他无奈地笑了："我有自知之明。"

廖之雯穿鞋的动作一僵，也笑了笑说："别送了。"

廖之雯前脚出了夏周家的门，汪徵紧跟着就开门出来，看了她一眼之后说："这么巧，去学校吗？一起走吧。"

"不顺路。"廖之雯按了电梯，耐心等着。

"顺路，我送你。"汪徵坚持。

电梯门开了，两个人一前一后进去。

"最近好吗？"汪徵问。

廖之雯不想理他，干脆戴上了耳机，假装没听见。

电梯到了一层，廖之雯走出去，汪徵一把拉住她："雯雯，我们能不能坐下来好好聊聊？"

廖之雯皱着眉头，十分厌恶的样子："我和你没有什么好聊的，我的态度已经很明确了。"

"我们在一起那么多年，分手却莫名其妙，我希望能坐下来，一起聊聊。"汪徵的眼睛里闪烁出一丝焦虑来，他很害怕这次放手。

廖之雯还是有些不耐烦：“我想你真的是搞错了，在一起的时候都没怎么聊，分开了又有什么好聊的。汪徵，你赶紧放手，不要耽误我的时间。”

“你对我还有怨气，证明你还在乎我。”

廖之雯听到这话就笑了，她甩了一下干练的短发：“你对我来说只是个路人，而现在我们不同路。你现在所有的反常表现，都是因为你不甘，你没想到我会离开你。但事实就是如此，别把这份不甘继续放在心上，对你没有任何好处。”

廖之雯甩开了汪徵的手，走得飞快。

汪徵愣在原地，他发觉廖之雯真的变了，他好像一点也不了解她。

第十章
楚境，你很危险

有一个得力干将之后，一切变得顺风顺水。

收购实验室的事情进展特别顺利，只差公司签字盖章就可以给对方打钱了。可偏偏又在这个关键时刻出了岔子，楚境的顶头上司孙总，拒绝盖章，理由是收购这么一家小公司完全没有意义。

这种鼠目寸光的领导再一次让楚境感到暴躁，这种环境之下，她不知道自己还能坚持多久。实验室那边刻不容缓，科学家也不能饿着肚子搞研发。眼看这件事拖了一个星期，楚境万般无奈之下决定，这钱她自己出了！

楚境在家清算自己财产的时候，眼泪都要落下来了。她这些年业绩不错，除了几处房产和车，存款还有不到两百万。这点钱杯水车薪，想搞研发是远远不够的。最后她咬了咬牙，卖掉了两处房产，勉强凑了一千万。

办好了一切手续，她是这家小公司的最大股东了。

在注资之前，高群反复让她确认是否要这么做，这些钱可以算是她的全部身家了，科研产业回报不可预估，也许会血本无归，也许会成为爆品。

这些话楚境其实反复问过自己了，她知道这个事情未必能成功，但是此刻不得不做。人这一生，总得做一件义无反顾的事情。

“确定吗？那我转账了？”高群又一次问。

楚境快哭了：“我求求你了大哥，就别再凌迟我了，赶紧打钱！”

孔老师的实验室正式成了一家小公司，楚境给这公司改了个名字，叫“扶摇”，她希望有朝一日，科技的力量可以扶摇直上九万里。

“你的理想抱负我完全支持，但是你想过没，你这就算从事其他工作了，和咱们集团的业务还有联系，我怕有人会做文章。”

高群的提醒是正确的，公司的确有员工不得从事第二职业的规定。但现阶段楚境也没有别的办法，只好走一步算一步。

“我会小心的。”楚境笑了笑。

“真要有什么意外，你离开未来集团了，那我也不会留在这里。”高群说。

“高群……”楚境激动又感动，“我没想到你这么仗义，愿意跟我去……”

“我就跳槽去其他公司了，好些个大公司挖我呢。”高群贱贱地笑了。

楚境哼了一声：“我这眼泪白流了！”

“鳄鱼的眼泪。”

“乌鸦的嘴。”

两个人互相嫌弃了一下，各自去忙工作了。

实验室目前的负责人是个研究生，叫郝明，也是孔老师带出来的学生，带着另外几个同学一起。技术已经成型，只差大量的实验和投入生产。显然大规模的生产对他们这家小公司来说几乎没有可能，楚境还得想办法融资。

她的大部分精力都放在了扶摇这家小公司上，未来集团每天去点个卯就离开。渐渐地，她更喜欢这没有几个人的小公司。她亲自招聘了个阿姨，照顾这四个人的饮食，除了办公室和实验室，还租了个宿舍给他们。

尽管年纪相仿，楚境却一口一个“那孩子”，俨然成了他们的家长。另外，她还找了个靠谱的行政，帮着打理一些公司的杂事。这个靠谱的行政就是在家闲了好久的景然，她像模像样地还给自己做了个工牌，纪念自己成了白领。

楚境忙得风生水起、不亦乐乎，尹霈祁的日子就没那么好过了，他在三个月前签下的那份和未来集团的合约，转眼就到期了，汪徵天天逼着他解约。未来集团至今都没有拿出更加成熟的方案，但是他们的智慧科技设备却不能再等了。

事业上失意，情场也失意。尹霈祁在叶远信的店里买醉，长叹了一声：“还有比我更惨的吗？”

“新出了AJ限量款，给你来一双？”叶远信安慰道。

尹霈祁抬了抬眼皮说：“没兴趣。”

叶远信仿佛听了个爆炸性的新闻，整个人都精神起来，浑身的毛孔都散发着八卦的气息：“怎么了你？这可不像你啊，你不是爱鞋如命吗？为谁不爱鞋了？为楚境？你俩到什么阶段了？”

尹霈祁翻了个白眼：“你好歹也是个总裁，怎么跟个八婆似的。”

叶远信也不生气，嘿嘿一笑问：“拉过手没？”

尹霈祁想起孔老师葬礼那天，楚境把他从悲伤里拉出来……他红着脸点了点头。

叶远信来精神了，两只手握起来，指尖互相碰触，问：“亲过没？”

尹霈祁不自觉地舔了一下嘴唇，“嗯”了一声。

叶远信笑了起来：“可以啊你！楚境可是出了名的不好

追，没听说谁成功过呢。迄今为止，你是第一人了！”

“她追的我。”尹霈祁骄傲地挑了挑眉。

“这就是你的不对了，也不带出来介绍给大家认识认识。”叶远信说。

“认识什么？大家是谁？”尹霈祁一脸茫然。他是第一次有喜欢的人，自然不知道这其中奥秘。

叶远信一脸“你这就不懂了”的表情：“楚境这几天不理你，肯定是工作不顺利。我听说未来集团那个孙总特孙子，处处针对她。你还不赶紧组个局，把咱们这圈朋友都叫上，也好让大家做生意的时候照顾照顾楚境。”

尹霈祁回忆了一下这圈朋友，好像都是继承了老爹生意的啃老族，在公司里说得上话。要是介绍给楚境的话，那她就不用那么辛苦谈生意了。尹霈祁想起之前爬山，楚境那么不爱运动的人，为了签个合同，还去翻山越岭的，真是让人心疼。

“行，明天周六，我做东，你帮我把人都叫上。”尹霈祁顿了下又嘱托了一句，“叫那种在自己公司说得上话的，最起码职位副总以上。”

叶远信一听差点没笑喷了，小尹总这饭局门槛不低。

“行，交给我吧。”叶远信答应道。

尹霈祁立刻来了精神，叫司机开车去找楚境。

叶远信打个电话的工夫，扭头发现尹霈祁已经不见了，他愣了两秒钟，看了看桌子上尹霈祁点的餐饮，怒斥道：“你能不能把单买了！”

尹霈祁的司机好说歹说，才成功进入未来集团大厦的地下停车库，绕了好几圈，找到了楚境的停车位，就把车停在楚境车旁边，等着楚境下班来开车给她一个惊喜。

虽然司机也不知道这有什么好惊喜的，但老板愿意，他也没别的办法。司机看了一会儿，总觉得楚境这车眼熟。

“去帮我买两杯奶茶，我听说女孩儿都喜欢。”尹霈祁说道。

司机下车去买奶茶，离开了停车场，尹霈祁自己躺在后座上，给楚境发微信：“下班了吗？”

迟迟没有得到回复，尹霈祁也没气馁，他习惯了。

没多久，电梯门开了，楚境从里面走出来，穿着藕粉色的职业套装，长发随着她的步伐甩来甩去。尹霈祁看着楚境开始傻笑，这么老土的颜色，楚境穿起来怎么如此好看呢？

楚境一手拿着电话，一手拎着包，里面装着她的笔记本电脑，还有几份没看完的文件。

“真的？那什么时候可以出版啊？好好好，太棒了，不愧是我们家雯雯！”楚境边走边说，谈笑风生的样子。她拜托廖之雯帮忙出版的那本孔老师的书终于有了眉目，虽然印量少了点，但总归是没有埋没心血。她走到自己的车跟前，余光一扫，看见旁边停了一辆劳斯莱斯。

这绝对是这停车场里最贵的一辆车，她以前怎么没见过呢？她有点纳闷，再一看，这车停得离自己的车太近了，她车门都打不开。她绕到车前面去，没有挪车电话。她觉得有点不爽，她怎么上车，再刮了人家的车可怎么办？

她尝试着开了一下车门，果然是上不去的。她叹了口气，这车主不是害人嘛！

尹霈祁在车里看着楚境来回转悠，这是在干吗呢？

没等到尹霈祁下车，司机买奶茶回来了。

楚境注意到有人过来，直接问：“你的车吗？赶紧挪挪，我的车都开不出去了！”

司机看着眼前的人，忽然想起为什么觉得这辆宝马看着如此眼熟了。几个月前在环线上，他追尾的就是这辆车。

显然，楚境也想起来了：“又是你！我可还没上车啊，你这车我没碰啊！”

尹霈祁不太清楚外面发生了什么，也没注意旁边的情况，直接开车门下车，“刺啦”一声，把楚境的车给刮了。

“碰瓷呢？”楚境一声暴怒，她就感觉今天不太寻常，这劳斯莱斯果然来者不善。

当她说完这句话，一扭头看见了尹霈祁站在那里，她又看了看司机，愣了一会儿问：“你的车？”

尹霈祁咧嘴一笑：“我来接你下班。”

司机心疼地去看了看因为他老板眼瞎开车门不注意而碰掉的漆。

楚境也反应过来了，赶紧去看看自己的车，毫发无伤，再一看劳斯莱斯掉了块漆，她脸上又浮现了笑容。

“咱们走吧，一起吃晚饭。”尹霈祁兴冲冲道。

“那我车怎么办，我明早还得开呢。”楚境说。

尹霈祁一想也对，于是说：“我司机开你的车，给你停你家楼下去。”

楚境想了想，孔老师遗作出版的事情也得跟尹霈祁说说，这顿饭是得去吃，于是她把车钥匙给了尹霈祁的司机，告诉了他地址。

司机把两辆车挪了一下，然后开走了。楚境忽然想明白了一件事，尹霈祁不会开车！

“走啊！”尹霈祁催促。

楚境都气笑了：“你来接我，还得让我开车？这算哪门子接我？”

对哦！尹霈祁陷入了沉思，内心天人交战了一番说：“那我去考个驾照吧，以后我自己开车。”

“别了，我来开吧。你这车，不适合自己开。”楚境叹了口气，算了算了，谁让他是甲方呢。

正开着楚境的车飞驰的尹霈祁的司机，突然打了个寒噤，他不知道怎么了，突然觉得心慌，仿佛是要失业的预感。

两人上了车，尹霈祁坐在副驾驶上，这还是他第一次坐在这辆车的副驾驶上，端着两杯奶茶，看着楚境开车。

楚境也是第一次开这么贵的车，多少有点紧张。

尹霈祁看出来了，安慰道："没事，有保险。"

楚境深呼吸了一口气说："走了啊！"

"走吧。"尹霈祁一脸傻笑地看着楚境。

从地库出来，上了主路，下班高峰期，原本还有点拥堵的道路，因为开着这辆豪车，旁边的车都跟他们保持了距离，毕竟大家都怕剐蹭。

楚境逐渐放松下来，尹霈祁举着奶茶送到了楚境的嘴边，楚境躲了一下："什么啊？"

"奶茶，尝尝。"

楚境腾出一只手要拿，尹霈祁躲开了："我帮你，你专心开车。"

楚境无奈，只好让尹霈祁喂了一口奶茶。

"好喝吗？"尹霈祁兴冲冲地问，在线求表扬的样子。

楚境"嗯"了一声说："还行。"

"你喜欢，我把这个店买下来。"

楚境差点没喷，尹霈祁赶紧抽了纸巾给她擦嘴。

"小尹总，别买了。"

"为什么，你不是喜欢吗？"

"那买奶茶就好了，为什么要买店？"

"这样你喝奶茶的时候不用排队。"

楚境叹了口气，太"壕"了。

“喜欢也不一定要买店的。”楚境说。

尹霈祁更加不解了：“喜欢为什么不买？我们能遇到真正喜欢的东西少之又少，既然有就一定要拥有。不光是东西，对人也是，不能错过。”

楚境一脸茫然，这是刚被谁洗过脑？

楚境赶紧路边停车说：“到了，小尹总。”

尹霈祁抬头一看，炸酱面，真新鲜。

这家炸酱面是个老店，雕花的四方桌，板凳比一般凳子要高。店里还挂着红灯笼，服务员一身店小二的打扮，见人就高喊一声，客官里面请。

尹霈祁觉得新鲜，就跟刘外婆进了大观园一样，四处看。别人也在看他，毕竟他长得好看。

楚境有点受不了他走路慢吞吞，她等会儿还有事儿呢，于是拽着他往里走，落座在靠墙的桌子前。

尹霈祁心里突然就美了，心想，又趁机牵我手。

“你有忌口的吗？”楚境问尹霈祁。

尹霈祁摇了摇头，楚境对服务员说：“两碗炸酱面套餐，再来两瓶北冰洋，要凉的。”

服务员走后，楚境电话又响了，景然打过来的，跟她说那边公司的事情。楚境跟景然聊起来就没完，尹霈祁都没机会开口说话。终于等到她打完电话，炸酱面套餐也来了。

楚境拿出筷子，说：“吃吧。”然后就开始低头拌面，丝毫不顾形象大快朵颐。

尹霈祁愣着没动。

楚境余光一扫，抬头问他：“你怎么不吃？是不是不合胃口？”

尹霈祁说：“我不吃胡萝卜。”

炸酱面配菜里有一份胡萝卜丝，楚境换了双干净筷子："我帮你挑出来。"

几下工夫，胡萝卜丝都进了楚境的碗里，她冲尹霈祁一笑说："好了，吃吧。"然后继续看手机。微信响个没完，她不得不一边吃饭一边回信息，眼睛就没再抬起来过。

尹霈祁还是没动那碗炸酱面，盯着楚境看，她也太忙了。

"你怎么还不吃？"楚境发觉尹霈祁盯着自己以后，又问。

"你每天都这么忙？"

"还好吧。怎么了，小尹总？"

"心疼你，我能帮你做点儿什么吗？"

尹霈祁说这话的时候要不是一本正经的，楚境很可能就喷了。她感觉到不太自在，好端端心疼她干吗？她有很惨吗？这不是每个销售的常态吗？

"唉……"尹霈祁叹了口气，然后开始吃炸酱面，不过他是一根一根挑起来去蘸酱的，一看就是没吃过炸酱面的人。

"不是这样吃的，筷子给我。"楚境拿过他的筷子和碗，帮他拌好了面，"吃吧。"

尹霈祁学着楚境的样子，大口吃面，边吃边看着楚境笑。

把楚境笑得不知所措，小尹总今天脑子有问题？

"对了，孔老师那本书，我找到出版方了，大概明年1月份能出版，但是得签个出版合同。孔老师还有直系亲属吗？"楚境问。

"好像有个侄子，这件事交给我吧，合同回头你发给我。"尹霈祁说。

"还有点稿费，对方挺认可孔老师的学术理论的。你也要和孔老师侄子沟通好哦，以后不要有什么纠纷。"楚境说着吃完了最后一口炸酱面。她很怕一家人因为钱的事情撕破脸，幸亏孔老师在实验室没有实际股份，不然日后也可能会带来麻烦。

“放心，我让汪徵去办。”尹霈祁说道。

楚境“哦”了一声，那她就放心多了，汪徵这个人鸡贼得很，基本上不会出错的。

“孔老师的那个小实验室，融资怎么样了？收购还顺利吗？你们公司没人为难你吧？”尹霈祁关切地问，因为这公司太小了，外头也查不到什么消息。

“都搞定了，我自己注资了。”楚境微笑了下，颇有些无奈。

尹霈祁皱了皱眉，公司有人为难她。楚境一个女孩子，也没什么背景，能有多少钱。他更加心疼地说：“你怎么不和我说，我也可以投资的，我现在叫人打钱给你，账户是多少？”

尹霈祁说着就把手机拿出来了，准备给集团的CFO打电话。

楚境赶紧按住他的手，毫不留情地提醒：“你那八位经理人没签字，钱打不出来的。”

尹霈祁：“……”我这个总裁当得真憋屈！

“我自己想想办法吧，就汪徵那个唯利是图的人，肯定不会同意的。你的好意我心领了，融资这点儿小事难不倒我的。”楚境叫来服务员买单，尹霈祁还没有吃完，她收拾好了，看着他，“没事，你慢慢吃，我还有点时间。”

尹霈祁忽然想起明天组的局，应该会对楚境有帮助，正打算说，就看到她又接了个电话，好像是发生了什么事。

挂了电话，楚境说：“抱歉啊小尹总，我有点急事，不能送你了，你打电话叫你司机来接你吧。”

说完她仿佛足下生风，转眼之间就不见了。

尹霈祁的邀约还没说出口，这女人到底是什么做的，穿高跟鞋也可以跑这么快！

算了，只能给她打电话了，尹霈祁想。

但楚境这个电话一直打不通，也不知道她到底在跟谁通话。等到好不容易打通的时候，他已经坐上回家的车了，楚境那边还有点吵。

“明天下午有个聚会。想介绍几个朋友给你认识，一定要来啊，地址我发你手机上了。”尹霈祁叮嘱，满怀期待。

楚境在实验室里准备看实验成果，她的心情非常激动，其实根本就没有听到对方在说什么，满口答应了。

“好好好，是是是，没问题没问题！”楚境说完就挂了电话。

尹霈祁抱着手机美滋滋，问司机：“你听听，我就提了一个要求，她三重肯定，太重视我了。”

司机：“……”

扶摇办公室里，楚境看着郝明给她演示新研发的小玩意儿，是个感应充电宝，一定范围内可以感应充电，完美解决了边充电边玩手机的不便。

“太棒了这个，郝明你们几个真厉害。”楚境看着这东西，觉得科技真有魅力。

郝明不太擅长和人打交道，听到夸奖红了脸。

楚境看了看这充电宝又说：“就是这造型太丑了。这样，我们找个外观设计师，做两种设计——一个针对女孩儿，走可爱路线；一种针对男性客户，做简单酷炫一点的。”她顿了下又说，“这东西加个外壳，应该还可以用吧？我不太懂这些，如果想法脱离实际，你直接跟我讲就好了。”

“选择金属材质的就可以了。”郝明回答。

“太好了！”

“我妹妹应该可以做这个设计。”郝明说。

“那好，按照行规给她算设计费。我去联系个模具厂，打个样出来。”

“不用了。实验室的小赵可以做。”郝明推了推眼镜，缓缓说道。

这无疑又给了楚境一个惊喜，她这小公司里真是人才辈出！

第二天中午，楚境被电话给叫醒了，是郝明打过来的。

“做好了？这么快？我马上去公司！”楚境跳下床，带着无比的惊喜和期待，换衣服出门了。

“我跟你一起去。”景然在后面追上了她。

楚境做梦也没想到，这群技术宅，居然只用了十几个小时，就把她的需求完成了。

来到公司后，楚境对这两个新产品分外满意。

“这得庆祝庆祝，公司的第一个产品。”景然直接用充电宝给自己的手机开始充电了，果然神奇。

楚境爱不释手，说：“你们几个一夜没睡吧？要不要休息一下，然后给你们庆功？”

“谢谢楚总。”

“直接去庆功吧，我看这几个孩子激动得也睡不着。我去订包房。”景然几分钟的光景便安排好了饭店，两辆车载着小公司里的这些人，出发了。

高群也被楚境给叫来了，两个人商量着后面投入生产的事情。廖之雯下了托福的课，也过来凑热闹。

郝明代表所有科研人员，给楚境敬了一杯酒。那种郁郁不得志，终于被人赏识的感慨，让他红了眼眶，他又不善言辞，最终只说了句：“谢谢，我们不会辜负你的。”

楚境和景然特别开心，喝多了几杯，抱在一起痛哭流涕，就像是自己养了多年的孩子终于有了出息。

这边热闹非凡，尹霈祁那边就没这么好过了。

他包了整个图宁市最豪华的私人会所，叫来了二十个总裁和副总裁。图宁市有头有脸的商人基本上都来了，那场面堪比某大型培训中心搞的总裁班。

一干人等从下午等到日暮，也没见小尹总要介绍的人来。

尹霈祁急得不行，他给楚境打了上百个电话，楚境就是没接。

叶远信为了控制住局面，一直在人群里周旋，脸都笑僵了。

他端着高脚杯过来问尹霈祁："你真和你女朋友说好了？她到底来不来了？"

"来来来，她和我说好的，肯定是出了什么事情了。"尹霈祁开始担忧，楚境到底怎么了？他给汪徵打了个电话，"你看看你表妹是不是遇到什么麻烦了，我有点担心她。"

汪徵在听到"你表妹"这个称呼的时候，感觉到了浑身不适，但这无疑给了他一个可以联系廖之雯的完美借口，所以欣然答应了。

叶远信又来问了他一遍，尹霈祁皱着眉说："开饭吧。"

"不等楚境了？"叶远信问。

"你陪大家吃，我去看看怎么回事儿。"尹霈祁离开了会所。叶远信气得半天没缓过来，在心里骂了无数句脏话，但是又无可奈何。

汪徵联系上了廖之雯，终于知道她们在干什么了，又给尹霈祁打了电话，两个人一起去了楚境开庆功宴的饭店。

一进门，酒气熏天，地上的啤酒瓶可以把人埋起来。楚境还和景然抱在一起，聊人生理想，畅想未来，廖之雯也喝醉了，站在凳子上用英文演讲，其他几个科研人员全都傻眼了，不知如何是好。

全场清醒的也就只有高群这么一个人，但是他被拉来拉去，所有人都让他听自己的理想。虽然他很想走，但是走不了。

在见到尹霈祁和汪徵突然出现以后，高群像是见到了救星，他抓住二人的胳膊说："你们可算来了，帮帮忙吧！"

"你们干吗呢？"尹霈祁黑着脸问。楚境放了他鸽子，居然和五个男人在这喝酒！昨日的承诺仿佛是个笑话，他最讨厌被骗了！

高群哭丧着脸说："实验室出了个新产品，马上可以投放生产了，来庆功呢，结果就这样了……"

尹霈祁一听庆功更生气了，再一看，有个研究员一脸崇拜地看着楚境，那个戴眼镜的男生莫不是情敌？他那个局也很重要啊，她怎么就抛之脑后了呢？

那边，楚境大着舌头地对景然说："你等着看吧，这图宁市的电子产品，马上就是我的天下！老弟你相信我！"

景然接连点头："最起码全国！"

"对！我志不仅仅在图宁市！"

尹霈祁和汪徵面面相觑，汪徵没忍住笑着说："小尹总，你们家要被取代了，你听见了吗？"

"你把单买了，回公司报销。"尹霈祁黑着脸说完，过去把楚境和景然分开了，然后抱起楚境，对尚存理智的高群说，"剩下的人你安置一下，别再喝了。"

"我还能喝！"楚境醉醺醺地说完，打了个酒嗝，喷了尹霈祁一脸酒气。

“好好好，带你去拿酒。”尹霈祁叹了口气，抱着楚境离开了。

图宁市的秋天不知是从哪一秒开始的，仿佛昨天还烈日炎炎，今天就已经凉风习习。走在无人的街道上，夜风吹过，身上起了一片鸡皮疙瘩。

尹霈祁背着楚境，楚境身上是尹霈祁的西装外套，后面跟着他的劳斯莱斯，司机缓缓地开车。

上一秒，她号叫着车上有味道，实在忍不了。尹霈祁只好下来背她走，车上的确有味道，她刚刚吐的。

“我跟你说，干销售就得把尊严揉碎了，扔地上，自己先踩一踩。等到你习惯了这种感觉，别人无论怎么践踏你，你都没感觉了。咱们这个新产品，我有信心，一定能大卖起来，我可是最不要脸的销售。”楚境咯咯咯地笑起来，前仰后合的。

尹霈祁赶紧抓住她，怕她从自己的背上掉下来，也怕衣服掉下来，她走光。

“好好好，知道你最厉害了。别乱动好不好？”尹霈祁往上颠了她一下，叹了口气说，“这都什么天儿了，你还穿短裙，上次穿的那套长裤的职业装不挺好看吗？”

“干了这杯，咱们一起大展宏图！”楚境大喊一声，做了个超人起飞的动作，差点从尹霈祁背上翻过去。

尹霈祁只好放下她，扶着。

楚境就像没骨头一样，把自己整个人的重量靠在尹霈祁身上，笑呵呵地问：“你见过烤鸭吗？”

“什么？”尹霈祁以为自己听错了。

“我给你表演一个。”楚境踮起脚来，把自己的下巴搭在尹霈祁的肩膀上，然后全身就不再出一点力气了，拍拍尹霈祁说，“你看，像不像？”

尹霈祁抱住她的腰，笑着说：“像，但是我们不表演这个了好不好？我怕你窒息。”

楚境不肯，摇了摇头。

尹霈祁只能抱起她，他的手托着楚境，她的两条长腿钩住他的腰，他怕她再次走光，只能蹲下来把衣服捡起来，裹住她。这一蹲一起，要是一般人估计就倒下了，好在他经常健身。

楚境就像个树袋熊似的，抱着尹霈祁。她把头靠在他肩膀上，温热的气息一直吹着他的耳朵。

没一会儿尹霈祁就受不了了，他感觉到了浑身燥热，他正视楚境，用不容商量的语气说：“不许再冲我吹气了！”

楚境点点头，然后打了个酒嗝。

尹霈祁拿她一点办法也没有，只能看着她傻笑。

天色渐晚，楚境却没有要停下来的意思，让尹霈祁一直走。司机却不能任由这样发展下去，停了车过来提醒：“小尹总，凌晨三点了，是不是该回去了？”

尹霈祁脸上带着甜蜜的笑容，摇了摇头说：“没事。”

“要不把楚小姐放下吧，您应该累了，太重了。”司机建议道。

尹霈祁瞪了他一眼：“你懂什么。小境可爱得很。”

司机看着那个睡相不佳、流着口水、头发乱糟糟的女人，哪里可爱了？这世间哪有什么情人眼里出西施，只是他们选择性眼瞎罢了。

但秋天的夜里到底是冷的，尹霈祁最终还是带着楚境去了酒店。不过一放下她，她就会哭闹，真像个小孩子一样。尹霈祁就这么抱着她直到天明，偶尔会站起来走几步，大多时候就是这么温柔地看着她，听她呢喃。

她声音太轻了，等他足够靠近的时候才听清她叫了个名字，楚越。

他不知道是哪两个字，可能是男的，也可能是女的。

尹霈祁陷入了沉思，做梦都叫的名字，应该对她来说很重要吧？得查查！

某高档公寓里，汪徵衣不解带照顾着廖之雯。他以前从不知道，廖之雯喝醉是什么样子。她变得十分闹，一点文静的影子也看不见。她自从进了家门，就没有一刻停歇，在房间里穿梭，拉着汪徵捉迷藏。后来就给他背单词，背了上万个。再后来从天文到地理，给他讲课。

起初汪徵觉得她有点闹，他有义务让她冷静下来。后来听她讲得越来越多，他开始欣赏。如果不是这次醉酒，她是不是永远不会让他知道，她的心里有星辰大海，她有这么渊博的知识。

第二天上午十点，尹氏集团有临时工作要处理，尹霈祁来上班了，身后带着司机，黑眼圈很重。

汪徵也来上班了，整个人憔悴得不行。

两个人坐了同一部电梯，对视一眼。

“昨天楚境折腾了我一晚上。”尹霈祁活动了一下腰，甩了甩腿。哄了一晚上孩子，抱着她手臂都酸了。

已经搞定了？小尹总这么厉害？汪徵想，自己不能输！

汪徵咳嗽了一声说：“我和廖之雯也折腾了一个晚上。”

“哦，够辛苦的了。”尹霈祁扶着腰，“我还是头一次知道，这玩意儿这么累。”

汪徵警铃大作，扭头看向尹霈祁：“您不用跟我说细节。”

“哎呀，怕什么，大家都是男人，谁还不懂？”尹霈祁想起昨天晚上照顾孩子的经历，突然想吐吐苦水，“我跟你说啊，我就这么抱着她……”

汪徵瞪大了眼睛，猛地按了一层电梯，正巧门开了，他火速离开，丢下一句：“我还有事。”

尹霈祁看着他狂奔而去的背影，又扭头看了看司机，不解道：“汪徵怎么了？今天有点怪怪的，他跑什么，不都是照顾醉鬼吗？我就想跟他交流一下经验。”

司机犹豫了一下说：“恐怕你们两个人的经验不太一样，还是不要交流了。”

电梯门关上了，电梯缓缓上行，到达总裁办公室楼层的时候，尹霈祁突然想明白了，大骂了一声：“流氓！”

上午十点，楚境蹑手蹑脚地打开了家门，生怕被别人发现她一夜未归。她手里提着鞋子，在自己家里做了一回贼，正准备溜进卧室，突然听到景然的声音响起：“昨天晚上干吗去了？”

“我加……”不对，她们昨天一起喝的酒，说加班没人信，她憋了一会儿说，“融资。”

“楚境，你很危险。”景然警告。

话音未落，大门再一次打开了，是同样鬼鬼祟祟、蹑手蹑脚的廖之雯。

“昨天晚上干吗去了？”楚境先发制人。

“我加班……”廖之雯也一顿，一起喝的酒加什么班，她脸不红心不跳地改口，“背单词去了。”

楚境“扑哧”一声笑了出来。

景然痛心疾首：“你们两个，是不是跟男人约会去了？男人的嘴不能信，我就是前车之鉴啊！单身一时爽，一直单身一直爽，你们可千万不要被男人给骗了！昨天晚上我但凡是还有点神志，我都不能让尹霈祁和汪徵带你们走。”

“我有分寸，什么也没发生，我保证！”楚境对天发誓。

廖之雯也跟着发誓了，景然这才算完。

廖之雯忽然想起：“可是前几天你不还说，要做渣女，谈十个小哥哥？”

景然又板起脸来：“咱们仨根本就不是那块料，小心别被男人骗了，我就是前车之鉴啊！谈恋爱一堆麻烦事，结婚更是麻烦，现在《婚姻法》都保护男性，我们女性弱势群体，到时候出了事可怎么办，要擦亮眼睛啊！”

“放心吧，我肯定不会再和汪徵有什么瓜葛的。我打算下周辞职了！我要专心考试！准备出国留学！姐妹们，祝福我吧！”廖之雯终于下定了决心，未来的日子没有多久了，要更加珍惜才是。

姐妹三人抱在一起互相鼓励了一番，楚境却始终心不在焉。

尹霈祁可以相信吗？爱情又到底是个什么玩意儿？她为什么隐约觉得，自己有些渴望了呢？被他细心呵护，被他捧在手心，那种感觉难道不是开心吗？

第十一章
她辞职了

金秋九月，未来集团发生了一件大事。

金牌销售楚境正式递交了辞呈，联席CEO孙总尝试挽留过她，但是最终没能成功。

没错，她那个干啥啥不行、吃啥啥不剩的顶头上司，孙总升职了，坐上了楚境梦寐以求的位置。身为姐夫的董事长还非常贴心，从其他公司挖来了一位COE，帮助小舅子一起管理公司，实际上是帮孙总扛雷的。

楚境在得知这一人事变动的时候，内心已经如一潭死水。多年的努力白费了，她好像也没有特别难过，仿佛这是可以预见的结果，董事长从来没有真正许诺过她什么。她明白了，不是自家人，在这里做得再出色也不会有什么结果。她笑了，扭头就提出辞职。

孙总为她的离开落了几滴鳄鱼的眼泪，上演了一出情深义重。楚境用毕生的演技陪着孙总演了最后一出，然后离开了公司。

她抱着东西去一楼归还门禁卡，然后去停车场。

这一幕场景太熟悉了，之前她在电梯里遇见的那位姓王的总经理，也是这么离开的。

那时候总经理说了什么？

楚境你在这里屈才了，可以随时来找我。

说得对，她在这里屈才了，但是她谁也不找。

楚境把东西放在车上，汽车启动的一瞬间，她的电话没停止过，都是各大公司打来挖她的。她是个人才，但是她从今以后要给自己打工。

“抱歉，我决定创业了，以后常联系。”楚境回复。

楚境去了扶摇这家小公司，把纸箱子往前台桌子上一放，在这儿兼职的景然还以为是快递来了，在看见楚境的时候惊讶道：“上班时间你怎么跑来了？”

“对啊，上班时间，从今以后，我在这儿全职了。”楚境笑着说完，搬着东西往里走。

景然赶紧起来跟着她：“真辞职了啊？”

“当然！”

“那我给你收拾一下办公室。”

楚境钩住景然的脖子说：“从今天起，咱们正式创业！”

当天下午，楚境正在公司擦玻璃的时候，高群到访，同样也抱了个纸箱子，也是辞职标配。他颇为嫌弃地看着楚境这一身保洁的打扮：“总裁亲自打扫卫生？这公司有前途吗？”

楚境笑了起来：“你当副总就有前途了。”

“那行吧，我勉强加入。”高群也分了块抹布，挑了个工位给自己，然后开始擦桌椅。

没多久，楚境接到了她之前那个小助理的电话，一顿哭诉，楚境无奈地听完了。最后，小助理说：“楚总，我要去您那儿，继续给您当助理！”

楚境笑了：“你不怕我了？”

小助理：“我听说高群也去了，所以我也想过去。楚总，我跟了您这么长时间了，也是有感情的。”

楚境真的考虑了一下，然后说：“我这公司小。”

“我不介意！”

“创业期间，钱要花在刀刃上，所以不会请很多人。”楚境苦口婆心道。

“没关系的，我可以降薪！”小助理义愤填膺道。

见对方这是铁了心了，楚境没辙，只好说：“我觉得你业务能力不行，你要不再考虑考虑？”

“楚总！您怎么能这样……呜呜呜……”小助理说着就要哭起来了。

楚境没忍住笑了起来：“认真考虑一下，考虑清楚了再来报到，我这随时可能翻车的。”

“考虑清楚了，我要跟着楚总和高群哥！”

挂了电话，楚境开始感慨：“我平时在公司还是很有亲和力的吧，你看我助理非要跟我过来。”

正在擦工位的高群笑了：“你确定她不是为了跟着我？”

楚境翻了个白眼。

新产品的概念有了，但是要实际投入生产，甚至大规模销售，还有一个漫长的过程。公司现在也没什么资金，他们要把更多的现金留给石墨烯电池的研发上。因此楚境和高群想了一个办法，先定制，然后再批量生产。也就是说，要先找好买家。

两个人带着这个新产品，主动出击，开发客户去了。

但效果没有预期的好，过去认识的那些大客户，对这种小产品不太感冒。一些小客户量太小，又比较保守，加一起的量还不够生产开机的。再加上听说是定制，而没有现货，小客户也有些犹豫了。

两个人竟然陷入了职业生涯当中最大的危机，这么好的产品如何卖出去呢？

扶摇的办公室里有些沉闷，楚境和高群今天决定不出去了，免得再次碰壁。小助理见两位大神都没精神，主动开始承担起责任。

没过多久，小助理在办公室尖叫了一声，差点把楚境和高群魂儿给吓掉了。

“怎么了？”楚境问。

“楚总，还记得赵总吗？”小助理眼睛放着光芒。

楚境却陷入了迷茫，她合作过的老板太多了，“赵”又是个大姓。

“就是之前要和咱们签合同，让孙总搅和了的那个赵总，您还让我给他在飞机上安排家乡菜的那一位。”小助理兴奋地提醒。

楚境有了印象，那天她开车堵在路上了，刚巧还被尹霈祁的劳斯莱斯追尾了。她记得赵总当时说，以后有机会再合作。

“难不成……”楚境顿了顿。

小助理疯狂地点头：“赵总的助理说，他们公司有兴趣！请您过去面谈呢！”

楚境和高群愣了一会儿，然后一起发出了欢呼声。

当天下午，楚境就飞了广州，找赵总谈合作去了。赵总成了他们这个新产品的独家代理商，由他来铺市场，进行销售。

赵总是个极其爽快的人，双方互让了一点利润，皆大欢喜。这几乎是楚境谈生意以来最有成就感的一次，她手里仿佛不只是一份合同，而是她创业的希望。

“小楚，我当初就觉得你个丫头屈才了，你们那个孙总真是一言难尽。”

“赵总多照顾我们一点，我们还有非常多好产品。多多帮忙啊！”

“东西好，那没话说。你送来的样品不错，后续的大货也不能差啊。”

“那是一定。”

楚境和赵总在饭局上聊得非常愉快，她喝了几杯，也许是太高兴了，所以很快上头。

回到酒店的时候，她躺在床上一动也不想动，她想，要是有人能来帮她卸妆洗脸就好了。顺便再帮她洗头发，吹头发。她的长发从床的边缘垂下来，扫在地毯上，她摸了一把头发，真是太长了，洗起来真麻烦。

她抽风似的发了个朋友圈：我真的不想再洗头了！

下面有一连串的回复，楚境没心思看，去洗了把脸，直接就睡了。她做了一夜美梦，梦里是无数的钞票围绕着她。

她睡得太香了，以至于，手机一直响她也压根儿听不到。

彻夜难眠的是电话那头的尹霈祁。

距离他们上次见面已经过去一周多了，楚境完全没有给他发过消息，就好像当他这个人不存在似的。尹霈祁听说楚境最近在找客户，但是不怎么顺利。为什么不来找他呢，或许他会买她的产品啊？

尹霈祁有点别扭，绷着没找她。她就真的不理他了，这更让他别扭。

会不会是楚境工作太忙了呢？她刚刚创业，没时间回复他也是合情合理的。

直到楚境发了一条朋友圈，他的别扭彻底爆发了！

“啊！”他大叫一声，“有时间发朋友圈，没时间回复我的消息？”

“怎么了？”尹老董事长闻声而来，例行公事一般关心自己的宝贝儿子。

“没事！”尹霈祁一脸杀气，恨不得把手机屏幕都戳漏了。

尹霈祁：“在吗？”

尹霈祁："小境，你还好吗？"

尹霈祁："你是不是不爱我了？"

尹霈祁："为什么不说话，你一定是变心了！外面是不是有别人了？"

尹霈祁："比我有钱吗？比我帅吗？比我年轻吗？"

……

石沉大海。

尹霈祁在床上打滚："为什么？"

尹老董事长看戏一样，看着宝贝儿子如此暴躁，最后出了个主意："你亲自去问问，别在家狼嚎，影响我休息。"

对，他得去见她！

叶远信说过，情侣之间，如果总不见面是会出问题的。他给齐秘书打了个电话："查查楚境在哪儿。"

上午，楚境伸了个懒腰，在阳光中醒来，她看了一眼窗外的天气，广州没有秋天，依旧炎热。

门铃忽然响起，楚境有些纳闷儿，是客房服务？好像没人知道她住在这里。

楚境披上睡袍去开门，映入眼帘的是一瓶洗发水，她惊了一下。

"我来给你洗头了！"

洗发水移开，是尹霈祁灿若朝阳的笑脸。

"你怎么会在这里？"楚境惊了。

"连夜过来的，感动吗？让我进去。"尹霈祁说着就往房间里挤。

这是个快捷酒店，楚境住的还是标间，条件相当一般，卫生间小得可以，站两个人都显得拥挤。尹霈祁一看这情况就开始心疼了，楚境之前出差可都是住五星级酒店。

“我给你换个酒店吧。”

“不用，我明天就回图宁市了。”

“那也还得住一晚上呢，你会不舒服的。”

“我有什么不舒服的，我以前当业务员的时候，出差也就是这条件。你到底过来干吗？”楚境满脸的问号，但尹霈祁不打算解答。

“我累死了，我休息一下。”尹霈祁脱掉外套，躺在了楚境的床上，被子里还有楚境的温度，他嗅了嗅。

楚境看着他的举动，有点不耐烦地推了推他：“干吗呢？闻什么闻，我知道很香，但你这有点变态了啊。”

谁知尹霈祁一脸嫌弃，把被子拿得特别远，说：“一股发霉的味道，小境，跟我走吧。”

“你到底干吗来的？”楚境有三分恼怒，七分莫名其妙。

尹霈祁坐起来，头发都乱了。他颇有些委屈地说：“你为什么不理我？”

“我有吗？”楚境陷入了疑惑，她冷落客户了吗？不对，他现在不是自己客户了，冷落了又能怎样？但是为什么看他这委屈巴巴的样子，她有点愧疚。

“算了，你工作忙，我能理解。我睡一下，睡醒了给你洗头。”尹霈祁再次躺在床上，沉沉地睡去了。他手里抓着楚境衣服的一角，让她也不能离开，她只好抱着笔记本电脑在他旁边工作。

尹霈祁连夜飞过来，睡了一个小时醒来再次生龙活虎。楚境却因为昨夜喝了酒，醒来头也是疼的。她不由得感慨了一句：“年轻真好。”

“你几岁？”尹霈祁躺在楚境旁边问。

“调查我的时候，没查到吗？”楚境反问。

"我没调查你。"尹霈祁极力否认，"先调查了再交朋友就没意思了。"

楚境咳嗽了几声，她不光调查了，还找的私家侦探。

"你怎么了？"尹霈祁关切道。

"没事，可能水土不服。你自己来的吗？你秘书呢，保镖呢？"楚境问。

"就我自己，他们都不知道我出来了。我订了你那班飞机的票，明天我们一起回去。还有一天的时间可以陪你玩。"尹霈祁说。

"我不是来玩的。"

"我知道，你谈生意嘛，等下我陪你去见客户，我这张脸，应该能刷几个订单给你。"尹霈祁十分自信，说完这话打了几个喷嚏。

"感冒了？"楚境抽了几张面巾纸给他。

尹霈祁摇了摇头："可能谁在家骂我吧。"

下一秒，楚境的手机响了，来电显示是汪徵。

"他干吗打给我？"楚境疑惑，用不太好的口气接了电话，"干吗？"

"小尹总是不是在你那儿？"汪徵开门见山。

"嗯。"楚境看了一眼尹霈祁，说好了谁也不知道呢？

"你帮我照顾好他，他体质弱，容易过敏，酒店一定不能凑合，吃的东西也要额外注意卫生，你不要带他去吃路边摊，他肠胃适应不了，会拉肚子。还有……"汪徵在电话那头一个劲儿地叮嘱。

楚境没忍住，打断了他："我为什么要听你的？"

汪徵合上了注意事项的记事本说："我把具体的注意事项拍个照发给你，就当是尹氏集团拜托你。"

"你不拜托我？"

“我拜托你，小尹总要是出了什么事，咱家赔不起。”汪徵挂断了电话。

楚境倒吸一口凉气，再一看床上躺着的尹霈祁，头疼。

“走，换酒店。”

当天中午，楚境带着尹霈祁在五星级酒店开了个套房，又给自己开了个标间，就住在小尹总的楼下。她盯着尹霈祁看了许久，确定他没过敏，然后放下了心。

尹霈祁心中一喜：“我给你洗头，你躺浴缸里。”

“真不用了。”

“我就为这事儿来的。”

尹霈祁让楚境躺在了浴缸里，怕她不舒服，还铺了床被子进去。楚境的头靠在鱼缸外侧，花洒冲着她的头发，水流淌在地上，顺着地漏消失。

“力度怎么样？”尹霈祁问。

“还行。”

尹霈祁被夸奖了，心里很开心，又说：“你看我优点是不是挺多的，和我在一起你也不吃亏。”

“尹霈祁。”楚境突然叫了他的名字。

在他的记忆中，楚境这么正式地叫自己，好像没几次。

尹霈祁感觉到楚境有什么话要对自己说，他迅速帮她冲干净了头发，用毛巾包裹住。

楚境从浴缸里坐起来，尽管很小心，被子也有一部分湿了。她正视尹霈祁，颇为正式地说：“我没有谈恋爱结婚的打算，我只想搞事业，我希望你也是一样，你有那么大的企业等着你去管理，不应该把时间浪费在这些琐事上面。”

“什么是琐事？”

“比如，来这里找我，给我洗头。”

“可在我看来这是大事。”

“你还有更重要的事情要做，谈恋爱不应该占据你这么多心思。”楚境自认还算苦口婆心，如果需要，她还能讲出更多的道理。

尹霈祁听了却皱了皱眉：“你是从哪儿听来的歪理？你到底经历过什么，让你对感情这么害怕？初恋未遂那事儿，不是都翻篇了吗？”

“好端端的你提夏周干吗？这不是一回事儿。”楚境企图再说点儿什么。

尹霈祁一摆手问她：“楚越是谁？是因为这个人吗？”

楚境整个人呆住了，她有一种藏在心底的秘密被人挖出来公之于众的羞耻感。她恼羞成怒地问：“你怎么知道的？你调查我了？”

“那你可以告诉我真相吗？拒绝我的真相。”尹霈祁说。

人为刀俎，我为鱼肉，她不知为何有这种感觉。“楚越”这个名字让她全身的神经都紧绷了，她不能再待在这里，她不能继续下去。她不可以让别人看到自己的软肋，她是无所不能的楚境啊！

“行，那就告诉你。你太小了，我不和年纪比我小的人谈恋爱。”楚境从浴缸里爬出来，扯下了头上包裹的毛巾，半干的头发甩在一边，走得英姿飒爽。

尹霈祁却并没有受伤，他笑了笑说：“听过‘真香警告’吗？”

楚境一顿：“死了这条心吧！这辈子不可能！不然我跟你姓！”

“好啊。”尹霈祁背靠着浴缸，胳膊搭在浴缸边上，修长的腿舒展开，他仰着头，衣领露出一片春光，异常性感。

拿年龄说事儿，幼不幼稚？

回图宁市的飞机上，尹霈祁强行把楚境的经济舱升级成公务舱，就安排在自己旁边。楚境上了飞机就睡觉，还准备了眼罩戴上，看样子是铁了心不跟尹霈祁交流了。他看楚境睡着了，就把她的脑袋靠在自己肩膀上。谁想楚境直挺挺的身体，就跟棍子一样，他试了几次都没能成功。

楚境咬了咬牙，摘掉了眼罩说："能不能不要再掰我的头了？"

"你不是睡着了吗，靠一下舒服。"尹霈祁说。

"公务舱，我可以躺下。"楚境说完就按了下调整座椅的按钮，直接躺下了，然后背对尹霈祁，再一次戴上了眼罩。

尹霈祁拿了床毯子给她盖上，整个公务舱就他们两个人，空姐始终看着他们，露出了羡慕的眼神。奈何，楚境根本不领情。

飞行过半的时候，飞机突然颠簸了几下。楚境也显然没睡着，她装睡装得浑身僵硬，恰好遇到飞机颠簸，她顺势坐起来。

机长广播遇到了强烈气流。

尹霈祁问楚境："如果咱们这飞机遇难了，我就是和你走到生命尽头的人。你不想对我说点儿什么吗？"

楚境翻了个白眼："你别说不吉利的话，乌鸦嘴。"

尹霈祁在剧烈的颠簸下继续追问："我们可能会一起死在这里，最后的人生不要留下什么遗憾，所以你想说什么？"

楚境干笑了几声："你平时不太坐飞机吗？这气流颠簸是常有的事情，机长都是有经验的，担心什么？"

说完，她还给了尹霈祁一个没见过世面的眼神。

尹霈祁无奈地叹了口气，太不解风情了。他就是喜欢这么耿直的Girl，比起外面那些居心叵测的小妖精强多了！

果然，飞机平稳落地，尹霈祁的司机来接他们。

机场高速上，普通的车都绕着他们走。楚境心想，开豪车还是有点优势的。

一路到了楚境的小公司扶摇，楚境拿着行李走了。

尹霈祁在后面叫她："你不请我上去坐坐吗？"

"公司没地方，改天吧。"楚境拒绝了。

尹霈祁抿着嘴笑了，问司机："她这意思是不是约我？"

司机："……"

尹霈祁又戳了戳司机，兴奋地说："你瞧我们家小境，就是不一般，这要是一般女人，肯定拖着我上去造小人了！她还拒绝我！"

司机扶额。

尹霈祁狂笑不止："我这次没有白去广州，关系更进一步了。我早晚要追到她，然后狠狠地……"他顿了顿，能干吗呢，报复她玩弄自己的感情？没那个必要吧，两人好不容易在一起，珍惜一下不是更好吗？

司机觉得小尹总魔怔了，忍不住小心提醒："小尹总，我觉得楚小姐对你的态度更差了。"

尹霈祁一摆手："你不懂！欲拒还迎，打是亲骂是爱！她勾引我呢。"

司机："……"你莫不是个傻子吧？

十一过后廖之雯交接完毕，正式辞职了。尽管她舍不得那些学生，但是为了理想，她总要学会放手。学生们给她组织了欢送会，送了她不少礼物，有的是学生手工做的，藏着他们对她满满的爱。她相信她的学生会更好，她也让他们相信，天下没有不散的筵席，总有一天会相聚。

不上班的第一天，廖之雯在家睡到了自然醒，然后开始打扫房子，看书学习，充实得很。医院给她安排了检查，就在下周。她最近一直都有坚持吃药，觉得身体挺正常，如果不是之前那份化验报告，她很难相信自己得了癌症。

她的生活节奏终于慢下来了，有时间去想想未来的事情。如果出国读书了，病还治不治了，化疗要掉头发的吧，她能接受自己光头的样子吗？

想得多了，廖之雯也觉得挺有意思。生活不知道在哪一天会突然画上句号，那就过好每一天，把每一刻都当成是人生的最后一秒，她要优雅并且平静地离开这个世界。

但这种优雅，在廖母一个电话之后打破了。

几乎是可以预料到的，廖母在电话那头声嘶力竭，斥责她辞职这件事，铁饭碗就这么丢了。并且指责她现在越来越不像话，她从前一直都是个乖孩子，为什么二十七岁了开始叛逆了。归根结底，是不是因为和汪徵分手受了打击。

“或许，我本来就是这个样子呢？我现在觉得自己过得很好，我很开心，哪怕就这么死去，也没什么遗憾。您为什么不能理解我呢？您印象里的那个乖乖女，或许只是您一手捏起来的泥娃娃而已。但是妈您要相信，我是爱您和爸爸的。”廖之雯平静地说完了这一切。

廖母忽然感觉到了不对劲，她警铃大作，问：“是不是出事了？”

“我没事，我只会越来越好，妈妈别担心。”廖之雯和妈妈又聊了一会儿，妈妈的情绪总算稳定下来了。

但是挂了电话之后，廖母仍然不放心，给楚境打了电话说：“我觉得雯雯有事情瞒着我，我感觉她好像遇到什么事情了。”

这么一说，楚境也觉得，廖之雯的种种行为，好像不仅仅是摘掉标签那么简单，到底是出于什么原因呢？

“雯雯，你在家闲着没事儿的话，来我公司帮忙吧！”楚境给廖之雯打了电话，她觉得还是把廖之雯放在眼皮子底下比较安全。

廖之雯刚好也觉得是可以找点儿事情做，于是欣然答应了。

扶摇这家小公司，固定员工已经有十个人，四个科研人员、三个销售、一个保洁、一个前台以及一个财务。

没错，廖之雯加入以后，开始自学财务相关内容，撑起了这家公司的CFO职位。

廖之雯的自学能力真是一流，楚境对她一百个放心。廖之雯面对书本和数据，竟然觉得很有意思。景然很不理解，为什么有的人那么喜欢学习，那么喜欢读书。

在楚境出差广州谈合作的时候，高群已经把生产的代工厂找好了。然而，马上就要投入生产的时候，出了幺蛾子。代工厂突然告知生产周期要延长，但是楚境与赵总签订的合约交货日期却不能延后。代工厂愿意双倍退还定金，深表歉意。

一时之间，扶摇陷入了困境。

楚境和高群又开始整日奔走，寻找加工厂，但是以往合作过的工厂全都统一口径，年底之前没有工期。这不由得让他们怀疑，有人在背后搞鬼。

圈子里没有能藏得住的秘密，多方打探之后，楚境查到了，是她原来那个顶头上司孙总搞的鬼。她不由得恨得牙痒痒，这个关系户吃饱了撑着和她一家小公司作对？

“怎么办，要不和赵总商量一下延期？”高群建议道。

“不行。第一次合作，第一笔订单，我们必须守时，并且拿出最好的货来。我想想办法……”楚境陷入了愁云当中，能想的办法早就想了，眼前又能有什么办法呢？

屋漏偏逢连夜雨，在这紧要关头，实验室的科研人员，有两名忽然提出了离职。电池的研发进入了最后冲刺的阶段，人手是万万不能少的，负责实验室的郝明已经多次跟楚境反映了。她咬了咬牙跟景然说："招聘！给我找个十项全能的回来！"

没过多久，十项全能的人来应聘了。

坐在小会议室里之后，楚境赫然发现，是熟人。

"小尹总，你干吗来了？"楚境惊恐地问。

"你手里不是拿着我简历吗？我来应聘。"尹霈祁微微抬了下下巴，提醒，"还不开始吗，面试官？"

"你是不是来捣乱的，小尹总，我很忙的，没时间跟你玩。"楚境勉强压着情绪说道。

"我认真的，面试一般什么流程？我是不是得做自我介绍？"尹霈祁虚心求教。

楚境看出来了，他铁了心捣乱，不让他面试不会走的样子。她把心一横，破罐子破摔说："对，自我介绍，你开始吧，都有什么工作经验？"

尹霈祁："我研究生在读期间，做过兼职总经理，毕业后做了一年多总裁。"

楚境呵呵冷笑，用了毕生演技恭维道："还挺丰富哈！都是重要职位，那请问工作内容都是什么呢？"

"主要负责签字。"尹霈祁说。

楚境又笑了笑说："哦哦，真辛苦，不知道的还以为你搞书法的。"

尹霈祁听出了楚境在嘲笑自己，也不恼怒，紧接着说："我觉得这些都不重要，你可以翻到简历的后面，看一下我在校期间做过的科研项目吗？我有着丰富的研发经验。你们所生产的石墨烯电池，我曾经跟孔老师一起研究过。我不认为我比不上一般本科生，我对薪资没有任何要求。"

楚境突然觉得，他是很认真在面对这一次面试，并非是来开玩笑的。她摆正了姿态，认真地看他的简历，她对研发不太懂，但是尹霈祁在大学期间就取到了十五项电子产品相关的专利。虽然学习的是企业管理方面的专业，但是他的能力不比郝明差。

“你是认真的吗？给我一个慎重的回答，你的职业经理人团队同意了吗？”楚境问。

“我的个人行为，我可以负责。我可以加入你的公司吗？”尹霈祁反问。

“你等一下。”楚境离开会议室，直奔实验室，叫来了郝明，“你去帮我考考他。”

郝明看到尹霈祁的简历后有些震惊，非专业出身的大神让他给遇上了。

半个小时后，郝明和尹霈祁亲切地握手，结束了这次面试。

郝明激动地对楚境道：“天才！楚总你给我找了个天才，我让他明天来上班了。”

楚境：“不是，咱们要不要再考虑一下？”

“不用了，这个就很好！人也厚道，薪资要求很低。”郝明开心地往实验室走。

楚境赶紧跟上：“这个人我觉得不太合适啊……”

“楚总，你可能不太懂科研，他真的很合适，短期内没办法找到更合适的了！”郝明强调，一脸“你这个外行”的表情。

大概是这种表情太明显了，楚境蒙了，再次回过神的时候，郝明不见了，尹霈祁站在了自己的面前，微笑着说：“明天我来上班。”

楚境：“……”她该怎么跟汪徵解释？

不对，她和汪徵有什么好解释的！她怕的是尹氏集团更大的Boss。

楚境抬头看了一眼自己这家小公司的招牌，怕是有点风雨飘摇了。

第十二章
如何成为你的心肝

10月23日，是个值得纪念的日子，尹霈祁到扶摇上班的第一天，照旧让司机开着劳斯莱斯送他来的，早上九点准时打卡，甚至比景然来得还要早。

他在景然的帮助下，成功办理了入职手续，也是在今天刚刚得知，原来还有五险一金这种东西。他让景然帮忙查了一下，他以前果然从来没交过。

景然尴尬地笑了笑，表示正式员工都应该有这个的。

尹霈祁有点生气，感觉自己在公司没有得到基本的重视。

带着这种愤慨的情绪，尹霈祁投入了工作，在郝明的带领下初步了解了公司实验室现在的进度。和研究员一起工作、一起吃午饭，甚至还一起上厕所。这是他真正意义上的同事，这种感觉还挺奇妙。

尹霈祁觉得很新鲜，他很享受这种工作的感觉。

楚境就没那么轻松了，她一整个上午都神经紧张，生怕小尹总给她来个出其不意。但是直到下午快下班的时间，她都没发现什么异常。尹霈祁也好像真的只是来工作的一样，因为业务太忙，和她几乎没见到面。

如此忐忑了一整天，楚境暂时放下了心来，加班找代工厂。她用了个比较费时的办法，从网上找工厂简介，然后一家一家打电话过去问。

晚上九点，公司只剩下了楚境。

她的办公室里开着一盏台灯，窗外灯火通明。

寂静的办公室，突然响起了敲门声。楚境一抬头，看见尹霈祁站在门口，手里拎着一个保温饭盒。

“你还没走？”楚境微微诧异。

“给你送饭。”尹霈祁把餐盒打开，排开在楚境的办公桌上，四菜一汤，两双筷子。

“我不饿。”楚境埋头继续打电话。

“你打这个电话，打完以后吃饭。”尹霈祁在便笺上写下了一个号码，微笑着看楚境。

楚境当下明了，却有些犹豫，用他的资源，好吗？

“一条船上的人，公司好我也好，打吧。”尹霈祁鼓励道，同时帮她拨了电话号码。

电话很快被接听了，他说了一句：“我是尹霈祁，我老板要和你说话。”然后把听筒放在了楚境的耳边。

对方殷勤地一连说了三声老板好，上来就恭维了楚境一顿，把她夸得有点蒙了。不过三分钟的时间，就和对方谈好了工厂加工的细节，对方要了邮箱，把合同发过来。

速度快得让人惊喜，萦绕在心头多日的乌云，突然就散了。

楚境尴尬地搓了搓手说：“谢谢。”

“吃饭吧。”尹霈祁露出了一个十分奶萌的笑脸，险些让楚境招架不住。

楚境闻了闻，菜太香了，品相也很好，问他：“哪儿的外卖？”

“我家阿姨做的，我回家拿的。”尹霈祁给楚境夹菜，“你要是喜欢，我每天给你带饭。”

楚境吃人嘴软，从抽屉里拿了两瓶可乐出来，拧开一瓶给了尹霈祁。他伸手拿的时候，楚境瞥了一眼，看见他手背上红了一块。

“这怎么了？遇见坏人了？”楚境碰了下尹霈祁的手。

尹霈祁有些难言之隐的样子，眼睛里带了点可怜，微笑着摇头说：“我爸……我不小心碰了一下，没事的。”

但实际上是怎么回事呢？

尹霈祁下班回家，给楚境带饭，正好尹老董事长准备吃饭，尹霈祁本来想再单独做点儿，老董事长却直接让他从桌子上打包。当尹霈祁打包完了之后，尹老董事长拿筷子抽了他一下。

尹霈祁“嗷”的一声惨叫：“爸，您干吗？不是您让我打包的吗？钓鱼执法吗您？”

“追小姑娘要适当装可怜，要懂得示弱，让她怜悯你。”尹老董事长说。

尹霈祁不太服气，揉着手背说：“我一大男人，求怜悯合适吗？”

“合适！她女强人，你弱一点，比较配。”尹老董事长煞有介事地说。

尹霈祁若有所思，好像是这么回事儿，他爸是个高手。

不对！

“你怎么知道我给谁带的，又怎么知道她是个女强人？你是不是背着我干什么了？”尹霈祁眯起了小狐狸的眼睛。

尹老董事长但笑不语：“快去吧，一会儿人家下班了。”

楚境盯着尹霈祁看了好一会儿，尹霈祁将“可怜巴巴”这四个字演绎得惟妙惟肖，却听到楚境说：“我早就说了不让你来上班，你爸知道了吧，动手了吧？我这公司还保得住吗？真是怕什么来什么，你明天赶紧走吧，尹氏集团我惹不起啊祖宗！”

尹霈祁有点蒙，眨了眨眼说：“不是……”

“什么不是啊？你爸的手段我是听说过的，虽然已经退隐江湖，但是仍然有他雷厉风行的传说。求求你了，别害我。”楚境哭丧着脸，开始联想以后的悲惨日子了。

尹霈祁急于解释：“这饭都是我爸让我送的，他不会的……”

“什么？”楚境激动地站起来，“鸿门宴啊！你带回去，我没吃，我没吃……”

楚境念叨着，离开了办公室，尹霈祁都来不及叫住她。

他呆坐在椅子上，楚境是真怕，还是演戏趁机跑了？他怎么也想不明白，现在的人，套路太深！

第一批货成功交付，扶摇公司赚到了第一桶金。楚境特意发了一个朋友圈，仅孙总一个人可见，她就是要气一气这位曾经的顶头上司，看看小肚鸡肠的他会有什么反应。

果不其然，孙总是个沉不住气的，给楚境发了微信，表面上恭喜，言语里还透着酸味和瞧不起。

楚境笑了笑回复他：“祝您全家都身体健康。”

孙总在电话那头气得差点犯了高血压。

楚境躺在床上，似乎真的可以睡个好觉了。

但是她还不能掉以轻心，这只是创业的一小步而已。

她刷了一会儿手机，忽然想到了什么，从床上爬起来，挨个敲了另外两个人的房门：“出来开个会。”

廖之雯很快出来，手里拿着书，正背单词呢。

景然穿着瑜伽服，在房间里练瑜伽。

“我觉得我们的销售模式可以换一换，你看这个人，网红带货，一天能卖十几万，厉害得不行。”楚境给另外两个人看了小视频，二人频频点头。

"我们的产品就不能找个网红带货吗？"楚境问。

"能是能，但上哪儿找网红去啊？现在网红可不便宜啊。"景然边看边说，她忽然感觉到两道灼热的目光，抬起头看着楚境和廖之雯，"你们看我干吗？"

廖之雯："你不就是网红？"

"我过气了啊！"景然说。

楚境摸了摸下巴："你是怎么把'过气'这个词儿说得理所当然的？你平台上还剩下多少粉丝？"

"也就两百来万吧。"

"大V啊。你做前台屈才了，重新开始当网红吧，拍点儿小视频。"楚境说。

景然沉默了。

廖之雯问："是不是担心之前的事情对你还有影响？"

景然抓了抓头发："他们骂我挺凶的，我倒是没什么，我怕影响产品。"

楚境说："过去的事情不是你的错，网友选择怎么看待，我们也没办法左右。但是你没必要为一些子虚乌有的事情背锅。下次有人问你，你就直接怼他们——你懂个屁。日子是你自己的，要过得好，才不会继续被人嘲笑。你喜欢的事情，也应该继续坚持，没道理为了别人的喜好，委屈了自己。更何况，你怎么知道粉丝们不喜欢你？不然这两百多万人，干吗还要关注你？"

景然再次沉默了，两姐妹等着她能够走出一步，不光是为了卖产品，也为了解开她的心结。

"我想想吧。"景然回房间了。

廖之雯看了一眼楚境："怎么办？"

楚境眨了下眼睛："是时候表演真正的技术了。"

楚境连夜搞来了十几个账号，换着给景然发私信，给她加油打气，强烈求她复出。

第二天一早，景然留下了一张字条，写着外出拍视频，请假一周。

廖之雯伸出大拇指来："厉害，你洗脑的功夫越来越厉害了。"

有的时候，需要对症下药，只是有些人不肯正视自己的"病症"而已。

景然请假了，公司没有前台的日子，多少还是有点不方便的。

楚境就亲自坐在前台那儿办公，第一笔资金虽然有了，但是如果没有下一笔订单，他们公司还是捉襟见肘。实验研究还需要大量的资金，维持公司运转也需要钱。

高群和小助理双双出去跑业务了，廖之雯拿着报销单来签字批钱。

"要不大家节俭一点？"廖之雯问。

"节流不如开源，日子还是要过好的。你帮我盯着点儿，我也出去跑一跑业务。"楚境简单补了个妆，准备出门的时候，突然有人上门了。

来的还是熟人，汪徵带着两个不认识的中年男人，站在门口张望。

汪徵提着公文包，打量着门口这块小牌子，原本脸上的不可一世在看见廖之雯以后，彻底消失不见了。他三步并作两步，走到廖之雯面前，冲她露出了笑容来，说："雯雯，真巧。"

楚境翻了个白眼："你来干吗？"

汪徵看也不看楚境，全部心思都在廖之雯的身上，廖之雯却当他空气一样，跟楚境打了个招呼回了财务办公室。汪徵的目光一直追随着她，被狠狠关上的办公室门生生地切断了。

汪徵这才恢复了心智一般，脸上一副公事公办的样子：“我来找小尹总，这两位是来找你们合作的客户，在楼下迷路了，我顺便带上来了。”

这话说得，谁信？

明眼人一看就知道，这是尹霈祁给楚境找的客户。

汪徵这个家伙又不肯编个好一点的理由，就这么直白地告诉你，客户我们介绍的，你还不赶紧来抱大腿。

要面子还是要钱？

楚境很想选择钱，但是有时候面子也很重要，尤其是在汪徵的面前。

楚境微笑着看向两位被叫来的客户，每个人送了他们一个新产品，并且表示，如果你们真的觉得这个东西用着不错，我们再来继续谈吧，今天并不适合。

两个客户只好离开了，汪徵皱紧了眉头：“你在干吗？”

“你看不见？”

“你拒绝了两个客户，他们很可能会拯救你的公司。楚境你是不是疯了？”

“有的时候，钱很重要，有的时候还有比钱更重要的东西。况且，我的公司也没有到要拯救的地步。你又怎么知道，我不能拯救我的公司？”

“你要是真的这么有原则的话，过去做的那些事算什么？你不是一直说，捷径是通向成功的最佳道路吗？”

楚境嗤笑：“你别假装我们很熟的样子，你压根儿就不了解我这个人。”

两个表兄妹剑拔弩张，虽然不带脏字，却一直在怼对方。尹霈祁从里面急急忙忙跑出来的时候，恰好看见了这一幕。他一把拉过楚境，藏在自己的身后，问汪徵：“吃饱了撑的，来找碴儿？”

汪徵：“……”

“干吗来了？说话。”尹霈祁黑着脸道。

“来找您签字。”汪徵说。

“我们这不让兼职，楼下签，你先走。”尹霈祁说完让汪徵率先下楼，他扭头对楚境小心翼翼地说，“我可以离开工位十五分钟吗？”

楚境有点惊讶。

尹霈祁以为她不高兴，又赶紧改口：“十分钟也可以，不然五分钟呢？”

楚境憋着笑，她忽然觉得尹霈祁真是可爱，有点着急的样子，像是在撒娇。她故意一本正经地说：“速去速回。”

尹霈祁狡黠一笑，快速抱了一下楚境，然后跑下了楼，连电梯都没有坐。

而楚境被他突如其来的拥抱弄得措手不及，脸不自觉地红了。她看了一眼隔着玻璃照射进来的夕阳，断定是因为太热的缘故。

尹霈祁下楼，找到了汪徵的车，两个人坐在车头，汪徵正吸烟，尹霈祁奋笔疾书开始签字，签完之后汪徵扫了一眼，装进了公文包里。

尹霈祁叹了口气说：“刚才对不住，我女朋友我得护着。”

汪徵“嗯”了一声表示根本没在意，问：“我女朋友最近怎么样？你俩现在是同事了，多照顾一点。”

“放心吧，报销单我都一笔一画写的。”尹霈祁说。

“你还报销？你这么多钱你还报销？你女朋友公司创业多艰难，你不知道吗？”汪徵诧异。

“楚境好面子，我给公司买设备，花十万报三百，不然她会怀疑的。”尹霈祁又道。

汪徵“哦”了一声，情绪平复了下来，问尹霈祁抽烟吗。

尹霈祁摆了摆手：“廖之雯闻不了这个味道，办公室禁烟呢。你怎么连这都不知道，你俩分手不冤枉。”

汪徵满怀愧疚地把烟扔进了垃圾桶。

尹霈祁看了一眼手表，说：“那两个客户谁让你找的？”

“我想帮帮楚境，也好让你早日回公司上班。”汪徵说。

“我在这很好，主业当个技术员，副业给你们当总裁。别惦记了，我们公司的事情自己会解决，相信楚境。”尹霈祁再次看表，刚好十分钟，“得回去了。”

“保重。”

“没事儿别来了，楚境看到你就烦。”尹霈祁叮嘱。

汪徵挑了挑眉说：“不行，我女朋友在这儿。”

“是前女友，别往自己脸上贴金。知道什么叫虐妻一时爽，追妻火葬场吗？”尹霈祁嘲笑。

汪徵也不甘示弱：“准女友很难追的，小尹总继续努力。”

两个人转身，各自离开，都在心里骂了一句——这孙子！

汪徵回到公司，去了总裁办公室，原本因为小尹总不上班而空着的办公室，此时坐着尹氏集团的老董事长，他正在看公司的财报，对八位经理人非常满意。

“董事长。”汪徵叫了一声。

尹老董事长满面笑容地看着汪徵说：“回来啦，快坐，怎么样啊？”

“她并没有接受那两位客户，想自己努力，没辜负您的期待。”汪徵汇报完，掏了十块钱出来，“我输了。”

尹老董事长哈哈大笑，像个孩子一样把钱揣在口袋里：

“你呀，太看轻你这个表妹了。我就知道这丫头不是普通女孩，尹霈祁这小子不会看错人的。这样的姑娘，不能给别家。你暗中帮帮尹霈祁，他追了这么长时间也没搞定，太没用了。”

汪徵出发前和老董事长打赌，他其实很希望自己输，他虽然不想承认楚境这个表妹，但骨子里对她还是认可的。

他笑了起来：“董事长，如果想让他们两个在一起，我最好还是不要掺和，楚境实在是太讨厌我了。”

打了一天的电话，被拒绝了无数次，楚境仰天长叹，为什么要拒绝下午那两个客户呢？面子有那么重要吗？她不是一向不要脸的吗？她现在后悔怕是也来不及了，嘤嘤嘤……

“下班能捎我一段吗？我司机今天请假了。”尹霈祁路过前台的时候问道。

楚境瞥了一眼办公室里面，似乎又只剩下他们两个了，廖之雯今天晚上有托福课要上，早就走了。

“我今儿限号。”楚境说。

尹霈祁“哦”了一声：“那你能陪我一起坐地铁吗，我没坐过地铁。”

这要是别人，楚境肯定不相信，这年头还有人不知道怎么坐地铁的，但面对的是小尹总，她信了。这是个出门有保镖跟着的人，不食人间烟火是非常有可能的。

楚境看了一眼做了一半的工作，又看了看诚恳乖巧的小尹总，咬了咬牙，一边关机一边说：“行。”

他们这条地铁线路上互联网公司居多，这些公司的人的特点就是下班没有固定时间，所以导致了明明已经过了下班高峰期，地铁上还是人潮汹涌。

尹霈祁没有公交卡，他站在地铁口张望，问楚境：“哪儿买票？”

“下个APP就可以了。”

“什么？”尹霈祁露出了茫然的表情。

楚境一伸手说：“手机给我。”

尹霈祁从口袋里掏出来，放在了楚境的手里，他盯着楚境傻笑。楚境被他看得有点不好意思，正巧两个人走到了扶梯口要下去了，楚境咳嗽了一声说：“你看路。”

尹霈祁“嗯”了一声，站在楚境前面。

楚境拍了拍他说：“解锁。”

“1230。”尹霈祁说。

楚境手指微微顿了顿，这是她的生日。她心里有一种说不明道不尽的感觉，似乎是小时候吃糖的那种雀跃，但是她又不太确定，因为真的太久没有过这种感觉了。

成功解锁，楚境下了个通行APP，然后让尹霈祁绑定了自己的卡。

“等下用这个二维码扫一下就可以了。”楚境说。

尹霈祁没太听清楚，转过身问她：“扫什么？”

他明明站在下一级台阶上，却还比她高了一点点，四目相对，他甚至在转身的时候差一点碰到她的鼻子。楚境下意识后仰，他伸手搂住了她的腰：“小心，后面有人。”

楚境忽然说不清楚这个软件怎么用了，大脑是一片空白的，她把目光移开，口齿不清地说：“等下教你。”

“好。”尹霈祁自然而然地放开了手，两个人下了扶梯，并排走入了地铁站。

通过闸机的时候，他显然是真的不会用，在楚境的演示下才成功进站。

等了两趟地铁，一起挤了上去，尹霈祁护着楚境挤到了两个车厢的连接处。地铁跑起来，车厢连接处开始晃悠，楚境的高跟鞋差一点就站不稳，尹霈祁单手抓着不远处的吊环扶手，说：“你抓着我。”

楚境抓着尹霈祁的胳膊，勉强站稳了。人越来越多了，他拉着楚境挤到了一个墙角的位置，他撑起双臂，把楚境护在里面。她的眼睛忽然不知道该往哪里看，因为他的脸就在面前，他奋力为她撑起了一寸天地。

尽管人来人往，尽管他的大衣被挤得皱皱巴巴，尽管地铁轰隆作响，但在这一刻，她觉得时间是静止的，此刻只有他们。

楚境开始发呆，她以前也经常挤地铁，遇见过很多脾气不好素质不高的人，常常惹一肚子气。然而在此时此刻，她被他保护起来了。

“保护”这个词让楚境有点害怕，却又非常渴望。

突然之间，换乘站人多了起来，尹霈祁被挤得不行，还努力控制着两个人的距离。楚境不太忍心，拉了他往自己旁边靠一靠。尹霈祁低头看着她，他额头上冒出了一层细细的汗，两个人就这么对视，也不知道该说些什么，又仿佛什么都不用说。

“楚境，我们在哪一站下车？”尹霈祁忽然问。

楚境抬头扫了一眼说：“下一站，得往外挤了。”

尹霈祁“哦”了一声，突然之间，他低下头，迅速在她的嘴唇上亲了一下。他们离得太近，角度又太刁钻，以至于根本没人看到。

他拉起楚境的手，若无其事地往外挤：“麻烦让一让，下车。”

楚境整个人蒙了，刚才发生了什么？

直到两个人出了地铁站，他放开楚境的手，她才恍惚回过神来。

“明天见。”尹霈祁跟她道别。

楚境木讷地回答：“明天见。”

两个人背对着，越走越远，她摸了摸嘴唇，刚才是出现了幻觉，还是他们真的接吻了？她为什么此刻心里如此高兴，难道她真的喜欢上他了，甚至是依赖他？

楚境摇了摇头，她一定是因为加班太累，大脑发出抗议信号了。男人不靠谱，她不能沦陷在这种情感里面。前车之鉴就是她妈，还有景然。

想到这里，楚境加快了脚步，赶紧回家了。

多日不见的景然做好了饭等着她，给她看了拍摄的成片，野外探险植入了他们的充电宝，毫无广告痕迹，属于技术流。楚境却魂不守舍，景然皱了皱眉问：“你是不是谈恋爱了？”

楚境疯狂摇头：“没有，没有。”

“你别紧张，谈恋爱可以，但是结婚要慎重，宁可相信世界上有鬼，也别相信男人那张嘴，老话说得没错。多少女强人被家庭捆住了，哪怕真的遇见真爱了，你也要好好考虑，姐妹儿帮你把把关。”

“放心，放心。”楚境知道景然是一朝被蛇咬十年怕井绳，但她又何尝不是呢？

那天地铁过后，尹霈祁又像个没事儿人一样，照常打卡上班，和楚境似乎没有过多的交集。当然，楚境也尽可能地避开他。

景然拍完了视频，再次回来做前台，还兼职了客服。小助理搞了个网店出来，景然的带货能力不容小觑。

科研团队对产品进行了二次改良，增加了一个太阳能充电的新品种，更加适合野外使用。

产品供不应求，石墨烯电池开发到了最后阶段，所有的一切都宣告着，他们太需要钱了，需要扩大生产，需要注资，楚境之前卖房子换来的资金已经杯水车薪。

“要不我投一点吧，我有小一百万。”高群说。

楚境知道他不是本地人，房子还是租的，这钱应该是他准备扎根在这个城市的本钱。于是她拒绝了：“我们融资，你的钱不能动。”

“我可以先拿出来用的，融资哪有那么快。那是我娶老婆的钱，现在用不上。”高群说。

“你也不能总打光棍，一把年纪的人了。”楚境说。

高群笑了笑，把目光放在了小助理的身上：“谁说我在打光棍？”

小助理的脸一下子红了，挽着高群的胳膊，低声问楚境：“楚总，办公室恋情可以吗？”

“什么时候的事儿啊？”楚境几乎是开心地喊了出来，“你们两个……”

“所以我可以投资了吗，我女朋友不介意我没房子。”高群又说。

楚境没接这茬，说：“什么时候办酒？我给你们准备大礼。”

很明显，楚境不想让高群拿出全部身家赌在公司的命运上，她总觉得，这件事情应该让她来背负，她孤家寡人，万一失败了，顶多回去啃老。

尹霈祁路过，不太隔音的会议室让他听到了所有内容，他敲了敲门进来说：“不如让我来投资吧。”

“不行。”楚境坚决拒绝。

“为什么？我很看好公司的前景，作为一个投资者，我认为可以投，你为什么要拒绝呢？”尹霈祁不解。

"反正就是不行。"

"抱歉，请两位先回避一下。"尹霈祁客气道。

高群拉着小助理离开了没有硝烟的会议室。

尹霈祁拉下了百叶窗，锁好了门，然后说："你拒绝的理由是什么？"

楚境："我有我的考虑。"

尹霈祁笑了笑，靠近了她："因为投资人是我？你习惯了拒绝我？"

楚境皱了皱眉："我没时间跟你解释，你去工作吧。"

尹霈祁再进一步，直接站在了靠着会议室桌子的楚境面前，双手撑在她两边，突然气场全开，问："为什么躲着我？"

"工作时间，请你立刻出去。"

"楚境。"尹霈祁突然叫她的名字，"为什么拒绝我？我不是楚越，我是个一心一意想对你好的人，不会突然消失，你可以信任我。"

楚境在听到"楚越"这个名字的时候，全身的刺都竖了起来。她一把揪住了尹霈祁的衣领，怒视着他："你调查我？"

"我只是想了解你。"尹霈祁说。

楚境冷笑："以关心的借口做着越界的事情，你以为我需要你的了解吗？从前你是我的客户，现在你只是我的下属，我们的关系仅此而已。"

"我知道你是因为我冒犯你的隐私而生气，我向你道歉。我想带你走出过去的阴霾，你不会被任何人抛弃了，我可以给你一辈子的承诺。楚境，你相信我……"尹霈祁深情地看着楚境，试图把她拥入怀中，却没想到这句话直接触了她的逆鳞。

楚越是楚境那个不负责任的父亲，尹霈祁在得知真相以后，总想为她做些什么，他心疼了。

“怎么，你还想做我爸？”楚境轻蔑一笑，“实话告诉你，我之所以拒绝你注资就是因为你是尹霈祁，因为你是尹氏集团的少东家，我不想我辛辛苦苦创立的公司，最后被尹氏集团控制。我想这家公司姓楚，而不是姓尹，明白了吗？”

尹霈祁大惊失色：“我从来没有这样想过，这当然是你的公司，我只是……”

“你根本做不了主。你难道现在都没看清楚自己的位置吗？你在尹氏集团，除了要听你父亲的，还要听八位经理人的，甚至汪徵的权力都比你要大，你只不过是一个傀儡而已，还在这里给我谈什么对我的公司没有想法？商人无利不起早，你拿什么保证？可笑！”楚境一口气说完，胸口剧烈起伏着。

她有些后悔，这并不是她的心里话，她是认可尹霈祁的能力的。但是话已出口，她不能再挽回。

尹霈祁低下了头，他神情落寞，似乎在喃喃自语：“你是这样看我的？”

楚境的心狠狠地疼了一下，她为什么要伤害他，他根本就没有错。是她太敏感，太害怕爱情了。

她张了张嘴，不知道该怎么说。

算了，就让他们之间不该有的关系和情感，在这一次争吵后彻底结束吧。

“让一让，谢谢。”楚境离开了会议室，尹霈祁没有再次阻止她。

第十三章
只想做你的跟班

她似乎有点变了。

从前的楚境不会让心情影响工作，然而这一次她和尹霈祁吵完架以后，她已经消极怠工快一周了。双十一的电商促销都没让她提起兴趣，公司的产品销量还不错。多亏了景然这个网红，虽然网上骂她的声音还偶尔能听到，但她全都没当一回事儿。

尹氏集团在这个时候公开招标，明年正式启动智能科技项目，欢迎合作方加盟。

楚境却一下子迷茫了，她不知道扶摇要不要去参加这次竞标。一开始她做这家公司就是因为石墨烯电池，她想跟尹氏集团合作。而现在，她才刚和尹霈祁放了狠话，她如果真的那么有骨气的话，就不能参加这次招标，彻底地不依靠他和他的公司。

但这不是她一个人的事情，是整个公司的未来。

楚境觉得有点累了，肩上的担子为什么这么重？她也很柔弱的好不好，要不找个人依靠一下？

当这种想法冒了个头以后，楚境赶紧打了自己一巴掌。她女强人的人设不能倒，她要像她妈妈孟东女士一样，在经历不幸的婚姻之后，一边抚养女儿，一边创造了属于自己的企业。

然而，就在楚境给自己加油打气的五分钟之后，孟东女士打来了电话。楚境在听清楚她说什么之后，惊得下巴都掉下来了："你说什么？你要结婚了？"

"别这么大惊小怪，记得来参加我的婚礼。"

"你想清楚了吗？"

"别问那么多，来参加婚礼。"

孟东女士挂断了电话，没有再给楚境什么询问的机会。作为唯一的女儿，这对楚境来说实在不算一个交代，她只是通知一下楚境而已。

楚境非常好奇，对方到底是个什么样的男人，让孟东这种成功女企业家，奋不顾身、飞蛾扑火。

财产有弄清楚吗？她虽然也没指望从妈妈那儿拿到多少财产，但是总归要劝说妈妈保护好自己吧，万一对方是个骗子呢？

可当楚境再次打电话过去的时候，对方占线了，并且是始终占线。楚境忍不住想爆粗口，这是为了结婚拉黑她了？她也不一定会反对啊，只是想提醒而已。

当天下午，楚境收到了孟东女士寄来的快递，里面有几张机票，目的地是印度洋上的某座小岛，结婚度蜜月的胜地。

时间很近，就是下周。

这看起来太像整蛊了，孟东女士不是这么冲动的人。楚境给外婆和姨妈都打了电话，得知这是真的，他们一家人已经筹备了很久。

合着就她蒙在鼓里？

楚境奓毛了，外婆还在电话里安慰她："你妈妈要嫁的人非常好，我们都认可，你见到也会喜欢他的。"

"我不接受！"楚境几乎是尖叫着挂断了电话。

她挂了电话又有点后悔，她干吗要对老人家发脾气，当即又发了道歉的微信过去，然后翘了班。

这是破天荒的头一次，她工作这些年，不敢请假，不敢休息，生怕一个放松就有人顶替了她的位置。她一直以来努力的目标和方向，都是她的妈妈，可现在呢？这感觉像支撑她的灯塔忽然倾倒，她再也找不到方向了。

她走在街上，路过了一个关门停业的游乐场，因为年久失修，并且盈利状况不好，已经面临拆除的境地。

她忽然哭了起来，这是当年她和爸爸最后一次见面的地方。而在不久以后，她也将失去妈妈。她像十几年前那样，蹲在游乐场的门口放声大哭，毫无形象。

楚境忽然被拉入了一个怀抱，尹霈祁穿着灰色的大衣，身上有淡淡的古龙水味道，毛衣质地柔软，她的脸埋在他的胸口。

“楚境，我在这里。”他紧紧地拥抱着她，轻轻地拍着她的背，亲吻了她的头发。

楚境昂起头来看他，强忍着眼泪，抹了一把脸说：“尹霈祁，你也翘班了？”

“我没有翘班。”

“那你为什么在这里？”

“因为我只想做你的跟班，你在哪里我就在哪里。”尹霈祁用拇指抹了一下楚境的眼泪，“哭吧，不用害怕被别人看到，我替你挡着呢。”

“我没有哭。”尽管她眼睛是红的，但仍旧要嘴硬。

“嗯，你没哭，只是眼睛进沙子了。我帮你吹吹好不好？吹吹就不难过了。”尹霈祁温柔地往楚境的眼睛上吹了一口气。楚境再次埋入他的怀中，放肆哭起来。

尹霈祁把大衣敞开，裹着她，紧紧地拥抱着她。他或许应该说点儿什么，但是此时此刻，他只想安静地陪着她。

他发现了，楚境真是个百变的女人，恰好她的每个样子他都喜欢。他就这么抱着她，心疼她，又为自己感到开心。书上说的总是对的，情侣吵架了没关系，一个拥抱就解决了，实在不行就来个强吻。

楚境心里还是有他的，尹霈祁美滋滋地想着。

楚境突然从他怀里挣脱出来，拢了一下头发，擦干净了眼泪，一脸的高贵冷艳，仿佛刚才那个哭鼻子的小女孩不是她一样。

“谈业务去。”

尹霈祁微微一惊，旋即笑了：“谈哪个客户？”

“汪徽上次介绍的那两个，我得把他们搞回来。”楚境掏出粉饼，迅速补了个妆。

“我跟你一起去。”

“你一个技术人员，你去干吗？你回去上班。”

“带着我好谈判。”

这话真是不假，楚境和客户谈判的过程中，尹霈祁就一直晃来晃去，每晃悠一次，客户就妥协一分。尹霈祁的这张脸，简直像是一张不用还的信用卡。

对方其实也是看中了他们的产品在双十一期间的销量，要携手在电商这个领域，共同前进。

得到了两个大订单，拿到了一部分定金，随之而来的就是加大生产，还需要资金。小公司如何做好现金流，这成了楚境面临的另外一个难题，她苦于没有解决的办法，比她大学论文那个课题还要难一些。

“你为什么一定要先生产，然后再供货呢？如果改变思路呢？做定制款。”尹霈祁看楚境一直苦恼，提议道。

“我有想过这样操作，但是我们小品牌，消费者没有信任度，这种模式很难有订单。况且，以我们目前的实力，加工生产的周期也是我们控制不了的。”楚境坦言。

“如果我们有一个大品牌可以依靠呢？”尹霈祁说完突然紧张了起来，又赶紧说，“你别误会，我绝对没有要提尹氏集团的意思，尹氏集团也肯定没有图谋不轨，我就是单纯建议。一些国民度高的品牌，或者外国小众品牌？”

楚境笑了笑：“你别紧张，我知道你没别的意思。国外小众品牌这个建议倒是不错，我找人问问看。”她咬了咬嘴唇，爽朗一笑，“我向你道歉，前阵子是我口不择言，如果有伤害到你……”

“那就请我吃饭。”尹霈祁眨了下眼睛。

“我没空。”

尹霈祁不明所以，刚才那个眨眼显得油腻了？她为什么又变脸了，攻略里可是说了，wink是很有杀伤力的。怎么到他这不行了呢？难道是他长得丑吗？不可能啊。

他焦急地补充道：“吃个便饭就行，我要求不高的，而且我没生气，真的，你也别生气。”

“我是真的没空，我还有几个报表要做，下周我要请假。”楚境拍了拍他的肩膀，“你想吃什么，我给你点外卖。”

“那我来点。”尹霈祁选了一些营养价值高、养胃的菜品。两个人直接在办公室吃，清蒸鲈鱼味道鲜美，却有刺，虾还得剥壳，尹霈祁一手揽下了这些工作，让楚境尽情地做表。

他在喂给她食物的时候，手指有意无意碰到了她的嘴唇，当真是软软的。

楚境做完报表抬头就看见尹霈祁在傻笑：“小尹总，你怎么了？”

尹霈祁咳嗽了一声，迅速变得严肃起来说：“我没事。”

“脸抽筋？”

“有可能，最近压力大，控制不了面部表情了。”尹霈祁开始一本正经地胡说八道。

楚境担忧了起来：“该不是实验室太忙了吧？你有病赶紧去看看，别耽误治疗，再耽误工作。”

尹霈祁甜蜜地“嗯”了一声，紧接着离开了楚境的办公室，回实验室干活。

郝明午觉刚睡醒，顶着乱糟糟且有点油腻的头发和尹霈祁打了个照面，问他：“有开心的事？”

两个人站在门口，大门是不锈钢镜面的，刚好可以反射出两个人的样子。他仔细端详了一下，郝明这么朴实，他当初是怎么把郝明列为竞争对手的？

在那次庆功宴上，他嗅到了郝明对楚境有那么一丝的关怀，然后就火速加入了扶摇。现在想想，可能真是自己想错了，郝明热爱和关心的，明明就只有实验室。

“刚吃了个甜枣，郝明哥，咱们再测试一次吧。”尹霈祁干净的笑容扬起。

郝明也开心起来，“嗯”了一声，笑得合不拢嘴。

尹霈祁彻底放下心来，这样的汉子不会喜欢楚境的。

托福考试紧张又刺激，长达四个小时的考试时间，廖之雯轻松应对。她觉得考过没什么问题，打算提前庆祝。

医院催促廖之雯去复查，她几乎要忘记这个事情了。因为忙考试，她怕影响自己的情绪，所以没有去检查。

她瞒着大家去做了穿刺活检，结果要过几天才出。但是不管结果如何，廖之雯都打定了主意要出国留学，她心仪的学校早就选好了。

廖之雯的头发又长长了不少，她拉着景然一起去剪头发，付钱的时候从钱包里掉出了一张她过去的照片。景然这才知道，过去廖之雯是个这么文静的女孩儿。

“你是不是发生了什么，所以变化这么大？”景然突然问。

廖之雯微笑着点了点头：“我过阵子告诉你。”

周五，公司三位重要人员同时请假，飞往了印度洋上的某个海岛，准备参加孟东女士的婚礼。

廖之雯心态坦然，她觉得再婚是一件好事。

楚境满脸担忧：“万一我妈被骗呢？”

“安啦，你妈妈那么厉害，怎么可能会被骗。”廖之雯说。

“父母再婚我觉得真没什么，我爸也要再婚，他还瞒着我不想让我知道，但其实我根本不介意，只要他过得开心就行。我妈去世很多年了，他一个人，也挺可怜的。”景然第一次说起了自己的身世，另外两个闺蜜正准备安慰，景然就摆了摆手，“我一点也不可怜，我爸对我很好，不然也不会害怕我不高兴。”

“现在都流行再婚吗？”楚境无奈地笑了。

“我暂时就不考虑再婚了。”景然说。

“我头婚都还没呢，就先不用再婚了。”廖之雯说完，和景然一起看向了楚境。

楚境一手推着箱子，一手摘下墨镜给了两人一记白眼：“我发昏！”

从机场出来，孟东女士安排的接机司机已经到了。楚境又有点不高兴了，怎么还安排个司机打发她，这么久没见了，亲自来接一下不行吗？并且，这车还没空调。她瞥了一眼旁边停着的那辆加长林肯，这才符合孟东女士的身份啊！

带着一肚子的不满，楚境上车了，她见到孟东女士之后一定要好好沟通一下！

紧随其后，有两个人出了机场，二人分别戴了鸭舌帽，压得很低，口罩包裹着脸，气度不凡，像个明星。司机从停在路边的加长林肯下来，为他们拉开了车门，请他们上车。

上车后，顺手还拉了帘子，挡住了外面的视线，二人这才摘掉了口罩和帽子。

尹霈祁长长地松了一口气："你这出的什么馊主意，跟做贼似的。"

汪徵："小尹总，我可全都是为了你，我来参加姨妈的婚礼光明正大，你似乎没有什么理由。"

尹霈祁冷笑了一声说："你姨妈给你发请柬了吗？自己在她心里什么地位，心里没有点数啊？"

汪徵吃瘪，明明很生气，却还得保持着微笑。

楚境坐在拥挤且没有空调的出租车里，觉得火气随着气温越来越大了。孟东女士的电话还是打不通，也不知道她在忙什么。

廖之雯见楚境一脸便秘的表情，握了握她的手说："既来之则安之，见到阿姨之后好好聊一下。"

楚境"嗯"了一声，明显的心不在焉。

漫长的行驶过后，在日落之前她们到达了酒店。酒店充满了欧洲风情，像一座宫殿，门口放着一张巨幅海报，旁边花团锦簇，还拉了条幅，一看就知道这里即将举行婚礼。

上面写着"欢迎参加景致先生与孟东女士的婚礼"。

景然手里的包一下子就掉在了地上，景然指着照片开始打嗝。楚境看着照片里幸福的男女，心里说不出是什么滋味。

廖之雯搂住了两人的肩膀："看起来还挺般配的，你们也不要过于惊讶吧。”

景然“啊”的一声尖叫了起来。

楚境和廖之雯齐齐看过去，楚境说：“我都还没崩溃，你怎么叫起来了？”

景然颤抖的手指着照片，又指了指自己：“我爸！”

“什么？”楚境这次也惊得丢了手里的东西，“景致，景然……”这不就是一家人的名字嘛，世界明明那么大，为什么到她这儿变拥挤了呢？

不对，事情似乎一开始就有点苗头。孟东女士又没见过景然，为什么会有她的护照信息，还一起寄来了三个人的机票，原来……

这一对幸福的再婚夫妻，将一对女儿骗得团团转。楚境和景然对视了一眼，景然连忙摆手说：“我真不知道我爸要结婚的对象是你妈妈。”

“我相信你。”楚境欲哭无泪。

“孩子们……”酒店的大门敞开，孟东女士穿着一件白色的礼服从里面奔出来，但她面对的是两个面如死灰的女儿，和一个看闺蜜脸色不太敢动的廖之雯。

楚境冷笑起来，景然看见孟东女士身后的父亲，撸起袖子就奔了过去，尖叫着：“结婚这么大的事情不用和我商量吗？”

景致一见女儿这么大的反应，原本打算出来的他，直接折返回去。景然哪里能忍，抬腿就追。

“聊聊？”楚境问。

孟东女士幻想中的母慈子孝的场面没有发生，她也只好恢复了过去女企业家的气场，点了下头说：“去我房间。”

“好，雯雯你先去房间等我。”楚境又对孟东说，“安排好了吗？”

孟东女士没忍住翻了个白眼，笑了起来："我在你眼里就这么不靠谱啊？雯雯的房间我早就安排好了，超级梦幻！雯雯你先去休息哦，路上累了吧，我还给你安排了SPA。"

"谢谢阿姨，阿姨新婚快乐。"廖之雯说完就走开了，假装没看到楚境的眼神杀。

行李全部交由酒店服务员送到房间里，楚境跟着孟东女士去了她的婚房。是一间总统套房，孟东包下了整个酒店，阳光、沙滩、海浪，楚境边走边想，是不是还有一位老船长，想到这里她竟然真的笑了出来。

孟东的房间贴了红喜字，床上的布置也是中式风格。她的婚纱挂在衣帽间里，裙摆长达十米，胸口处还有钻石做点缀，楚境摸了摸这件华丽的婚纱，一切都那么不切实际。

孟东拿头纱盖在了楚境的头上，楚境看着镜子里的母女二人，感觉很陌生。

"小境穿婚纱真的很漂亮，这是妈妈第一次穿婚纱，我希望得到你的祝福。"孟东女士温柔地笑起来，这种温柔洋溢着幸福感，是从前楚境没有见到过的，她又说，"当然，如果你没办法接受，我不会强求你的祝福，我仍然是你的妈妈，仍然爱你。"

"想好了吗？结婚以后的日子怎么过？"楚境问。

"没想那么多，我经历过一次失败的婚姻，所以额外珍惜这段感情。在遇见景致以后，我就想跟他在一起，携手度过未来的日子。我觉得我年轻了，心跳不再是因为赚钱，而是因为有爱，这话或许你觉得很矫情，但是陷入爱河以后的女人都会这样。"孟东女士温柔地解释着，试图让女儿能够理解自己。

楚境忽然感觉到扎心了，这话说得好像谁没谈过恋爱似的，她一把掀开头纱，颇有些不耐烦地摆摆手："行了，别秀恩爱了。我累了，坐会儿。”

母女两个人坐在沙发上聊天，用了三个小时的时间，楚境听了二人的相爱历程，虽然不能感同身受，但是也能够稍微平复心情。这期间景致打了电话过来，汇报双方女儿的情况，她那个女强人妈妈彻底变了一个人，成了个会撒娇的小女人。

孟东女士这个样子，让她想起来，当初为了接近小尹总的时候，她伪装的那个样子。她突然一个激灵，怎么想起他来了？

楚境赶紧摇摇头，孟东女士拿着一份文件出来，问她：“是哪里不舒服吗？”

“没有，可能是对秀恩爱过敏吧。”

“你这孩子。”孟东女士笑了起来，打开了文件袋，“我把公司卖掉了，其实我那个公司已经在走下坡路了，我不想再经营下去了，目前打算做做投资，好好享受人生。这一部分是我留给你的，你那个小公司，不是很困难吗？创业很难，但是我相信你的能力，女儿，你要加油啊。”

楚境愣住了：“卖掉了？这么干脆？不是你的心血吗？”

“我的心血有很多，比如说你，比如说咱们家，比如说我未来的小家。要做一些让自己开心的事情，有时候也没必要太累。我仍然有独当一面的能力，也有足够的金钱，现在也可以拥有爱情，这一切都不冲突。”孟东女士亲吻了女儿的额头，“回去休息吧，好好度假。”

楚境浑浑噩噩地离开了妈妈的房间，她一直在想妈妈说的话，难道是她错了吗？她以前以为，事业可以高于一切，因此她可以全年无休地加班，她觉得赚钱才使自己快乐，忽略了情感，没有爱情，对亲情也一般。她觉得，只有钱越来越多，才能让自己踏实，才能证明自己的价值，提高自己的地位。

如今想想，是不是真的错了？

楚境回到房间，把自己泡在浴缸里，开始仔细回忆，上一次心动是什么时候？但什么又是真正的心动呢？

酒店外。

尹霈祁和汪徵坐在那辆豪车里，两个人托了不少关系，才知道楚境和廖之雯住在这家酒店，然而意想不到的是，酒店被包了。更加意想不到的是，花再多钱也不能使服务员偷偷给他们开一间房间。

他们被拦在外面，一墙之隔就是他们心爱的女孩儿，可他们怎么都进不去。这像极了20世纪欧洲的爱情小说，尹霈祁觉得自己这份爱太伟大了——漂洋过海来陪你，你还不理我！

尹霈祁推了推汪徵："你好歹也是新娘的外甥，和你阿姨关系怎么这么差？"

汪徵也没想明白，为什么不请他？他想了想，小姨马上结婚，全家应该都来了，他给他妈打了电话，没接。

尹霈祁冷哼一声。

汪徵明显不服气说："我和我外婆关系还行，她老人家应该也来了，会让我们进去的。"

尹霈祁："老人家一般都是隔辈亲，你快打。"

汪徵拨通了电话，外婆接了。

"外婆是我啊，你去参加小姨的婚礼了吗？"

电话那头传来了中气十足的女中音："你个死小子还有脸问！你小姨结婚你跑哪儿去了？你当初要是努努力，现在结婚的不就是你呢？雯雯那么好的女孩儿，你都抓不住，你还有什么用？我不想和你说话，追不回雯雯别来见我！"说完就挂断了电话。

汪徵被劈头盖脸一顿骂，整个人都蒙了。

尹霈祁冷笑一声："你和你外婆关系真好。"

汪徵被他冷嘲热讽一天了，实在受不了了，把手机扔给他说："你行你来！"

"我来就我来。"尹霈祁抄了号码，用自己手机打过去。

外婆接了，很客气。尹霈祁自报家门："外婆你好，我叫尹霈祁，是楚境的男朋友……"

十分钟后，外婆亲自来接他们进去了。

见到汪徵以后，外婆抬手就打了他一下，然后拉住尹霈祁左看看右看看，爱不释手。

尹霈祁心想，我从小是跟着爷爷奶奶长大的，要没有点真本事，早就被家里的表兄妹欺负死了，哪能这么得宠！

"外婆，我是偷偷过来的，小境和我闹别扭呢，我想给她一个惊喜，您能帮我保密吗？"尹霈祁说。

"小境这个孩子，就知道工作，总算是有归宿了。这次她妈妈结婚，她是不是因为这个事儿跟你闹别扭？"外婆一眼看穿了问题所在。

尹霈祁连连点头，外婆又说："你就安心住下，这里房间多得很，就住外婆隔壁。"

尹霈祁和汪徵总算是有地方住了，虽然是个双人标间。两个人洗完澡，躺在床上。

经过漫长的大眼瞪小眼之后，他们异口同声地问对方："有什么计划吗？"

然后再次沉默。

第十四章
真香

闺蜜三个来了一次促膝长谈，这场突如其来的父母再婚，楚境和景然终于能够勉强接受了。她们从好闺蜜成了法律意义上的姐妹，这种感觉其实没有很糟糕。

隔天四个人一起吃了饭，算是正式介绍。景致对孟东无微不至，楚境突然都有点羡慕了。

景然再次宽慰楚境说："我爸是个会照顾人的人，你看我长这么大就知道了。"

"你闪婚的事情，怎么没跟我说？"景致突然问。

"你闪婚的事情也没跟我说啊，都是这么大的人了，为自己负责吧。祝你和孟阿姨幸福！"景然举起酒杯，她看了看楚境，楚境虽然没说什么，但是也陪着喝了一杯。

终于，一家人其乐融融。

楚境这辈子也没想到，自己能当上亲妈婚礼的伴娘，廖之雯和景然也是伴娘，三个人穿着伴娘礼服站在孟东女士的身后，亲眼见证了她的幸福。

婚礼上来的宾客很多，绝大部分楚境不认识，她看着妈妈幸福得热泪盈眶，忽然有一瞬间恍惚，结婚好像也不是什么可怕的事情。

她想到结婚，脑海之中猛然间闪现了小尹总的脸。她摇了摇头，为什么要想起他？她眼睛扫过人群，好像看见宾客里面坐着个年轻帅气的男人，正是尹霈祁。

楚境小声地跟廖之雯说："你看那边那人是不是尹霈祁？"

廖之雯看过去，并没有发现，于是摇了摇头。

楚境感到万分错愕，出现幻觉了？

新娘丢手捧花这个环节，历来都是婚礼上未婚女孩最期待的，她们聚在一起，都想成为最幸运的那个。单身的期待抢到以后可以遇见真命天子，恋爱中的女孩期待抢到以后会和爱人走入婚姻的殿堂。不管是哪一个目的，新娘的手捧花从出现的那刻，就万众瞩目。

孟东女士的这份手捧花，还格外特别，她在里面放了一枚价值不菲的钻戒，当作对幸运女孩儿的祝福。

楚境在看到那枚钻戒以后，她决定了，这个捧花她要抢！她亲爱的妈妈实在太铺张浪费了，将这钻戒卖掉够她小公司交一个月水电费的！

新娘丢手捧花的环节就快开始了，楚境摩拳擦掌。

廖之雯感到费解："你是想结婚了？你要去抢这个？我没看错吧？"

楚境目光灼灼地盯着手捧花："你们俩也给我去抢。"

景然一耸肩："我不去，我这才刚离婚，马上再闪婚不太好。"

廖之雯也摇了摇头："我也不想去，我才刚考完托福，我太想上学了。"

楚境眼看新娘招呼了大家聚在一起，马上就要开始了，她猛地推了一下这两人："那手捧花里有钻石戒指！赶紧去抢！我妈真是疯了！"

景然和廖之雯对视一眼，然后从人群外围，挤到了最前排。

孟东女士看着眼前这热闹的场景，颇感欣慰，这些女孩儿在她眼里都变得可爱了起来，都是值得祝福的人。更加让她意外的是，女儿也开始渴望婚姻了，这绝对是一个好的发展方向。

“有人想要我的手捧花吗？”孟东女士饱含热泪。

楚境、廖之雯和景然三人志在必得，做好了百米冲刺的准备。

孟东女士又说：“可没那么容易哦，来一起做几个小游戏，考验你们对真爱的渴望。”

楚境：“……”这是不是故意刁难我？我只想要钱，真爱是什么，好吃吗？

廖之雯想，为了楚境！

景然想，为了姐妹和姐妹的公司！

隐藏在人群里的尹霈祁和汪徵，打扮成低调的客人，暗中观察着楚境和廖之雯。

“她们在干吗？”汪徵问。

尹霈祁瞥了一眼手里的婚礼流程单说：“抢手捧花。”

“抢那个干吗？”汪徵又问。如果不是他满脸写着匪夷所思，尹霈祁都要觉得他是故意找碴儿了。

尹霈祁有点不耐烦地说：“你怎么连这个都不知道？抢到手捧花的女孩儿就是下一个结婚的人。”

汪徵又看了一眼廖之雯志在必得的样子，若有所思道：“雯雯这么想结婚？那她为什么和我退婚？”

尹霈祁把流程单折好了，说：“问天问地问良心，问我干吗？我去抢手捧花了。”

汪徵拉了尹霈祁一把：“小尹总，你抢那个干吗？你是男的。”

“我们家小境想要，我就去帮她抢。”尹霈祁自豪地说，“我们家小境”这个称呼太甜了，他自己在心里美了一会儿。

汪徵皱了皱眉：“被记者拍到，影响我们尹氏集团的形象。我劝您不要去。”

尹霈祁“哦”了一声：“你说得对，那我派你去吧。”

汪徵：“……”

尹霈祁笑了起来：“开玩笑的，给小境的东西，当然得我自己来。如果真有记者，你负责搞定；如果你搞不定，我就开除你。”

尹霈祁脱掉西装外套，从袋子里掏出一件运动服来，戴上假发头套和口罩，混入了人群。

大家隐约知道有个价格不菲的礼物之后，来参加抢手捧花的人就越来越多，司仪将现场的人分成了两组进行比赛，尹霈祁和楚境刚好是两个组。尹霈祁背对着楚境，不让她发现自己。好在楚境的心思也没在这个身上，一门心思抢捧花。

尹霈祁长手长脚，答题飞快，过五关斩六将，成了抢捧花最强劲的竞争对手。

汪徵当然也不能落后，他也乔装了一番，混入了队伍当中。

两个身高一米八五的大男人站在了最前排，和一群娇弱的小姑娘，竞争一个捧花。

那边楚境三姐妹愁云惨淡，纷纷蹲在一旁唉声叹气。楚境第一轮出局，廖之雯第二轮，景然勉强进了决赛，最终惜败。

“怎么回事，我以为是体力活，结果是脑力活儿！”景然咬了咬牙，感觉内心十分不平静。

楚境略带嫌弃的口吻说：“你不是说包在你身上？”

“我好歹还进了决赛，你看看你们俩！”景然反驳。

廖之雯噌地站起来，受了极大的打击，内心愤愤不平：“什么破题？给我一幅破图，里面一群外星人，问我哪个是迪迦奥特曼，我怎么知道？小境你什么题？”

“问我哪个是AJ12？”楚境抓了抓头发。

廖之雯狐疑道：“你不是研究过吗？给叶远信送礼的时候。”

“别提了。”楚境懊恼。她不是不知道，只是当时忽然想起了尹霈祁，一下子忘了还在答题。这着实是一件丢脸的事情，她怎么会突然这么想他呢？

“怎么办，钻戒还要不要了？”景然问。

楚境“嗯”了一声：“都出局了，还怎么要，算了。”

景然狐狸一样的眼睛转了转说：“不然我们……”她比画了一下，做了个抢的手势，“我们三个人。”

廖之雯“扑哧”一声笑了：“你魔怔啦？走啦，招呼客人去。”

另外一边，尹霈祁和汪徵渐入佳境，关于男人爱好的问题，他们怎么可能答错，但是关于男女情感问题，汪徵就陷入了迷茫之中，他感觉这比高考还难。为什么女孩子会有这么多困扰，会想这么多？

尹霈祁就不一样，到底是有备而来，他在欢呼声之中拿到了手捧花。

也不知道是谁发现了端倪，质疑了一句：

“但他好像是个男的啊……”

司仪恍然大悟，刚刚只顾夸赞这个人出色了，忘了最初的活动规则。他十分歉意地看着尹霈祁：“虽然你这身打扮很美，但是男扮女装可不行哦。”

尹霈祁跟司仪小声交谈后，拿过了麦克风：“很抱歉各位，我违反了游戏规则，但是我真的很需要这个捧花，因为我的心上人想要这个。她想要的所有东西，我都想要送到她的面前，哪怕她不接受我，并不爱我，我也想要以这种方式对她好。我愿意做爱情里卑微的那一个，永远对她俯首称臣。我愿意出钱买下这个新娘捧花，无论花多少钱，我都想让我喜欢的人开心。请各位成全我，谢谢……"

尹霈祁真诚地说完，给大家鞠了一躬。

这一幕感动了不少未婚女孩儿，这样又深情，又帅气的男孩子，为什么总是别人的男朋友？

她们也很想要啊！

司仪和新娘被感动得不行，无条件送上了捧花。尹霈祁美滋滋地拿着捧花离开了人群，他闻了一下，是爱情的味道。

汪徵伸出了大拇指赞扬道："刚才那番话哪本书看到的？攻略做得够棒的！"

尹霈祁翻了个白眼说："你这样的爱情白痴是不会懂的，我那叫真情流露。"

婚礼结束后，新郎新娘离开小岛去度蜜月，将这座美丽的海岛留给了宾客们。一场盛大的婚礼就这样结束了，闺蜜三人打算在这里再住三天，玩个痛快，然后回去继续创业。

对于没有拿到捧花这件事，三人虽然有点不开心，但是也对拿到的那个人表示祝福。在楚境房间里计划好了明天去哪里玩，然后各自回房休息。

楚境洗完澡，听到有人按门铃，门口没人回应。她犹豫了一下要不要开门，国外不知道安不安全，但是转念一想，这是她家包下的酒店，想来也没什么危险。

门打开了，门口没人，地上放了一束捧花，是她们下午抢了许久，没有抢到的那个。新娘捧花有点蔫儿了，但是丝毫不影响它的价值。楚境拆开捧花，钻戒还镶嵌在里面。

谁抢到了？

不知为何，她脑海里突然闪现了今天下午看到的那张疑似尹霈祁的脸。难道真的是他？

楚境给尹霈祁打了电话，周围没有听到电话的铃声。电话很快被接听了，传来了尹霈祁愉悦的声音：“小境，你想我啦？”

隔着大洋彼岸的电话线，她都能感受到这带浪的声音，她以前觉得有点恶心，现在不知不觉嘴角上扬了一些。她突然觉得哪里不对，赶紧对着镜子看了一眼，那个甜蜜的女人是谁？她摇了摇头，冷着声音说：“今天公司怎么样？”

“一切都好啊，你们不在没人在前台，我帮着收快递呢。”尹霈祁乖巧地回答，然后又问，“你在那边好吗，有没有吃不惯？小境，回来会给我带礼物吗？”

“想得美，公司没有这个福利。你好好看家吧。”楚境故意凶巴巴。

尹霈祁在电话那头笑了。

“你笑什么啊？”楚境问。

“没什么。”尹霈祁顿了顿说，“我很想你。”

楚境的脸烧了起来：“我还有工作，挂了。”

挂断电话的动作相当用力，手机险些从手里脱落，楚境仰天长啸，她到底怎么了？

尹霈祁在隔壁房间里，靠着门，手里还握着手机，看着他和楚境的通话记录，忍不住笑起来，温柔似水。

没过多久，尹霈祁收到了齐秘书的转接电话，仍然是楚境打过来的。

“那个，就是问问你穿多大号的鞋子？”

“43码。”

“行了，你别加班了，都这么晚了。”

再一次挂断了电话，尹霈祁为自己的机智而点赞。他早就预料到楚境可能会查岗，打公司座机，所以早早地让齐秘书去替他。

尹霈祁兴奋地说：“你看，小境心里有我，她还不承认。肯定是要给我买鞋，我是不是应该假装完全没想到，然后表现出超级惊喜的样子？”

齐秘书“嗯”了一声表示自己在听。

尹霈祁一脸幸福的傻笑，又问：“你替我上班没有被发现吧？”

齐秘书万分无奈地看了一眼桌子上的镜子，她这精致的马尾，除非对方是瞎子外加傻子，不然怎么可能不被发现？但是她老板问出了这样的愚蠢问题，她也只好说：“没有，都搞定了。”

“齐秘书你很好。”尹霈祁肯定到。

“谢谢。”

“齐秘书你怎么这么冷漠？我夸了你，你就不能夸夸我吗？”

齐秘书叹了口气，她实在不愿意回答老板这样的问题，但是作为一个优秀的秘书，她要让老板开心，于是说：“小尹总，我是一个女秘书，需要跟您保持一定的距离，不然您喜欢的人会误会，这样会增加您在求偶道路上的难度。”

尹霈祁“哦”了一声，然后挂断了电话，微信也拉黑了齐秘书。

海岛上连续阴天，实在没什么可看的风景，楚境和闺相约去逛街。楚境直奔鞋店去了，这里有一些限量版鞋子的专卖店，大多是一些爱好者自己收集的。她让老板推荐了比较有收藏价值的一双球鞋，选了43码。

“给谁买的？”景然忽然跳了出来。

楚境拍了拍胸口，被她吓了一跳：“你不是在隔壁户外用品店吗？”

“男式球鞋，给小尹总带的？”景然眨了眨眼睛，写满了八卦。

“不是，我打算回去做黄牛。”楚境说。

景然“嘁”了一声：“你就嘴硬吧。”

楚境没回应她，景然又说：“附近有个公园，有个许愿池挺有名的，去看看？”

“雯雯呢，叫她一起去。”楚境说。

公园所在的位置不远，还有许多欧式建筑遗址可以参观，三个人在公园里转了一会儿，四处找人换硬币准备许愿。

好不容易换到了，三人站在许愿池前，突然之间，楚境感觉摇晃了一下。紧接着看到池水的波纹越来越密集。

“好像地在动？”楚境疑惑地开口。

“我也感觉到了。”廖之雯说。

景然迅速观察了周围的情况，又趴在地上听了听，然后面色巨变：“好像是地震。”

楚境说：“地震？没看到预报啊，怎么办？”

“别急。”景然皱了皱眉，她们所处的公园有很多古建筑，“快跑！找个开阔的地方，这些建筑年久失修，我怕不牢靠。”

闺蜜三人拉起手，一边跑一边喊地震了。路人一开始并没有反应过来，大多数都是游客，显然没有经历过这些。就在她们逃跑的过程中，地面开始剧烈晃动，地上出现了裂纹，古建筑摇摇欲坠，倾倒下来。她们并没有足够的时间跑出去，最后景然拉着她们找了个相对来说比较空旷的地方，旁边还有一面坚固的墙体，比起那些古建筑周围，实在好多了。

眨眼之间，她们被困在了一片倾倒的建筑物里，一棵大树倒下，刚好盖住了她们头顶，乌云密布的天下起了雨来。

“怎么样？受伤没？”景然问楚境和廖之雯。

二人纷纷摇了摇头。

景然从背包里拿出外套来：“我刚在户外用品店买的，你们先穿上。见鬼了，这么快就用上了。”

冲锋衣不是为夏天准备的，但是大雨突至她们必须要保持体温。

虽然没有受伤，但是奔跑的过程中，廖之雯丢了一只高跟鞋，楚境的纱裙被刮破了，四周的灰尘沾了她们一身，混合雨水后变成了泥点子，让三个人看起来狼狈不堪。她们互相看了看对方花猫一样的脸，然后同时笑了起来。

“景然你能带我们出去吧？”楚境问。

景然点点头：“是时候表演真正的技术了，野外求生我也行的，等会儿我就开始钻木取火。”

楚境：“你没准备打火机或打火石吗？”

景然：“机场安检都给收走了，你没看见啊？”

两个人互相嫌弃地聊起来，试图缓解困境之中的害怕，她们不知道会不会再次地震，也不知道救援什么时候来，她们没有食物，未来什么都有可能发生。

一直沉默的廖之雯忽然说：“我们会死吗？”

“不会的，我有经验，相信我。”景然抱住了廖之雯，想要安慰廖之雯，她能够理解廖之雯的害怕。

但是廖之雯十分平静，她说：“如果生命的尽头是和你们在一起，我觉得也很好。”

“雯雯，别说傻话，我们会没事的。”楚境也抱住了廖之雯。

"其实我有个秘密藏在心里很久了。"廖之雯深呼吸了一口气，"我得了癌症。"

楚境整个人呆住了。

廖之雯握住了楚境的手："你不是问我为什么突然改变吗？就是因为这个，我想为自己活一次。不用为我难过，我这段日子过得很开心，明天和死亡不知道哪一个先来，所以我在及时行乐。"

景然再一次拥抱了廖之雯，虽然是笑着，眼角却有泪痕："是呢是呢，及时行乐。我也来说一个我的秘密。我不是闪婚然后背上了巨额的债务嘛，按理说我应该恨那个男的，可是我如今还是爱着他。如果再见到他，我可能还是愿意被骗。"

"我……我爸抛弃了我，他走的那天，带我去了游乐园，然后我在门口等了他很久，后来我病了。我变得敏感脆弱，我害怕提起任何与父亲有关的话题。如果谁嘲笑我没有爸爸，我第一反应是打过去，只要我足够强大，就没有人敢笑话我。所以这么多年以来我都没有谈过恋爱，我无法接受失去，索性不要开始。"楚境说着说着就流了眼泪，她不知道为谁而哭，她其实并不觉得自己很惨，比起她们两个，她算是好的了。但是她就是忽然想哭，忽然想念起了一个人——尹霈祁，如果你能突然出现在我的面前就好了。

"我们不光是看过对方素颜，也是交换过秘密的人了，四舍五入就是生死之交了。"景然用胳膊钩住两个闺蜜，"其实这都不算什么，等我们从这里出去，我带你们出去见见世面，看看那些大好河山，争取把你们俩培养成网红极限运动主播！"

地震后最好的自救方式是先冷静下来，然后等待救援。她们的手机没有信号，无法与外界取得联系，但好在她们这个地方暂时安全，也没有余震。三个人通过聊天平稳了情绪之后，就开始保存体力，景然根据以前户外的经验，开始寻求出去的办法。

天逐渐黑了，手机显示她们被困有三个小时了。除了肚子有点饿以外，也没有更多的不适了。景然找到了一根木棍，她从里面开始挖，试图挖出一条通道来。

渐渐地，她们的体温越来越低，早晚温差很大，又穿着湿衣服。楚境连续打了几个喷嚏，廖之雯瑟瑟发抖，景然加快了速度，她必须尽快带她们离开。她拒绝了另外两个人的帮忙，因为地形特殊，景然怕她们俩挖错了，这里会塌掉。

“小境，出去以后你最想干吗？”廖之雯问。

“当然是融资，把公司搞下去。”楚境几乎没经过大脑地回答。

廖之雯就笑了：“你好好想想，有没有更想做的事情？”

更想做的事情，似乎是没有。楚境认真想了一下，也不知道为什么脑海里忽然蹦出了那天她在游乐园门口，尹霈祁突然出现的画面。如果可以，能和他去玩一次吗？

景然边挖边说：“我想找我前夫。”

“我想立刻出国，我太想学习了。”廖之雯说。

“我有时候就不理解你们这些学霸。”景然一边说，一边看到了一束光，紧接着听到了外面警笛的声音，她惊喜万分，“救援来了！”

三个人抱在一起，终于挺过了这次危机。

救援人员将她们解救出来，楚境直接被人抱了满怀，紧紧的，似乎要把她给揉碎一样。她还感觉到抱着她的那个人贴着自己的脖子，热泪钻进了衣领。

楚境开始感觉到不对劲，虽然救了她的命，但是也不能占便宜吧？

楚境开始推他，但是纹丝不动。

楚境恼怒了，大喊了一声："你是谁啊？有本事让我看看脸！"

"小境，是我。"

她突然愣住，这个声音太熟悉了，是她无意识地思念了许多天的尹霈祁。

尹霈祁带着浓浓的鼻音说："幸好你没事，幸好，幸好……"

"你不是在加班……你骗我？"楚境突然反应过来了，婚礼上见过的人果然是尹霈祁，那个捧花很可能也是尹霈祁给的。他为什么能够悄无声息地潜入进来，并且跟着她这么久？比起被欺骗的气愤，她心里更多的居然是喜悦。

因为劫后余生见到了他，因为终于见到了他，因为又见到了他，因为是他。

地震结束了，小岛上有一些人受伤了，但是没有大碍。大家担心再一次发生什么意外，在机场恢复交通后，迅速离开了这里。孟冬女士的婚礼告一段落了，她人虽然没能回来，但是向宾客表示了歉意。

楚境三人没有立刻回图宁市，她们惦记着景然说的那一场荒诞旅行，憧憬着一次极限挑战。

离开的当天，楚境没跟尹霈祁道别，给他留下了一封信，还有她买的那双球鞋。

她说："我知道你的心意，却不知道我自己的想法……"

地震那天，汪徵没能第一时间赶到廖之雯的身边，错失了良机。他本以为尹霈祁那么拼命去挖沙土救楚境，他们应该会有个好结果，可是楚境远行了。汪徵实在是不太明白，感情到底是怎么一回事。

尹霈祁拿着这封信却笑得合不拢嘴。

机场人来人往，汪徵觉得尹霈祁可怜极了，他拍了拍尹霈祁的肩膀："不行就算了，男人以事业为重。"

尹霈祁立马投过去一记白眼："所以你这种人怎么会拥有爱情？事业哪能比老婆重要。"

"我这不是为了安慰你嘛，又被楚境给抛弃了……"

汪徵话还没说完，尹霈祁就再一次翻了个白眼，把信杵到他眼前："你认不认字？她哪里抛弃我了？她这是给了我无限可能！"

汪徵："……"

尹霈祁嫌弃道："楚境说她知道我爱她，她也爱我，但是没想好能不能跟我走下去，所以她要出去静静。等她想明白了，就跟我在一起，让我等她。"

汪徵："……"我真不识字？

尹霈祁摇摇头："直男真可怕。"

"她就写了二十一个字，你能解读出这么多信息？"

尹霈祁"嗯"了一声："我走了，你回公司坐镇吧。"

"有去哪儿？"汪徵问。

"追妻。"

楚境给尹霈祁买的那双鞋子，很合脚，他舍不得穿，拍了张照片发在朋友圈里。

一群好友来点赞，其中有几个留言哥哥好帅的，全被他给拉黑了。

叶远信在微信问他："不爱AJ了？"

尹霈祁："要你管。"

叶远信："好几个过来跟我抱怨被你拉黑的，你没事儿拉黑他们干吗？"

尹霈祁："我看了头像，都是女的，给我留言哥哥好帅，我女朋友看到会生气的。”

叶远信：“觉悟真高，但是你为什么要拉黑你表妹？她正跟我发火呢。”

尹霈祁想了想，表妹也被拉黑了吗？他没印象啊，算了不重要。

尹霈祁表妹正和叶远信在一起，看到她表哥的回答之后，暴怒起来：“我是他妹妹，我说哥哥好帅，难道有错吗？难道我要说姐姐好帅？这个恋爱的傻子！”

叶远信疯狂地给她顺毛：“你哥傻，别跟他一般见识。”

“你哥才傻！”表妹反击。

叶远信：“……”我太难了！

一路上，楚境走过山川，走过河流，辗转了四个城市。景然带着她们风餐露宿，斗过野狗。楚境不知道，停下来有这么美的风景，也不知道向前一步有海阔天空，仿佛一下子，过去的困难都不算困难，所有的困苦，也只是庸人自扰。

当她们的手机经历了两天没信号以后，廖之雯接到了医院打来的电话：“廖小姐，总算联系上您了，真是太对不起了，您的检查最终结果出来了，您没有得癌症，只是一个良性肿瘤。是我们搞错了，您之前一直也没来复查……总之是我们的过错，向您道歉……”

之后医生还说了什么，廖之雯就不记得了，她愣了有三秒钟，在两个闺蜜紧张的询问之下，平静地说：“我能活下去了，我没有得病。”

楚境和景然狂欢起来，廖之雯始终平静得仿佛在看别人的人生。等到她们两个平静下来以后，廖之雯才终于尖叫出声，爬上了树，冲山谷大喊：“我没病！我可以活下去了！”

旅行的最后一站是图宁市远郊凤凰山，景然带着她们又爬了一次，这是她和楚境第一次认识的地方。

“我就不回市区了，我打算继续去旅行。我还是热爱户外的日子。我再次翻红了，如果新产品要我打广告的话，漂流瓶找我。”景然俏皮地眨了眨眼睛，这一次分别好像并没有悲伤。

“我拿到了录取通知书，去澳洲，念哲学。”廖之雯说。

“我拿到了我妈的财产，回去继续创业。那……再见啦，姐妹们！”

她们三人拥抱在一起。

在第一场雪来临的时候，三个人正式道别，又剩下了楚境一个人，她突然转过身说：“可以出来啦。”

树后缓缓挪出来一个人，是黑了一个色号的尹霈祁，他微微惊讶说：“你怎么知道我在？我隐藏得不是挺好的吗？”

楚境心说，你是隐藏得挺好，但是都写朋友圈里了！

楚境走过的路，尹霈祁都跟着，他记录下了这一路，拍风景，拍自己，拍她。

“我家小境爬山了，酷不酷？”

“我家小境下河捞鱼了，一条也没捞到，我试了试河水很凉，心疼小境。”

“我家小境等下要去跳伞，我得陪着她。恐高？不存在的。”

“我家小境刚才回头差点发现我，她要是知道我跟过来了，会生气的吧？”

“我家小境什么时候才能是我家的啊？”

……

点点滴滴都是她，楚境蓦然发现，尹霈祁不知道在什么时候已经走入了她的心里。让她除了想赚钱，还想他。

“我们回家吧。”楚境说。

尹霈祁雀跃起来，跑到楚境跟前："那能不能抱抱？"

楚境故意板起脸："改天。"

"改天是哪天？"

"就是有空的时候。"

"哦……"尹霈祁用力地抱住了她。

楚境吓了一跳："你干吗？"

"现在就是有空的时候。"尹霈祁抱着她开始傻笑。

楚境也跟着笑起来。

"楚境，从现在开始，我是你的男朋友了。"

楚境点了点头。

廖之雯出国这件事没能瞒住她的父母，好在他们这一次同意了。女儿险些得癌症的事情他们知道了，幸亏是虚惊一场，大家也都想明白了，孩子开心最重要。

走之前，廖之雯给汪徵发了条信息，约他在机场见一面。

汪徵从会上直接离席，一路风驰电掣赶到机场。

廖之雯在入关口微笑着看他。

"雯雯，你要去哪里？"

"出国留学。"

"我以前怎么不知道你想留学？"汪徵微微震惊，旋即反应过来，"你是因为想留学才跟我分开的吗？我从来不反对你求学，你可以跟我商量的。"

"你不知道的事情还有很多。"廖之雯微微一笑，"我前阵子被诊断出了癌症，我发觉你根本不在乎我，而我也受够了这样的日子，我只想为自己活下去。"

"癌症？"

"别激动，是误诊。我现在很健康，所以我更要为自己活下去。起初只是因为我适合你我们才在一起，我也曾经盲目地爱过你，也是因为你合适我。但是一段爱情，不应该只是因为合适，我或许对你没有怦然心动的感觉。现在我决定放下一切，去过新的生活。也祝福你，不要再执着了，你没有你想象中的那么爱我，这段时间的不舍，只是因为你的骄傲和不甘。”廖之雯一口气说完，感觉无比轻松。

“不，不是的。”汪徵很确定，他心里爱着她，想着她，可是她却不相信了。

“今天也只是想跟你认认真真道个别，电话里分手，是我太幼稚了。正式跟你说一次……”廖之雯凝视着汪徵，“我们分手了，再见。”

“雯雯，廖之雯！”汪徵想要上去抓住她，她却已经进入安检口，他被工作人员拦在外面，眼睁睁看着她离开了。他在这一刻才真正地感觉到了，廖之雯放下了，而他放不下。

有了孟东女士的财产，扶摇这家小公司真的扶摇直上了，解决了现阶段的所有困难，还顺利研发出了石墨烯电池。

尹霈祁还是每天去扶摇打卡上班，认真得不得了。尹氏集团总裁这个位置倒真成了他的兼职，有职业经理人团队再也没出什么大乱子。

只是，最近汪徵心不在焉，搞错了不少事情，虽然经过其他人的提醒，及时纠正了。但是这绝对不像是职业经理人的作风，尹老董事长和汪徵促膝长谈了一次，汪徵决定了，他要辞去经理人的位置。

当汪徵的签证终于办下来后，他一刻也不停地飞去了澳洲，开始漫漫追妻路。

恋爱后的尹霈祁除了工作认真，恋爱也非常认真。凭借着在一个公司的便利，每天和楚境腻在一起，狗粮一把一把地撒出去。但也有一个不尽如人意的地方，就是景然这个人，她不是在搞野外生存吗？为什么总是有网络，每天晚上都跟楚境视频。楚境也是，哪怕在加班，也要跟景然视频。他的爱心加班餐加热了一遍又一遍，仍然无法送出去。

尹霈祁觉得，景然这个女人太讨厌了，不光缠着自己女朋友，并且还总是给她灌输结婚不好，老公靠不住的想法！他必须要想个办法了！

“老肖，你帮我一个忙呗……”尹霈祁拿起电话。

电话那头的老肖，是楚境的大学同学，为数不多关系好的朋友，还是警察。

老肖无奈：“你怎么和楚境一个口吻，求你们快点儿结婚好吗？”

一听到结婚，尹霈祁就笑了起来，开心得像个孩子，笑了好一会儿，老肖说：“什么忙你说呗！”

“我查了一个人，景然前夫，我找私家侦探查到了一些线索，他涉及经济诈骗，我举报给你了。”

在尹霈祁的举报之下，老肖和同事很快破获了这起案件。景然也特意回来了一趟，和前夫做了个了断。

景然离开的时候，那个男人还说：“你愿意等我吗？”

景然发觉他早就不是自己记忆中那个爱人的样子了，他不光骗了自己，还骗了许多无辜的女孩儿，于是说：“给你脸了？你个渣男，还想让我等你？等着把你剁成渣吗？”

小公司扶摇最近又完成了一轮融资，由尹氏集团注资，仍然是独立结算。尹老董事长亲自出面促成了这件事，他虽然多次催促尹霈祁带女朋友回家看看，但是儿子一直没有行动。他觉得儿子太废物了。他亲自上门，给楚境讲了背靠大树好乘凉的故事，说服了她接受这次融资。

事后楚境跟尹霈祁说：“你爸真厉害！”

尹老董事长乘胜追击，让楚境在尹氏集团入职了，顶替汪徽的位置，为尹霈祁撑起了这片天。而尹霈祁专心致志在扶摇搞研发，并且在过年的时候，成功升职为工程师，他自己还埋头苦读了几个月书，拿下了资格证。

“以后公司就是你的天下了！”尹老董事长握着楚境的手说。天知道他有多激动，从一开始他就觉得，楚境这样的狠角色，太适合当自己儿媳妇了，有了她，不需要什么职业团队了。

5G全面普及，尹氏集团的电子产品更新换代，占领了国内市场，扶摇为他们提供的石墨烯电池，成了尹氏电子的最强竞争力。

未来集团因为竞争这个项目失败，公司旗下其他产业也受到了影响，可以说是一次重创。董事长调查下去，发现曾经未来集团是要收购扶摇这家小公司的，只因为他那个小舅子嫉贤妒能，再加上尹霈祁多次敲打，指出在合作过程中联席CEO孙总的各种问题，导致了两家公司合作破裂。董事长再也无法忍受这个小舅子，耀武扬威多年的孙总离开了未来集团。

楚境特意翻出了这位曾经上司的微信，找他两个月前发过的好友圈点了个赞，旋即就被拉黑了。

尹老董事长和孟东女士一见如故，联手开始催婚。楚境坚持要先立业再成家，尹霈祁琢磨着，是不是景然又说什么了？

“这么大家业了，你还想立什么业？赶紧结婚去！”孟东女士一巴掌打醒了女儿。

楚境这才开始清算自己的财产，原来她已经这么有钱了？

“我婚后每个月只买一双鞋，其他钱都给你。”尹霈祁表态。

楚境又琢磨了一下，在全家人紧张的关注之下点了下头。

尹老董事长和孟东女士露出了欣慰的笑容。

远在澳洲的汪徵就没有这么幸运了，他在追求廖之雯的道路上多次碰壁，全是坎坷。他不得不打电话求助尹霈祁：“你到底有什么秘诀？”

楚境刚好听到，于是拿过电话说：“你拿支笔记一下，我告诉你雯雯喜欢什么，投其所好。”

汪徵热泪盈眶，激动得说不出话来，好半天才说：“谢谢你，表妹。”

楚境微微一笑，然后开始说：“她爱吃辣的，变态辣……”

说了足足半个小时，挂上电话以后，尹霈祁给楚境倒了杯水，问：“廖之雯这么重口吗？”

楚境摇摇头说：“我胡说八道的，我都说什么了？”

尹霈祁：“……”

楚境笑了笑：“风水轮流转，谁让他小时候欺负我。”

尹霈祁双手点赞：“干得漂亮！”

楚境想到汪徵惨兮兮的样子就觉得解气，但是转念一想：“他俩要是真的合适，我给拆散了是不是也不太好？”

“我帮你考查考查。”尹霈祁说。

楚境微笑着点头，又说：“汪徵这人小心眼儿，找我报仇怎么办？”

“他打不过我，一切都有我，你可以为所欲为。”

楚境就傻笑起来，被人宠着，原来如此美好。她终于可以收起一身的铠甲，不再孤军奋战，因为她知道，在未来的道路上，有人和她一起经历风雨。

“我爱你。”楚境说。

番外
装修

尹氏集团出了一点小波动。

首席经理人汪徵离职后，小尹总开始关注房产了，外界纷纷猜测，尹氏集团可能要进军房地产了，莫非房地产事业起死回生？许多市民也开始看房，考虑要不要再入手一套房子，等着涨价。

这一场小波动持续了很久，渐渐地变成了大风波。

有几家房地产公司，直接找上门来，拿着地皮要一起开发。其他几位经理人层层筛选之后，将方案放在了尹霈祁的桌子上，尹霈祁整个人蒙了："要干吗？"

"小尹总您不是想进军房地产吗？我们已经为您筛选出了几个不错的合作伙伴，我们可以联合打造一个新的商圈，南边这块地非常的大，有内部消息说，新机场可能规划在南边。"经理人汇报道。

尹霈祁扶额："我进军房地产的事情，这么快就传开了？"

"您的任何一点风吹草动，都会引起反响。"经理人说道。

尹霈祁满面愁容："那这个事儿，楚总也知道了？"

经理人点点头继续说："楚总觉得您的想法非常好，非常支持您打造智能商圈的想法。"

"等等，你在说什么？什么智能商圈？"尹霈祁终于把企划书翻开了，然后一脸无语的表情，"这都哪儿跟哪儿啊，我就是想买个婚房，和楚境一起过二人世界！谁要造商圈啦！"

经理人："……"

图宁市天大的乌龙，就这么诞生了。热闹了没几天的房地产，又恢复了平静。

尹霈祁也很纳闷儿，头几天看好的房源，怎么突然就涨价了，原来涨价的源头在他这里。

不过打造智能商圈这个计划，楚境觉得不错，可以联合几家一起做一下，这成了她未来几年努力的一个目标。

克服重重困难，尹霈祁用自己这些年攒的钱，买了个复式楼，贷款三十年还清。他一把辛酸泪，为了办贷款，在公司开收入证明，足足走了半个月的流程。HR部门层层审批，全公司都知道他贷款买房的事情了。

关于装修，齐秘书要帮他搞定，他又拒绝了。

"我自己的事情自己做，我要给小境一个惊喜。"尹霈祁在网上找装修图片，满脸的幸福。

齐秘书："……"图宁市没有人不知道您贷款买房的，还惊喜什么？

"你记得提醒我每个月往这张卡里存钱，还贷款啊。别让财务部拖欠我的工资！"尹霈祁一脸郑重地说。他又想起之前公司没给他上五险一金的事儿了，亲自打电话给HR教训了对方一通。

齐秘书万分不解道："小尹总，咱们也不是没钱，没必要贷款吧？"

"我工薪阶级，能攒个首付就不错了，贷款怎么了？丢人吗？你要借我钱是怎么着？"尹霈祁反问。

齐秘书乖乖闭嘴了。

往后的日子，尹霈祁装修亲力亲为，拉着齐秘书和司机游走在建材市场，给新房选东西。

齐秘书万分不解：“您确定不搞梦幻一点吗？这满满的……”她词穷了，不知道该怎么形容小尹总亲自装修的新房。

“你不懂。小境就喜欢这样的房子，一看你就没男朋友。”尹霈祁美滋滋地说完，全然没注意到齐秘书想骂娘的心情。

2月22日这天，尹霈祁给楚境送上了一个礼盒，里面是新房的钥匙。高层复式楼，上下一共一百五十平方米。

“送你的。”尹霈祁低下头，隐约还有点羞涩。

“客厅里这些办公桌是……”楚境眼前的这个客厅，没沙发，没电视，放了十几张办公桌和老板椅，不知道的会以为这里开了一家小公司。

“都是我给你选的，你除了加班也没别的爱好了，让你在家时时刻刻能够体会到加班的乐趣！”尹霈祁一脸的天真无邪，真的没有半点嘲讽的意思。

楚境“扑哧”一笑，问：“楼上是什么，带我去看看。”

“是床！”尹霈拉着楚境上楼。

楚境本以为是房间的意思，没想到是字面意思，楼上很开阔，就是放了很多张床。

“你不是睡眠质量不好吗，我给你买了很多种床，这张不舒服，就换那张。各种功能的床都有，小境不要再失眠啦。”尹霈祁搂着楚境的腰，轻轻地晃着她，有那么一点点撒娇的味道。

楚境看着这工业商场风的装修，实在一言难尽，但是一看尹霈祁认真的样子，却又觉得心里很暖。她趴在尹霈祁的怀里，轻声说：“谢谢，我很喜欢。我保证不加班了，多陪你。”

“好，要不要试试床舒不舒服？”尹霈祁一本正经地说完，就带着楚境挨个试去了，并且试得非常……卖力！

没过多久，尹霈祁找了个搬家公司，打算正式从家里搬出去。

尹老董事长老泪纵横：“家里住不下吗，为什么一定要搬出去？”

“我长大了，得独立了。”尹霈祁一边指挥工人搬东西一边说。

“你跑去贷款买个房子，也算独立？”

“儿孙自有儿孙福，别操心了，您撒手，别抓我的鞋盒。”尹霈祁说这话的时候，尹老董事长正阻止工人搬东西。

“那你搬出去，小境不走行不行？”尹老董事长退一步商议。

尹霈祁笑了：“这像什么话？”

“她搬走了，我和谁讨论公司的业务啊，打电话怪麻烦的。”

“您都退休了，您讨论什么？快撒开！”

无论尹老董事长怎么阻止，都没能阻止这一次搬家。新房子在楚境的重新规划下，焕然一新，有一个家的样子了。

尹老董事长不放心，隔天就来参观，一进来就没了好脸色：“一楼弄这么大个鞋子间干吗？进来就闻你臭脚？”

尹霈祁懒得跟他辩白，反正他脚不臭，随口说了句：“小境弄的。”

“哎呀，这个设计真好看。”尹老董事长摸了摸鞋子间的门说道。

“您要没什么事儿的话，我俩还得加班造小人呢。”尹霈祁做了个送客的手势。

尹老董事长一下子就奓毛了："你怎么能把造小人挂嘴上，齐秘书上次跟我说，我还不相信！"

"齐秘书干脆别叫齐秘书，改名叫电子眼得了。我都是有自己家庭的人了，你让她少监视我！我要跟齐秘书保持距离！让她赶紧谈恋爱去！我这里您以后也少来，我和小境回去看您。做事要有分寸，您要是寂寞，也可以组成一个新的家庭，我一直不反对您第二春。跳广场舞那大妈也挺好的，别总隐藏自己是富翁的身份了，我瞧着那大妈不是嫌贫爱富的人。"尹霈祁倒豆子似的。

尹老董事长直接就蒙了，然后反手就抽了他一下："臭小子！"

尹老董事长被说中了心事，几乎是落荒而逃。

尹霈祁在后面笑嘻嘻地说："跳舞去吧！"然后关上了大门。

听到门响，楚境从楼上下来，擦着刚洗过的头发问："刚刚是爸爸来了？"

"没有。是风吹的。"

"今天什么风？"

"东风吧，大概。"

番外
礼 物

情人节前一个月，楚境开始频繁出差。

尹霈祁有点不开心，他还回家跟他爸闹了脾气，为什么自己老婆这么忙。他爸请了个老师正在家里教自己跳广场舞，打算明年开春，在广场上一鸣惊人。

“我没安排她拓展海外业务，你不顺心别拿公司撒气。”尹老董事长终于踩准了节奏，得到了舞蹈老师难得的一次夸奖。

尹霈祁没在家里找到答案，就去找自己那个好朋友叶远信。

叶远信仔细听完，然后分析道：“你老婆是不是出轨了？”

“你老婆才出轨了呢！”尹霈祁拍案而起，破口大骂，“我表妹和好几个异性搂搂抱抱，你还不知道吧？”

“真有这事儿？”叶远信傻眼了，追着尹霈祁问经过。

尹霈祁冷冷一笑：“你自己的事情，自己不上心。”

叶远信开始了为期半个月的调查，最终被尹霈祁表妹发现了端倪，然后二人大吵一架，表妹暴怒道：“我一个幼儿园老师，抱抱小朋友难道有错吗？尹霈祁有毒啊？”

表妹和叶远信和好了，尹霈祁还是没见到楚境的影子，马上就过情人节了，他有点怨念，楚境为什么突然就这么忙呢？

打电话总是匆忙说几句就挂断了，一个月了也没回来几次。他不要面子的吗？他不要家庭温暖的吗？

这种套路似曾相识，他想起两个人合作第一个项目，刚签完合同后的那段日子，他开始慌了，他和楚境才刚结婚没多久，不会故技重施吧？得到他的人了，就不管了？

尹霈祁给楚境发微信："在吗？"

楚境没回复。

尹霈祁："有个项目想和你聊聊。"

楚境："在。"

尹霈祁看着秒回的信息，冷哼一声，把手机扔了。

女人！你怎么能这样！

什么狗屁情人节，他不要准备礼物了。他不仅不准备礼物，还打算翘班几天，就在家打游戏！

转瞬情人节了，尹霈祁从睡梦中醒来，觉得家里有不一样的皮革的味道。

"早啊小哥哥。"楚境就坐在他的床边，穿着毛茸茸的家居服，扎着两条辫子，素白的一张脸。

尹霈祁感觉自己要流鼻血了，他媳妇可真好看。但是他应该生气的，被冷落了一个月。

尹霈祁"嗯"了一声说："你怎么回来了？"

情绪不对，楚境心下了然，他生气了，肯定是因为最近她都没在家。

楚境抱住尹霈祁的脖子，扬起笑脸说："我想你了。"

尹霈祁觉得心脏被击中了，但是他要绷住，生气人设不能倒。他"哦"了一声："工作要紧。"

楚境"吧唧"在他脸上亲了一下，尹霈祁有一种触电的感觉，但是他还得绷着，嫌弃地抹了把脸说："我还没洗漱呢。"

“那你先去洗漱，等下下楼来找我。”楚境说完，自己先离开了房间。

尹霈祁看着她雀跃的背影，狠狠地砸了下枕头，没看见他生气了吗？竟然只哄这么两下就完了？

洗漱完，尹霈祁下楼，浑身上下都散发着丧的气息。

当他走下台阶以后，终于知道睡梦中的皮革味是怎么回事了。客厅里平铺着十个鞋盒，里面的球鞋都是过去他没有抢到的限量版。他似乎明白楚境为什么这一个月总出差了，他激动得说不出话来，指着鞋，又指着自己。

楚境一下子从后面抱住他说：“都是我送给你的，专属于你的情人节礼物。”

“啊啊啊！你跑那么多地方，多累啊。媳妇你……”尹霈祁转身把楚境抱起来，原地转了三圈。

楚境有点头晕，伸出手问他：“我的礼物呢？”

尹霈祁的脸色瞬间变了，他没准备！

停顿了几秒钟之后，尹霈祁看见桌子上放着一根丝带，他放下楚境，把丝带系在自己脖子上，绑了一个蝴蝶结说：“在这儿呢。”

楚境：“……”

尹霈祁发了条朋友圈，晒了自己所有的球鞋，配文：我上辈子拯救了银河系，这辈子才能有个送球鞋的好老婆。

然后他惨遭多位好友的拉黑，让你秀！